꾼빠이,
이상

굿빠이, 이상

김연수
장편소설

문학동네

차례

첫번째 이야기 · 데드마스크 _007

두번째 이야기 · 잃어버린 꽃 _103

세번째 이야기 · 새 _195

해설 | 김성수(문학평론가)
또다른 원본을 찾아서 _289

작가의 말 _324

첫번째 이야기

데드마스크

小說을 쓰겠오.
〈おれ達の遺鞭を神樣にみせびらかしてやる〉
그런 駭怪망測한 小說을 쓰겠다는 이야기요.

「私信(三)」

1

이 일은 한 통의 전화로부터 시작됐다. 잘못 걸려온 전화. 잘못 전화한 사람은 잘못 전화하지 않은 사람이었고 잘못 전화하지 않은 사람은 잘못 전화한 사람이었다.

문장의 꼴이 이렇게 되긴 했지만, 이상李箱을 흉내내려는 생각은 절대 아니다. 나는 그저 매주 기획안에 올라 있는 기삿거리를 취재하고 오십 매 안팎의 글을 쓰는 인간에 불과하다. 하물며 이상처럼 위대한 문학인의 글을 넘보는 수준은 못 된다. 그럼에도 결과적으로 이상의 「오감도 시 제3호」를 흉내내며 시작해 이렇게 긴 글을 남기는 까닭은 무엇인가? 처음 의도는 출판 전문 잡지사의 기자로서 앞으로도 발생할 수 있는 이와 비슷한 사건의 전례를 남기기 위한, 다분히 저널리즘적인 관심 때문이었다. 유품의 진위 문제는 앞으로도 얼마든지 논란거리가 될 수 있으니 말이다. 예컨대 문우였던 정인택의 일부 작품이 실은 이상의 유작이었다는 최근 한 학자의 주장처럼.

그러나 애초의 의도가 무척 훼손됐다는 사실을 먼저 밝혀야겠다. 왜냐하면 진위 문제를 따라가다 어느 순간에 나는 마음의 끈을 놓치고 말았기 때문이다. 결국 어떻게 마음의 끈을 놓치게 됐느냐는 점이 이 글의 대강이 될 테다. 특히 예술작품과 관련해서 그것만 툭 떼놓고 어떤 유물의 진위를 가린다는 것이 애당초 부질없는 짓이라는 것을 알고 있었더라면 이런 글은 나오지 않았을 것이다. 방사성탄소연대측정법으로 실험한 결과, 토리노의 수의가 1300년 무렵 만들어졌다는 결론에 이르렀다고 한들 그게 예수의 성의가 아니라는 말은 아니다. 다만 물리적으로 그 옷이 만들어진 연도를 계산한다는 의미일 뿐이다.

내가 하는 말이 무슨 뜻인지 잘 알아야 한다. 실존의 영역에서 신화의 영역으로 상승할 때, 궁극적으로 진위 여부는 우리 능력의 한계를 넘어서는 일이다. 물론 모든 유품의 진위 여부가 그렇다는 것은 아니다. 지금은 이상의 유품만을 꼬집어 얘기하고 있다. 이 일이 유품을 둘러싸고 앞으로 벌어질지 모르는 다른 사례의 전례가 되기 힘들다는, 처음의 의도와 상반되는 결론은 바로 이상과 관련됐기 때문에 나온다. 윤동주 정도는 이에 육박할지 모른다. 하지만 이상만큼은 아니다. 왜냐하면 이상은 한국문학사를 대신해 죽었고 죽은 지 한 달 만에 부활했기 때문이다. 이상은 신화의 영역으로 들어갔고 외전外典은 더이상 없다는 얘기.

이상수난곡은 은식기들이 박꽃처럼 하얗게 부딪치는 소리를 내는 순간부터 시작됐다. 태몽에 따르면 은수저와 은그릇의 절렁거리는 소리가 들려오면서 이상은 잉태됐다. 적빈한 가정, 손가락 일곱 개인 이발사 아버지와 태생이 불분명한 앍둑빼기 어머니 사이에서 장남으로 태어났다는 사실은 벽지에 피어난 곰팡이 문양처럼 이상수난곡의 첫 장을 가난으로 장식했다. 이어 이상은 3세가 되어 친가를 떠나 백부가伯父家로 들어간다. 이상의 유년 시절이 파편적인, 그리하여 기억이 가물가물한 증언으로 일관되는 것은 큰아버지 슬하의 유년이라는 비유적 사실 때문이다. 집을 떠났다가 이십 년 만에 다시 집으로 돌아왔다는 사실만큼 비유적인 전기적 일화는 없다. 그즈음 그는 '삘이울린다/兒孩가二十年前에死亡한溫泉의再噴出을報導한다' 같은 시구를 쓴다. 말을 바꾸면 이십 년 전에 사망한 아이가 뜨거운 물의 재분출을 보도한다는 얘기. 어쩐지 쓸쓸하다. 그 이듬해 재차 목 너머로 분출하는 피를 막아보겠다고 배천온천에 가 기어이 금홍을 만나야만 했다는 사실을 생각하면 더욱 그렇다. 바로 이 시점에서 이상은 공포의 기록 「오감도」의 복음을 선포한다.

1934년 이상이 조선중앙일보에 「오감도」 열다섯 편을 연재했을 때, '미친놈의 잠꼬대냐' '무슨 개수작이냐'며 성난 독자들의 공격성 투고가 날마다 신문사로 밀려든 일은 이제 웬만한 사람은 다 잘 아는 사실이다. 이상수난곡에서 이 부분은 임종의 레몬 향기와 함께 빠질 수 없는 요소를 이룬다. 말하자면 25세에 이상은 이 성흔聖痕을 증거로 공적생활 속으로 들어간 셈이다. 성흔은 우리에게 지금까지도 이렇게 묻는다. '너희가 '13人의兒孩가道路로疾走하오'를 믿느뇨?'

당대 최고의 문학비평가인 최재서 역시 의심했으니 대다수의 사람들이 냉담자의 눈으로 이상을 바라본 것은 당연한 일이다. 그러나 이상은 죽은 지 한 달 만에 부활함으로써 모든 불신의 장막을 거둬버린다(더 정확하게 말하자면 이십팔 일 만이다. 이상이 죽은 것은 1937년 4월 17일이고 부민관에서 열린 김유정·이상의 합동 추도식은 5월 15일 열렸다. 꼭 같은 모양의 상현달이 도쿄와 서울 하늘에 떠 있었다). 겨우 스물여덟 살 되던 해다.

추도식 자리에서 최재서는 이렇게 말했다(말하자면 사도행전 제1장 제1절이 시작되는 셈).

나는 문단 상식과는 대단히 거리가 먼 이 소설에 놀라면서도 그 예술적 실험을 어느 정도까지 신용해야 할는지 다소의 의심을 품고 있었습니다. 즉 이 작가는 이렇듯 괴상한 테크닉을 쓰지 않고서는 자기의 내부생활을 표현할 수 없는 무슨 절실한 필연성이 있었던가, 혹은 그저 독자의 호기심을 끌기 위한 단순한 손장난이었던가. 이런 점에 관하여 다소의 의문이 없지 않았습니다. 그러다가 처음 보는 이상의 보헤미안 타입의 풍모와 시니컬한 웃음과 기지환발한 스피치에 나는 또다시 한번 놀라지 않을 수 없었습니다. 나는 이 모든 것이 결코 인위적인 포우즈가 아니라는 것을 알 수 있었습니다. 이 이상 더 그 사람의 과거와 현재의 내부생활로 들어갈 수는 없었지만 하여튼 그와 이야기하고 있는 중에 그가 우리들의 온량한 생활은 벌써 예전에 졸업하였다는 것, 따라서 그는 상식에 싫증이 났다는 것, 그리고 결코 순탄스러워 보이지 않는 생활 가운데서도 문학적 에스프리를 잃지 않고 있다는 것 등을 나는 알아낼 수가 있었습니다.

1949년 『이상 선집』을 펴낸 바 있으며 이상의 정신적 스승이었던 김기림은 그 평가에 더 적극적이다.

전등불에 가로 비췬 그의 얼굴은 상아보다도 더 창백하고 검은 수염이 코밑과 턱에 참혹하게 무성하다. 그를 바라보는 내 얼굴의 어두운 표정이 가뜩이나 병들어 약해진 벗의 마음을 상하게 할까 염려스러워 나는 애써 명랑한 체, '여보 당신 얼굴이 아주 피디아스의 제우스신상 같구려' 하고 웃었더니 箱도 예의 정열 빠진 웃음을 껄껄 웃었다. 사실은 나는 듀비에의 〈골고다의 예수〉의 얼굴을 연상했던 것이다. 오늘 와서 생각하면 箱은 실로 현대라는 커다란 모험에 빠져서 십자가를 걸머지고 간 '골고다의 시인'이었다.

연이어 태성사판 『이상 전집』의 편찬자 임종국, 갑인출판사판 『이상 전작집』의 편찬자 이어령 등이 이 물결에 합류함으로써 이상수난곡은 부정할 수 없는 권위를 지니게 됐다.

하지만 수난곡에 불신자 한두 명이 빠질 수 없다. 예컨대 개심한 사도 바울을 일러 '네가 미쳤도다. 네 많은 학문이 너를 미치게 한다'고 말한 로마 총독 페스토의 역할은 김문집의 몫이다(물론 김안서가 앞선다. 그는 「정식」 6편의 시가 모두 다 이따위 것이니 이것을 그래도 시라고 고마워하는 이가 있다면 그는 우리들과는―시가의 기초가 인류의 공동감정에 있다는 것을 시인하는 우리들과는―그 감정이 사뭇 다른 것이외다'라고 말한 바 있다). 그는 「「날개」의 시학적 재비판」이란 글에서 최재서의 성체험은 서재의 전람으로, 절절한 신앙고백은 소피스트의 재담으로 격하시킨다.

이 정도의 작품은 지금으로부터 칠팔 년 전 신심리주의의 문학이 극성한 동경문단의 신인작단에 있어서는 여름의 맥고모자와 같이 흔했다는 사실이다.

한마디로 최재서는 흔하디흔한 여름 맥고모자에 미쳤다는 얘기다. 하지만 최재서가 누구인가? 바울이 그리스도를 믿지 않던 사울이었다면, 최재서는 제2고보 시절부터 조선 학생은 외면하고 일본 학생만 사귀었고 1934년 『사상』지에 「T. E. 흄의 비평적 사상」을 발표해 조선 평론가로서는 처음으로 일본문단에 진출한 이시다 고조石田耕造가 아닌가? 동경문단의 맥고모자 얘기라면 최재서도 할말은 많은 셈. 결국 누가 더 많은 맥고모자를 봤느냐가 문제일 텐데, 최재서가 김문집의 뒤에 설 만한 이유는 하나도 없다. 따라서 진짜 문제는 이상의 작품이 철 지난 맥고모자냐 아니냐는 게 아니다.

　이 두 사람의 근거는 모두 1936년 8월경, 종로 영보그릴에서 열린 김기림의 『기상도』 출판기념회에서 이상과 만난 사실에서 비롯한다. 1936년 이상은 일급 1원 40전을 받고 화가 구본웅의 부친이 경영하던 창문사에서 촉탁으로 근무하며 구인회 동인지 『시와 소설』과 김기림의 시집 『기상도』를 만들었다. 이상의 손재주는 비상해 그가 만든 『기상도』는 굵은 세로줄 무늬에 금박을 입힌 활자를 구석에 넣어 당시로서는 세련된 디자인 감각을 선보인다.

　출판기념회가 끝나고 뒤풀이 자리에는 이헌구·정지용·김기림·김광섭·최정희·최재서 등이 모여 함께 맥주를 마셨다. 이 술자리는 새벽 두시 이후까지 계속됐는데, 최재서는 그때까지 떠나지 않고 머물다가 건담가健談家 이상을 처음 만나게 된다. 이 자리에서 이상이 어떤 재미있는 얘기를 했는지 모르지만, 아마도 그즈음 발표된 「날개」가 얼마나 대단한 소설인지 떠벌렸을 것이다. 최재서가 「날개」에 대해 가진 문학적인 의심은 이상의 이 건담으로 해소됐다. 말했다시피 최재서는 그 건담이 결코 인위적인 게 아니라고 판정 내린 것이다.

한편 김문집 역시 이 출판기념회에 참석했다. 김문집은 늦게까지 뒤풀이 자리에 있지는 않은 것으로 보인다. 다소 좌충우돌의 기미가 보이던, 이상의 표현으로 하자면 「날개」에 '59점이라는 참담한 채점을 한' '족보에 없는 비평가 김문집 선생'은 출판기념회 자리에 앉은 이상에게 다가가 「날개」 얘기를 꺼냈을 것이다.

"이채로운 작품이더군요. 자본주의 말기의 도회의 이면을 비극화한 게 눈에 띕디다. 천편일률적인 농촌소설이나 얼빠진 봉건소설과는 비교도 안 되겠습디다."

두루춘풍인 이상은 아마도 발씬거리며 능청을 떨었을 것이다.

"비평가인 김선생께서 그렇게 말씀해주시니, 그 말씀 골수에 사무치는구려."

하지만 곧 도쿄제대 문과 중퇴생 김문집은 사토 하루오의 『전원의 우울』이니, 제임스 조이스의 『율리시스』니, 폴 모랑이니 하며 떠들면서 신심리주의 소설을 읽어봤느냐고 물었을 것이고 이상은 다시 너털대며 이렇게 말했을 터.

"우스운 소설 하나 가지고 뭘 그렇게 심각하십니까? 「날개」는 작가 이상의 신혼기로소이다. 신혼은 신혼新婚이되 아주 신혼辛婚 아니겠소."

출판기념회 좌석에서 김문집과 나눈 대화와 뒤풀이 자리에서 좌중을 압도하며 (아마도 박태원과 함께) 떠들어낸 말이 크게 다르지는 않을 것이다. 그러나 같은 날 같은 사람을 만났는데, 한 사람은 만나고 나서야 비로소 그의 문학이 진짜임을 깨달았고 다른 한 사람은 역량에 문제가 있다고 느꼈다.

바로 이 부분에 이상 문학의 본질이, 더 나아가 이상의 모든 유품의 본질이 숨어 있다. 똑같이 김기림의 『기상도』 출판기념회에서 이상과 만났으면서 한 사람은 이상을 믿게 됐고 한 사람은 믿지 않게 됐다는 점. 요컨대 이상과 관련해서 모든 진위 판정은 실증과 논리와 이성을 넘어 단지 믿느냐 안 믿느냐의 문제로 귀결된다.

이상수난곡의 대미가 풍모와 웃음과 스피치로 그의 문학을 확신하게 된 최재서의 신앙고백으로 끝나게 된 것은 우연이 아니다. 이상 문학의 본질은 바로 이상인 것이다. 주제도 이상이고 소재도 이상이고 시작도 이상이고 끝도 이상이다. 그러므로 이상을 믿는다면 그의 작품은 필연성을 띠게 되고 이상을 믿지 않는다면 단순한 손장난에 불과한 것이다. 이상수난곡은 이상을 믿으라 말한다. 믿음이 '미친놈의 개수작'을 한국문학의 오른편에 자리잡게 했다. 해마다 쏟아지는 수많은 평론과 주석은 이 믿음 없이는 불가능하다. 이제 누구도 이상 문학을 일러 '미친놈의 개수작'이라고 말할 수 없게 됐다.

이상수난곡에 외전이 있을 수 없는 까닭은 이 때문이다. 진위의 문제를 가리겠다는 저널리즘적인 호기심, 더 나아가 내 체험을 그 속에 투사하려는 욕망이 애당초 모래 위의 집이었다는 사실도 여기서 비롯한다. 나는 실존의 영역에 있으나 일련의 수난과정을 거쳐 이상은 신화의 영역으로 들어갔다. 이상과 관련한 모든 것은 논리나 열정의 문제가 아니라 믿음의 문제다.

바로 이 점 때문에 이 글은 결국 순환하는 논리 속에 더 큰 의구심을 낳게 됐다. 허황된 얘기라 치부하는 사람도 있고 곧이곧대로 믿는 사람도 있을 것이다. 하지만 어느 쪽이든 이젠 중요치 않다. 내게는 이제 남게 된 또다른 의문이 중요하므로.

어쨌든 나는 두 눈으로 똑똑히 보게 된 사실만을 가감 없이 기록할 뿐이다. 결국 이 기록을 어느 정도까지 믿어야 할지는 읽는 사람이 판정해야 할 문제다.

2

그 전화는 오후 3시 25분에 왔다. 그날 오후 내내 나는 시에 나온 강아지의 이미지에 대한 기사를 준비하고 있었다. 보들레르는 「개와 향수병」에서 '나의 사랑스런 강아지야, 착한 강아지야, 내 귀

여운 뚜뚜'라고 노래하며 대중을 경멸했다. 보들레르의 강아지에 어울릴 만한 우리 작품으로는 정지용의 「카페 프랑스」가 있다. '오오, 이국종 강아지야,/내 발을 빨아다오./내 발을 빨아다오.' 김기림도 뒤지지 않아 「이방인」에서 '낯익은 강아지처럼/발등을 핥는 바다 바람의 혀빠닥이/말할 수 없이 사롭건만/나는 이 항구에 한 벗도 한 친척도 불룩한 지갑도 호적도 없는/거북이와 같이 징글한 한 이방인이다'라고 썼다. 또다른 경우는 없는지 이 책 저 책을 뒤지다 시간이 얼마나 흘렀는지 보려고 시계를 들여다보던 순간에 전화벨이 울렸다.

"혹시 김연 기자라고 있습니까?"

관료처럼 뜨적뜨적한 목소리였다. 하지만 목소리가 나직하긴 해도 바스대는 꼴이 역력했다.

"그런 분은 안 계신데요."

"거기가 주간출판 아닙니까? 김연 기자라는 분이 있을 텐데요."

"무슨 일 때문이신지요?"

"아니, 뭐 다른 게 아니라 오늘 그 양반한테 서씨라는 사람이 전화해서 이상에 대해 어쩌구저쩌구했을 텐데요. 뭐, 안 계시다면 할 수 없죠."

"소설가 이상 말씀입니까?"

하지만 내 말이 채 끝나기도 전에 전화는 끊겼다. 나는 보들레르의 책을 덮고 잠시 멍하니 앉아 있었다. 종이를 접어내려가듯 분절적으로 시간이 흘렀다.

잠시 뒤, 다시 전화벨이 울렸다.

"아까도 전화했던 사람인데요. 거기에 정말 김연 기자라는 사람이 없습니까?"

나는 크게 한 번 심호흡을 한 뒤, 말투를 약간 바꿔 거짓말을 했다.

"제가 김연입니다만……"

"아, 그렇습니까? 아까는 그런 사람이 없다고 그러더니만. 잘됐습니다. 서씨라는 사람 전화 받았죠?"

"그런데요."

"그 사람 말 믿습니까?"

서씨라는 사람이 김연 기자를 찾는 전화가 온 적은 없었다. 그러므로 나는 아무런 대답도 할 수 없었다.

"행여 믿는지 모르지만, 진작에 상대하지 않는 게 좋을 겁니다. 그 사람, 아주 엉터리입니다. 그런 식으로 해처먹은 게 꽤 된다는 걸 저는 알고 있습니다. 60년 이른바 제2차 유고 발견 기억하시죠? 10분의 1만 남았던 김종선씨 댁의 그 노트. 그 나머지 원고 뭉치라며 그 사람이 교수들 사이에 꽤나 들고 다녔다는 사실 압니까? 하지만 교수들이 눈먼 장님이겠어요? 결국엔 밑씻개로도 쓰지 못할 허섭스레기였다, 이 말씀이죠. 기자 선생이 바보가 아닌 다음에야 그런 야바위꾼에게 넘어갈 이유가 없다는 사실을 잘 알지만,

노파심에서 혹시나 하는 마음에 연락드리는 겁니다."

"그 유고 역시 진위 논란이 있지 않습니까?"

"맞습니다. 그러니까 그런 인간이 억짓손을 부리는 거죠. 알다시피 이상의 원고를 감정해줄 만한 사람은 아무도 없지 않습니까? 박태원도, 정인택도, 김운경도 모두 사라졌고 변동림이나 문종혁은 그에 대해 아무런 언급이 없고요. 바로 그 점을 노리는 겁니다. 조연현이 말한 바의 증거대로 60년 유고가 진짜라면 그 증거만 채우면 어떤 원고라도 진짜가 될 수 있는 노릇이니까요."

1960년 한양공대 야간부에 재학중이던 이연복은 가구상을 하는 친구 김종선의 집에 놀러갔다가 친구의 아버지가 고서점에서 휴지로 얻어온 노트를 발견했다. 일본어 글씨가 빽빽하게 들어찬 그 노트를 심상치 않게 여긴 이연복은 당시 『현대문학』 주간이던 문학평론가 조연현에게 들고 갔다. 조연현은 필체, 작품의 특성, 사용된 용어, 일본어, 1932년 혹은 1935년이라는 날짜, 조작의 불필요성 등을 들어 이 원고가 이상의 유고임을 확인하고 발표했다. 전화한 사람은 그 얘기를 하고 있었다. 결국 조연현의 감정은 조작의 불필요성에 맞춰져 있다. 원고를 조작할 필요가 없기 때문에 모든 정황이 이상의 원고임을 짐작게 한다면, 그것은 이상의 원고라는 얘기다. 하지만 이 감정 기준은 전화한 사람의 얘기처럼 누군가 조작하겠다고 결심한다면 어떤 원고라도 이상의 유고가 된다는 사실을 뜻한다.

"그런데도 통인각에다 기자들을 모아놓고 공개할 예정이다 어쩐다 하면서 아직도 사기 행각을 벌이는 모양인데, 그런 인간에게 절대로 놀아나서는 안 됩니다. 알겠죠?"

"또다른 유고가 발견된 모양이죠? 그렇다면 확인해보기 전까지야 진짜인지 가짜인지 알 수 없는 노릇이 아닙니까?"

그러자 전화한 사람은 목소리를 높였다.

"그 사람을 믿고 안 믿고야 김연 기자가 결정할 문제겠지만, 그 사람 입담에 놀아난 다음에 생길 엄청난 일에 대해서는 아마 김연 기자가 책임지지 못할 겁니다. 지금은 1960년이 아니란 말입니다. 엄청난 파장을 몰고 올 겁니다. 피해 보는 사람도 분명히 생길 것이구요. 만약에 기사로 쓰게 된다면 이 모든 일에 책임져야만 할 것입니다."

"그럼, 그게 확실히 가짜란 말입니까?"

"당연히 가짜지요! 그 사람, 아주 순 악질이라니까요. 재야연구갑네, 서지학자네 하지만 아직도 『조선과 건축』에 발표한 시가 「조감도」가 아니라 「오감도」라고 우기는 사람입니다. 속이 시커먼 야바위꾼이에요. 지난번 편전아트센터에서 열린 '한국시 100년전'에 이상이 '제비'의 보이 수영의 친구였다는 혁민이란 자에게 보낸 엽서가 전시된 일이 있었습니다. 그 서혁민이란 작자는 가상인물입니다. 그 엽서도 물론 조작이구요. 그런데도 아트센터라는 데서 버젓이 속아넘어갔어요. 이 정도면 그 인간의 술수가 어느 정도인지 알 겁니다."

"예. 무슨 말인지 알겠습니다. 판단은 제가 알아서 할 문제죠. 그건 그렇고 선생님 성함하고 연락처를 남겨주시겠습니까?"

그러자, 그는 말을 조금 더듬거렸다.

"저는 그저 그런 인간에게 호응하지 말라는 말씀을 드리려는 것뿐입니다. 뭐, 나를 안 밝힐 이유가 있는 것은 아니지만 그건 별로 중요한 일이 아니고, 또 저는 여기저기 연구하느라 떠돌아다니는 통에 연락도 잘 되지 않습니다. 다만 정가鄭哥라고만 알아두십시오."

"그러니까 그 유고라는 게 가짜인데 서씨라는 사람이 기자를 모아놓고 진짜처럼 속이려 든다는 말씀이죠?"

"아무튼 김기자는 그 사람 말을 절대로 믿어서는 안 됩니다. 유고니 뭐니 보여주면 코나 풀어버리시란 말입니다. 아시겠습니까? 아예 만날 생각도 하지 마세요. 그럼 끊겠습니다."

뭐라고 항변하려 했지만, 전화는 그렇게 끊겼다.

3

그리고 그 남자가 사무실 안으로 들어와 편집장을 찾았다. 중키에 날렵해 보이는 인상과 달리 모든 일에 회의적인 손동작으로 시를 쓰는 사람이다. 그때까지만 해도 나는 밝은 표정으로 편집장을 찾는 그를 안내했다. 창문을 뛰어넘어 도망치다가 다리를 부러뜨리거나 멱살을 잡힌 채 보도자료만이 가득한 쓰레기통과 함께 내동댕이쳐지지 않았다는 말이다.

인생의 다양한 일들 중 드물게 일어나는 일 하나가 절정에 다다른, 아주 좋은 시기였다. 결국 그게 환각일 수도 있다는 생각을 해보지 않은 것은 아니지만, 절정의 순간에 이르러 이제까지 걸어온 길이 어쩌면 환상일지도 모른다고 생각하리라고는 상상조차 하지 못했다. 그런 점에서 절정이란 전환점의 다른 말이다.

그 좋은 시절은 1999년 5월 22일부터 시작됐다. 석가탄신일이던 그날, 인터뷰 대상인 그녀가 시간이 없다고 해 휴일임에도 나는 어쩔 수 없이 근무해야 했다. 연거푸 두 잔의 냉수를 들이켰는데도 질문이 생각대로 술술 나오지 않아 초조한 상태로 인터뷰를 시작했다. 그녀가 혹시 오늘 처음 인터뷰하는 것은 아닌지 물을 정도였다. 물론 그렇지 않았지만, 나는 어물거렸다. 덕분에 그녀가 자신이 하고 싶은 말을 일목요연하게 이어서 말해 나의 곤란함을 덜어줬다. 잡지사 기자인 그녀는 그간 해온 인터뷰 꼭지를 모아 책으로 펴낸 참이었고 나는 그런 그녀를 인터뷰하려는 참이었다.

키는 작지만 가느다란 몸매에 까만색 원피스를 입어 나이보다 훨씬 어려 보이던 그녀는 얘기가 끝날 때마다 조금 더 얘기할까요, 라고 물었고 그때마다 나는 고개를 끄덕이고는 그녀가 하는 말을 수첩에 받아 적었다. 간간이 고개를 들어 그녀와 눈을 한 번 맞출

때를 빼면 거의 수첩에 코를 박고 그녀의 말을 하나하나 받아 적고 있는데, 갑자기 아무런 말이 없었다.

"정말 어떻게 될지 모르는 삶이에요."

잠시 고개를 들어 눈을 맞췄다가 나는 다시 받아 적었다.

"그건 적지 말고요. 우리 사는 것 말이에요."

'그건 적지 말고요'까지 적었다가 펜을 놓고 고개를 들었다. 라일락 꽃잎들이 일제히 흩날리듯 그녀가 환하게 웃었다.

"인터뷰만 하던 내가 인터뷰 당하리라고는 생각조차 못했거든요. 그렇게 열심히 수첩에 적는 모습을 보니 미안하기도 하네요. 저 말고 더 좋은 사람을 인터뷰하면 좋을 텐데……"

"실은 오늘 저녁 찬거리를 적고 있었습니다."

"저녁 반찬을 그렇게 많이 준비하세요?"

그녀가 다시 깔깔거렸다.

"구절판과 잡채를 먹으려고요."

"인터뷰만 아니면 말씀을 잘하시는군요."

"저까지 말하면 받아 적기가 너무 힘드니까요. 인터뷰하실 때 받아 적습니까?"

아무래도 잡지 쪽은 그녀가 선배였기 때문에 내가 물었다.

"녹음하죠. 글쓰기 전에 다시 한번 들어보고 씁니다. 녹음기 이용하면 편해요."

"저도 사용해봤는데, 귀찮더라구요. 게다가 녹음된 내 목소리도 듣기 싫고. 목소리가 예쁘시니 그래도 들을 만하겠어요."

"이게 예쁜 목소리인가요? 참, 그럼 제가 첫 취재 대상이 아니네요? 난 그런 줄 알고 일부러 열심히 말했는데."

"제 첫 취재 대상은 아니지만, 첫 탐구 대상은 되겠네요. 그거 참 이상하군요."

나는 그녀 목에 걸린 목걸이를 가리키며 말했다. 그녀가 오른손으로 목 주변을 가리며 목걸이를 잡아 뺐다.

"1996년 가을, 필리핀 푸에르토아즐에 있었나요?"

그녀는 의아한 얼굴로 끄덕였다.

"그게 벌써 1996년이었나? 아마 그쯤일 거예요. 신혼여행지였으니까. 그런데 어떻게 아세요?"

"일주일 동안 제이드 페스티벌이 열렸잖아요. 그해에만 한정 판매된 목걸이예요."

"맞아요. 그래서 저도 샀어요. 혹시 그럼 갑자기 비가 억수같이 쏟아지다가 그치고 마닐라 만에 무지개가 떠서 사람들이 환호성 지른 일 기억나겠네요?"

"예. 그때 해변에 있었거든요."

"어머. 나도 그때 해변에 있었는데……"

"효도관광 온 우리나라 할아버지 할머니들이 〈와 이리 좋노〉라는 노래 부르며 둥글게 바닷물 속에 모여 있었죠?"

"맞아. 어쩜 이럴 수가. 서로 만났을 수도 있겠네요?"

물론 그럴 수도 있지만, 기억에는 없다. 그때 우린 둘 다 다른 남자와 다른 여자에 정신이 팔려 있었으니까. 같은 시각 같은 장소에서 서로 다른 사람과 사랑을 나눴으리라고 생각하니 기분이 이상했다. 같이 갔던 여자애에게 선물했던, 초승달처럼 생긴 그 옥목걸이는 필리핀에서 돌아온 뒤 석 달 만에 내 수중으로 다시 들어왔다. 삼 년 전부터 계획하고 일 년 동안 꼬박 돈을 모아 푸에르토아즐에 갔다가 삼 개월 만에 헤어지게 된 것. 이제 헤어진 그애의 이름을 들어도 아무렇지도 않을 만한 상태가 됐는데, 그 옥목걸이를 다른 여자의 목에서 다시 보게 된 것이다.

그애와 헤어진 뒤로 억제됐던 내 몸의 감정이 다시 움직이게 된 것을 그 목걸이 탓으로만 돌릴 수는 없을 것이다. 하지만 적어도 만나고 며칠 뒤, 다시 전화하게 된 중요한 동기는 될 것이다. 그 목걸이는 우리에게 이렇게 말했다. '잘 모르겠지만, 당신들은 1996년에 한 번 만난 적이 있는 사이야. 계속 만난다 해도 전혀 이상하지 않아.'

낮이 한없이 길어졌다가 다시 짧아지기 시작하고 장마전선이 찾아왔다가 다시 멀어지고 햇볕이 뜨거워졌다가 다시 식어가는 동안, 우리는 별다른 죄책감 없이 계속 만났다. 만나면 만날수록 아무래도 1996년 가을 우리는 낯선 나라의 한 호텔방에서 사랑을 나눴던 것 같은 느낌이 들었다. 상처에 새살이 돋듯 새롭게 기억이 생성됐다. 새 기억에 맞춰 위도가 낮아 수직으로 떠 있던 태양과 이슬이 흩뿌려진 듯 뿌연 대기, 열하의 뜨거운 공기와 층층이 쌓이는 파도 소리, 투명하던 오후 네시의 스콜, 해변까지 운행하던 지프니의 세세한 디테일도 생생하게 떠올랐다.

그즈음, 나는 책상 서랍에 넣어둔 내 목걸이를 들고 가 그녀의 것과 교환했다. 똑같은 모양의 한 쌍. 그게 무슨 의미인지 그녀나 나는 잘 알고 있었다. 그녀가 내 목걸이를 목에 걸 때 나는 주책없이 너무 잘 어울린다며 좋아했다. 목걸이는 이제 '잘 모르겠지만, 당신들은 1996년에 한 번 잠을 같이 잔 적이 있는 사이야. 다시 잠잔다고 해도 전혀 이상하지 않아'라고 말했다. 1999년 추분 가까울 무렵, 나는 아주 자연스럽게 그녀와 잠을 잤다. 파도 소리가 방안에 넘쳤다.

그 남자는 마주앉아 편집장에게 자신이 새로 펴낸 『1930년대 경성과 구인회』라는 책을 설명했다. 자신의 말을 강조할 때만 손을 들어 책을 가리켰다. 특이한 동작이었으나, 크게 눈에 띄지는 않았다. 서평으로 다뤄줬으면 하는 눈치였으나, 편집장은 이렇다 할 반응을 보이지 않았다. 어쨌든 할 얘기를 모두 마친 그 남자는 내놓은 커피는 다 마셔야 하지 않겠냐는 듯 편집장과 문단에 얽힌 이런저런 소문에 대해 얘기하더니 커피잔이 바닥을 드러내자 곧 일어섰다. 그리고 그는 편집장이 검지로 가리키는 대로 내 자리 옆으로 와서 말했다.

"잠시 얘기 좀 할까요?"

그제야 결국 올 게 왔다는 생각이 들었다. 창문 너머로 뛰어내리지 않으면 쓰레기통과 함께 내동댕이쳐질 판이었다. 하지만 그런 일은 일어나지 않았고 우리는 사무실 옆 이탈리아식 카페로 가, 오랫동안 만나지 않아 존댓말을 써야 할지, 반말을 써야 할지 모르는 동기생처럼 가만히 마주보고 앉았다.

"제가 누군지 아시죠?"

주문한 커피가 나온 뒤에도 한참 동안 말이 없다가 그가 입을 열었다. 그 앞에 놓인 엄청나게 많은 양의 원두커피. 그 커피가 모두 없어지기 전까지는 그가 자리에서 일어나지 않을 것이라고 생각하니 끔찍했다.

"압니다. 시인이시죠. 이제는 박태원 소설 연구로 박사가 됐고요."

"그 밖에는 더 아시는 게 없습니까?"

"……정희씨와 함께 사시죠."

"좋습니다."

교리문답을 썩 잘하는 아이를 쳐다보는 주말학교 선생처럼 흡족한 표정으로 나를 쳐다봤다. 하지만 아무리 대답을 잘해도 칭찬받기 어려운 질문이었다. 더 어려운 질문을 생각하는지 한참 말이 없었다. 그렇다고 내가 질문을 던질 처지는 못 됐다.

"박태원이 이상의 다방 제비에 가서 한 일이 뭔지 아십니까?"

박태원 전문가가 다시 내게 물었다.

"글쎄요. 커피를 마셨나요?"

"텅 빈 다방에 앉아 그곳에서 일하던 수영이란 아이와 사과, 귤, 군밤 따위를 사서 나눠 먹었죠. 군밤을 먹으면서 수영이가 말합니다. '저, 세루바지 하나 해 입자면 돈이 많이 들겠습죠?' '많이 들지. 왜 하나 사 입고 싶으냐?' '아니, 그냥 말씀예요.' 실없는 짓거리죠. 박태원은 결국 이상의 제비라는 것도 그런 실없는 짓거리라는 말을 하고 싶었는지도 모릅니다."

"왜 그런 말씀을 하시죠?"

나로서는 한껏 용기내어 던진 질문이었다. 시인은 침을 한 번 꿀꺽 삼켰다.

"저는 박태원이 이상이 차린 다방에서 뭘 했는지 따위나 조사하는 사람입니다. 사이사이에 시간이 나면 시를 씁니다. 박태원이나 이상만큼 대단하진 않지만, 나름대로 자부심을 가지고 있죠. 제 시를 읽어보신 적이 있습니까?"

나는 고개를 끄덕였다. 어떤 사람인지 알고 싶어 사서 읽은 적이 있었다. 하지만 시로 사람을 짐작하다가는 큰코다친다.

"시에 너무 집중하면 공부하기가 힘들고 공부에만 너무 열중하면 시가 씌어지지 않습니다. 진실이란 결국 그런 것입니다. 열정도, 논리도 아닙니다. 줄 타는 사람처럼 그 가운데를 걸어가야만 하죠."

자신의 시처럼 매우 이지적이고 온화한 사람이었으나 그 뒤에는 사금파리처럼 절제되지 못한 날카로움이 있었다.

"제가 알고 있다는 사실은 몰랐죠?"

이봐, 난 당신이 있다는 사실도 까맣게 잊고 있었다구.

"예."

"아내가 김형을 사랑한다고 하더군요. 김형도 아내를 사랑합니까?"

"글쎄요. 좋아하는 것만은 사실입니다."

"사랑하진 않습니까?"

나는 아무런 대답도 하지 않았다. 정확하게 꼬집을 순 없지만 시인의 얼굴에 웃음기가 돌았다.

"재미있는 것은 이런 것입니다. 아내는 여전히 나를 사랑한다고 말합니다. 그런데 또……"

그는 말을 끊었다가 잠시 후 다시 말하기 시작했다.

"당신을 사랑한다고 말합니다. 말했다시피 진실은 열정도 논리도 아닙니다. 우리들은 피차 진실을 바라보기엔 어려운 처지가 됐습니다. 그래서 나는 열정에서도 논리에서도 조금 떨어져 이 문제를 바라보기로 했습니다. 당신이 정희를 사랑한다면, 나는 깨끗이 물러나기로 결심했다는 뜻입니다. 그래서 묻는 것입니다. 내 아내를 진정으로 사랑합니까?"

정희에게 정나미가 떨어지도록 만들 작정으로 나를 찾아왔다면 성공한 셈이었다. 사실 그는 진실 운운할 자격도 없을 정도로 정희에게 나쁜 짓을 했다. 물론 미혼인 나와 기혼인 정희의 사랑을 불륜이라 말한다 해도 어쩔 도리는 없지만, 그 역시 외도로 정희에게 상처를 준 사람이었다. 그런데도 정희는 남편을 사랑한다고 말하고 동시에 나를 사랑한다고 말했다는 게 중요하다.

"우스운 말처럼 들리겠지만, 아직 잘 모르겠습니다. 어쨌든 잘 못했다는 생각이 듭니다. 미안합니다."

"당신에게 미안하다는 소리를 들으려고 이런 말을 하는 게 아닙니다. 나는 당신이 진짜로 정희를 사랑하는지 묻고 있는 겁니다."

태양볕이 잔등으로 내리쬘 때처럼 등에서 땀이 흘러내렸다.

"진짜로 사랑합니까?"

나는 곤혹스러워 교정보느라 더러워진 손가락만 만지작거렸다. 정희의 남편은 한참 동안 나를 바라보더니 커피를 남긴 채, 일어섰다.

"잘 생각해보십시오."

그건 시인이 내게 행한 최소한의 예의이자 최대한의 복수였다.

4

문제의 서씨에게서 전화가 온 것은 그로부터 사흘이 지난 뒤였다. 전화를 받은 동료가 김연 기자는 없다고 큰 소리로 말하는 것을 듣고 황급히 일어섰다.

"제 전화입니다."

"자기가 왜 김연 기자야?"

동료의 의아한 표정을 뒤로하고 얼른 전화를 받았다.

"김연 기자라고 안 계십니까?"

"제가 김연입니다."

"드디어 연락이 됐군요. 아따, 전화하기가 상당히 힘들구만요. 그런데 무슨 연자입니까? 김연창·이연복의 연演자입니까, 연심이의 연蓮자입니까, 「실화失花」의 연姸자입니까, 「단발」의 연衍자입니까?"

상당히 빠르고 기름진 목소리였다. 암호를 대듯 나는 김연이 아닌, 원래 내 이름의 연자를 말했다.

"넘칠 연衍자입니다."

"아, 그럼 「단발」의 연자시구만. 보성의 불량학생 임화가 1939년 『조선문학』에 공개한 유고죠. 그중에 애호하는 가면을 도적맞는다는 구절이 나옵니다. 오늘 내가 김연 기자한테 하려는 얘기와 잘 들어맞는군요."

만담가를 연상시켰다.

"실례지만 누구신지요?"

"서혁수란 사람입니다. 저희 형님이 혁赫자 민敏자로, 돌아가신 이상 선생과는 절친한 사이셨지요. 그래서 아직 발표하지 않은 유고나 유품도 상당량 가지고 계셨더랬죠."

"이상의 유고라고요?"

귀가 번쩍 뜨이는 얘기였다. 하지만 제보도 있고 해서 반쯤만 믿기로 했다.

"그렇습니다. 두말하면 잔소리죠. 제비를 마음대로 드나드시던 분이니까요."

"제비야 커피만 마시려 들면 누구나 드나들 수 있었겠죠. 그건 그렇고, 그럼 왜 이제까지 공개하지 않았습니까?"

"아, 그건 최근에야 그런 원고가 있다는 사실을 발견했기 때문입니다. 형님이 워낙 이상 선생을 따르셨다는 사실이야 진작부터 알고 있었지만, 그런 유고가 있을 줄은 꿈에도 몰랐습니다. 형님께서는 몇 해 전 이상 선생이 돌아가신 바로 그 도쿄대학교 부속병원에서 음독자살하셨습니다. 기자 양반이야 그 느낌이 어떨지 알 수 없겠지만, 끔찍한 얘기입니다. 어쨌든 형님께서 돌아가시고 난 뒤, 유품을 정리하려고 낡은 장을 열어보니 일 인치가 넘는 두꺼운 무괘지 노트에 활자 같은 정자로 글씨가 빼곡 들어차 있다던 그 유고가 아니겠습니까? 이상 선생 친필이죠. 크게 손보지 않고 단숨에 일직선으로 길게 써내려간 일본어 글씨 끝에 '李箱'이라는 서명이 씌어져 있습니다. 저도 한때 문학 공부했던 사람이지만, 그 유고의 광채를 잊기 힘들 지경입니다. 진짜와 만나는 경험입니다."

"그런데 혹시 1960년 2차로 발견된 이상 유고의 나머지 부분을 가지고 있다고 하신 적이 있습니까?"

나는 제보한 사람의 말이 기억나 물었다.

"정확하게 그 원고라고 말한 것은 아닙니다. 다만 내가 몇몇 교수님들께 형님이 보관하신 원고를 보여드리자, 1960년 발굴 원고와 상당 부분 흡사한 구석이 있다고 말씀하신 게 와전된 것이죠. 김기자도 아시겠지만, 그 나머지 부분은 화장실 뒤처리용으로 사라졌을 겁니다. 애통한 일이죠. 어쨌든 내가 말하려는 것은 형님의 유품을 정리하는 과정에서 유고도 유고지만, 그보다 더 대단한 물건을 발견했다는 사실입니다."

"이상의 백구두라도 발견했습니까?"

"제 말을 안 믿으시는 모양인데, 그래도 상관없습니다. 다만 오는 9월 23일이면 이상 선생이 태어난 지 90주년이 되는 날이니 여러 기자를 모시고 유고에 앞서 먼저 이 물건을 공개할 예정이라는 사실을 알려드리기 위해 전화드린 것뿐입니다. 관심 없으면 관두시죠."

"글쎄, 그게 무슨 물건입니까?"

"혹시 이상 선생이 일경日警에 의해 한 달간 동경 니시간다西神田 경찰서에 유치됐다가 몸이 많이 상해 풀려나자 매일같이 이상 선생을 찾아갔던 김소운 선생 아십니까?"

"그럼요. 제비다방 시절부터 이상과는 친했던 사람 아닙니까?"

"잘 아시는구만요. 그분의 책 『하늘 끝에 살아도』에 보면 이런 구절이 나옵니다. '굳은 뒤에 석고를 벗겼더니 얼굴에 바른 기름이 모자랐던지 깎은 지 4, 5일 지난 양쪽 뺨 수염이 석고에 묻어서 여남은 개나 뽑혀 나왔다. 그제야 정녕 이상이 죽었구나 하는 생각이 들었다.' 어떻습니까?"

"그럼, 공개하려는 물건이 죽은 이상의 데드마스크란 말입니까?"

"나 역시 굉장히 의심 많은 사람입니다. 지난번 편전아트센터의 '한국시 100년전'에 전시한 형님 서혁민씨에게 보낸 이상의 엽서는 진짜가 확실하기 때문에 공개했던 것이죠. 유고 역시 일백 퍼센트 확실하지만 진짜인지 확인할 때까지 기다리는 것입니다. 그런데 이건 얘기가 다릅니다. 수염 흔적이 완연합니다. 진짜 이상의 데드마스크라는 증거죠. 보는 순간, 몸이 떨려오는 것을 참을 수가 없었습니다. 「오감도 시 제10호 나비」에 나오는바, '유계幽界에낙역絡繹되는비밀秘密한통화구通話口' '수염鬚髥에죽어가는나비' 바로 그 자체죠. 내 그 데드마스크를 이제 공개할 참입니다."

"언제, 어디서 말입니까?"

"내일 오후 일곱시, 통인각으로 오시면 됩니다. 이상을 연구하신 선생님 몇 분도 함께 자리할 것입니다. 통인각으로 오셔서 서혁수를 찾으십시오. 이상 전화 마치겠습니다."

유고라면 모르겠지만, 데드마스크라면 문제가 다르다. 그렇다면 도대체 그 데드마스크가 어떤 데드마스크냐?

5

'1937년 4월 17일 새벽, 도쿄제국대학 부속병원 물료과에서 과일을 구해달라고 말한 뒤 이상이 숨을 거두자 유학생 중 한 명이 데드마스크를 떴다.'

이 문장이 일백 퍼센트 보증된 경전적 사실이라면, 이후의 증언은 그 경전 해석에 해당한다. 이상의 죽음만큼 많은 사람들이 지켜봤지만 그 증언이 제각각인 것도 없다. 꼭 이상의 문학에 대한 평가 같다. 이 단순한 문장을 둘러싼 해석의 상이함이야말로 이상 문학의 애매성을 보증하는 한 증거다.

먼저 '1937년 4월 17일 새벽'에 주석을 달아보자. 당시 이상의 아내였던 변동림, 즉 뒤에 화가 김환기의 아내가 된 김향안은 '담당 의사가 운명은 내일 아침 열한시쯤 될 것이니까 집에 가서 자고 아침에 오라고 한다. (……) 다음날 아침 입원실이 열리기를 기다려서 그의 운명을 지키려고 그 옆에 다시 앉았다. 눈은 다시 떠지지 않았다'고 말해 밤과 아침 사이에 이상이 죽었음을 암시한다. 반면 1939년 『조광』 12월호에 「불쌍한 이상」이란 글을 쓴 정인택은 '1937년 4월 17일 오후 3시 25분'이라고 밝혀 전혀 다르게 얘기한다. 하지만 그 밖의 다른 자료는 '4월 17일 새벽 4시'라는 고은의 말에 대체적으로 동의한다. 한 가지 특이한 자료는 18세부터 이상의 십년지기 친구라는 문종혁의 '4월 17일 새벽 네시경(정축 3월

7일 축시)'이라는 말이다. 축시丑時라면 오전 한시에서 세시 사이인데 왜 네시에 죽었다고 쓰고 축시라고 덧붙였을까?

두번째 '과일을 구해달라고 말한 뒤'에 주를 달자. 당대의 추도문들, 즉 박상엽의 「상箱아 상箱아」(매일신보에 가장 먼저 발표된 추도문으로 아마도 정인택이 썼을 듯), 박태원의 「이상애사」「이상의 편모」, 정인택의 「불쌍한 이상」, 김기림의 「고 이상의 추억」 등에는 레몬에 대한 얘기가 나오지 않는다. 레몬이 본격적으로 등장한 것은 50년대다. 대표적으로 이어령의 「이상론」은 '레몬을 달라고 하여 그 냄새를 맡아가며 죽어간'이라는 문장으로 시작한다. 임종국 역시 '레몬의 향기가 맡고 싶다면서 마지막 숨을 모으던'이라고 쓴다. 하지만 김향안은 '귀에 가까이 대고 "무엇이 먹고 싶어?" "셈비끼야千疋屋의 멜론"이라고 하는 그 가느다란 목소리를 믿고 나는 철없이 천필옥에 멜론을 사러 나갔다'고 증언해 약간 다르다. 이 시점에서 소설가 이태준이 1936년 5월 1일자 조선중앙일보에 쓴 「온실의 자연들」이란 수필의, '꽃뿐 아니라 천필옥 같은 데 가보면 새로 딴 딸기와 포도와 멜론이 그야말로 저자를 이루었다'는 구절은 음미해볼 만하다. 중요한 것은 이상이 숨을 거두던 시기와 비슷한 계절에 천필옥을 방문한 이태준의 눈에 신기하게 들어오던 과일들이 '딸기와 포도와 멜론'이었다는 사실이다.

이번엔 '유학생 중 한 명'에 주석을 붙여보자. 그 자리에 있었던 김향안은 '이상의 이름과 같이 떠오르는 것은 방풍림, 일경, 처절한 임종―, 그리고 유해실에서 데드마스크를 떴는데 그 행방은 모른다. 조우식, 주영섭, 김소운 들의 이름이 떠오를 뿐으로 그 밖에 누가 있었는지 생각이 안 난다'고 회상한다. 반면 김소운은 '6, 7인이나 낯모를 사람들이 둘러앉은 곁에서 화가 길진섭이 석고로 상箱의 데드마스크를 뜨고 있다'고 단언했다.

또 임종을 지켜보지는 못했지만, 이와 관련해 증언을 남긴 사람들이 있다. 소설가 이봉구는 '이상이 숨을 거두자 옆에서 임종을 한 벗들 속에 우식은 이상의 데드마스크를 떠주어가며 목을 놓아 울었다는 소식이 명치정 거리의 벗들로 하여금 눈물을 솟게 하였다'고 주장했다. 처음으로 전집을 편찬한 임종국 역시 '그의 임종에 소운을 비롯한 몇몇 친지가 참여하였고 조우식의 손으로 데드마스크까지가 떠졌다 한다'고 주장한다. 반면 『이상평전』을 쓴 고은은 '동경 체류의 화가 길진섭은 이상의 데드마스크를 떴다. 신비스러운 데드마스크였다'라고 밝힌다.

김소운을 비롯한 대다수의 기록은 길진섭이, 이봉구와 임종국은 조우식이 각각 데드마스크를 떴다고 주장하는 형국이다. 이 시점에서 문제는 김향안이 임종 때 있었던 사람으로 '조우식, 주영섭, 김소운 들'을 떠올렸다는 점이다. 길진섭이 그 자리에 있었다면, 이 문장은 달라져야만 한다. 누구보다도 먼저 길진섭의 이름이 변동림의 머릿속에 떠올랐을 것이다.

이 주석은 논란의 인물 길진섭과 조우식이 어떤 인물인지를 알아야만 해결할 수 있는 문제다. 1907년, 3·1운동 민족대표 33인 중의 한 사람인 길선주 목사의 아들로 평양에서 태어난 길진섭은 구본웅, 이상, 김환기와는 동시대 사람으로서 1932년 도쿄미술학교 서양학과를 졸업하고 서울로 돌아온 뒤, 이후 국내 화단에 중요한 인물로 떠오른 사람이다. 이상과의 인연으로 따지자면, 1925년 3월 25일부터 29일까지 혜화동 1번지로 이전하기 전 수송동 보성고등보통학교 교사에서 이상에게 큰 영향을 미친 고희동의 주최로 열린 제5회 서화협회전에 참여했다는 점을 들 수 있다. 화가를 꿈꾸던 이상이 이 전시회에 안 갔을 리가 없고 거기서 천재 소년 화가로 떠오른 길진섭의 〈자화상〉을 주의깊게 보지 않았을 리 없다. 김환기와의 인연을 따지면, 1934년께부터 김환기와 길진섭이 도쿄에 소재한 후지타 쓰구하루藤田嗣治의 아방가르드 양화연구소에 함께 다녔고 1940년 무렵, 종로 네거리에 나가면 길진섭과 김환기 두 명의 거인을 만날 수 있다는(구본웅·이상의 곡마단 패거리가 아니라) 당시 신문기사를 볼 수 있을 정도로 가까웠다.

이상, 길진섭, 김환기는 도쿄에서 발행된 『삼사문학』 제6집에서 함께 만난다. 삼사문학 동인이었던 조풍연은 이와 관련해 '신백수는 『삼사문학』 제6호를 도쿄에서 발간하였는데 이 책에는 김환기, 길진섭, 김병기 등의 젊은 화가들이 삽화와 컷을 그리었고 황순원, 한적선 등이 시를 썼으며 이상의 산문이 실려 있었다'고 증언한다. 김향안도 회고에서 길진섭을, 1944년 5월 1일 고희동의 주례로 김환기와 결혼할 때 정지용과 함께 사회를 봤던 인물이라고 밝힌다.

한편 조우식은 쉬르리얼리즘을 주창한, 이론 쪽에 가까운 인물로 김환기와 함께 추상작가로 분류되긴 하지만, 길진섭보다는 비중이 떨어지는 인물이다. 작품과 관련해서는 한국 근대미술사에서 두 번 등장하는데, 1937년 충무로 입구 대택화랑에서 열린 조우식·이규상 등 다섯 명의 동인전인 극현사極現社 양화전람회를 일러 '신흥적 경향을 가진 작품전이었습니다마는 신경향이라는 형식적 장식으로 말미암아 본질적 미술성을 망각한 감을 주는 작품들'이라 평한 사람은 구본웅이고 1939년 경성제대 갤러리에서 열린 그와 이범승의 2인전을 일러 '추상파의 경향을 받아 앞으로 회화예술의 새로운 발견을 꾀한다'고 평한 사람은 길진섭이다. 곧 조우식은 이들보다는 조금 아래 세대인 것이다.

이 시점에서 조우식, 주영섭, 김소운을 떠올리면서 길진섭을 언급하지 않은 김향안의 증언을 재검토할 수 있다. 우선은 고의적으로 길진섭의 이름을 빼버린 경우다. 길진섭이 해방 이후 화단에서 좌익의 선봉이었다는 사실을 고려하면 가능성이 있다. 김향안이 증언할 때까지만 해도 길진섭은 해금되지 않았다. 반면 이런 고의성이 없다고 쳤을 때, 그곳에서 길진섭이 이상의 데드마스크를 뜨는 행동을 했다면 그가 김향안의 회고에서 '조우식, 주영섭, 김소운 들' 속에 포함될 가능성은 극히 희박하다. 따라서 김향안의 증언을 일백 퍼센트 그대로 믿는다면, 임종 자리에 길진섭은 없었다는 말이 된다. 달리 말하자면 데드마스크를 뜬 사람은 조우식이 되는 셈이다. 그렇다면 같은 날 같은 장소에 있었으면서 김향안은 조우식이, 김소운은 길진섭이 데드마스크를 떴다고 주장하게 되는 문제가 생긴다.

마지막으로 '데드마스크'에 대한 주석을 살펴보자. 자신이 이상의 소설 「지주회시」의 등장인물 오吳라고 주장하는 문종혁은 '상의 집 뒤뜰에서 거행된 추도식의 광경이 생각난다. 마루 위에 놓인 그의 유해 상자 그리고 길진섭이 데생한 상의 사화상死畵像. 자는 듯이 눈을 내리감고 입을 다소곳이 다물고 천장을 향해 누워 있는 모습을 수평선 옆에서 보고 얼굴만 실물대로 그린 것. 그의 사화상이 생각난다'고 회상해 아예 데드마스크가 아니라 그림이라고 말한다. 하지만 이에 대해서는 데드마스크라는 주장이 압도적이다. 동생 김옥희는 '오빠가 가신 지 서른 해가 된 오늘날 유물 중에서 가장 찾고 싶은 것이 있다면 오빠의 미발표 유고와 데드마스크'라며 '오빠의 데드마스크는 동경대학 부속병원에서 유학생들이 떠놓은 것을 어떤 친구가 국내로 가져와 어머니께까지 보인 일이 있다는데 지금 어디로 갔는지 찾을 길이 없어 아쉽기 짝이 없습니다'라고 증언한다.

여기에서 '문종혁'이란 인물에 다시 주석을 달아야 한다. 『문학사상』 1974년 4월호에 「몇 가지 이의」라는 글을 발표한 문종혁이란 사람에 대해 김향안은 『문학사상』 1986년 12월호에서 '문종혁을 나는 모른다. 몇 가지 수긍이 안 가는 글이 있다. 첫째 집 뒤뜰에서 추도식을 올린 일이 없다. 미아리에 안장하기까지 외인을 만난 일도 없다'고 주장했다는 점이다. 그런데 기이한 일은 나중에 김향안이 이 수상을 책으로 묶어 낼 때는 이 구절을 빼버렸다는 사실이다. 연재 내용은 단행본과 차이가 많이 난다. 주로 연재 내용에서 삭제한 부분이 많다. 1962년에 발간한 자신의 수필집 『파리』를 1985년 『마로니에의 노래』로 다시 펴내면서 생긴 오식을 두고 한국문화의 저질화를 격렬히 통탄하면서 분노를 감추지 않았던 김향안이기에 왜 단행본에서는 이 구절이 빠졌는지 궁금하기 짝이 없는 일이다.

또 이런 증언도 있다. 동생 김옥희는 '통인동 큰집이 집은 큰데 경제력이 줄어들고 해서 하숙을 했어요. 사랑채에서 학생들 6명쯤이 하숙을 하고 있었는데 경상도 상주 사람인가 하는 김소동이란 사람이 있었는데 오빠를 몹시 좋아했고 문종옥이라는 친구도 있었고, 이 학생들이 모두 오빠를 좋아했고 학생들이 모두 오빠를 좋아하니까 큰어머니가 이것을 싫어하셨던 것 같아요'라고 말해 이상의 백부집에 다른 젊은 학생들이 살았음을 반증했다. 이 증언에 나오는 '김소동'은 전 영화아카데미 원장을 지낸 바 있는 영화계의 원로로, 당시 경성제일고등보통학교에 다녔던 사람이라 김옥희의 증언은 상당히 신빙성이 있다. 그러므로 질문자가 문종옥이 아니라 문종혁이 아닌가고 되묻는데도 분명히 문종옥이었다고 말한 김옥희의 증언 역시 믿을 수밖에 없다. 그러니까 문종혁의 경우, 그와 이상과의 친분을 증명할 수 있는 사람은 문종혁 자신밖에 없는 셈이다.

한 문장에 불과한 이상의 죽음에 대한 주석이 이토록 길고 또 서로 상반되는 까닭은 무엇일까? 불과 육십여 년 전의 일인데 관련자들의 기억력이 일시에 나빠진 것일까? 데드마스크쯤이야 아무렇게나 증언해도 괜찮다고 여겼기 때문일까? 아니다. 그 까닭은 아틀란티스 사람들도 아닌데, 어느 날 갑자기 이상과 관련 있는 사람들이 모두 사라졌기 때문이다. 그러니까 이상의 죽음을 둘러싼 논란의 뒤안길에는 이 나라 문학사의 슬픈 그림자가 드리워진 셈이다.

먼저 임종을 지켜본 사람들의 이름은 변동림, 김소운, 길진섭, 조우식, 주영섭, 그 밖에 삼사문학 동인들, 혹은 동경 유학생들이다. 정확한 이름을 알 수 없는 삼사문학 동인들과 동경 유학생들을 빼면 5명이 남는다. 이들 중 길진섭, 주영섭은 월북했으며 적극적인 친일의 경력이 있는 조우식은 해방 뒤 이시우, 김기림, 김광균 등 모더니즘 계열의 시인들과 함께 잠시 박인환의 서점 '마리서사'에 얼굴을 보였으나 한국전쟁 이후부터는 그 기록이 보이지 않는다. 데드마스크와 관련해 김향안과 김소운의 증언에만 기댈 수밖에 없는 형편은 여기서 비롯한다.

두번째, 이상과 절친했던 구인회 동인은 김기림, 박태원, 정지용, 이태준, 김유정 등이고 가까이 지냈던 사람은 정인택, 윤태영, 구본웅, 안회남 등이다. 이들 중 같은 해 죽은 김유정과 1953년 죽은 구본웅을 빼면 윤태영을 제외한 모든 사람들이 월북하거나 납북됐다. 문인 이상이 아니라 인간 이상에 대해 증언할 수 있는 사람은 이제 김향안, 김소운, 윤태영 등만 남는 셈이다. 가족의 경우, 김향안이 모든 유고를 넘겨줬다는 동생 김운경이 동란중 실종돼 결국 모친 박세창과 여동생 김옥희만 남았다. 그 밖에 이헌구, 원용석, 문종혁 등 등단 이전의 김해경과 등단 이후의 이상을 기억하는 사람들이 있다. 그러나 그들이 등단 이후 인간 이상에 대해 아는 것은 많지 않다.

이상의 문학과 삶은 물론 죽음까지 신비 속으로 파묻히게 된 까닭은, 그리하여 급기야 1950년대 젊은 이어령과 임종국이 이상이라는, 그로부터 불과 이십 년쯤 전에 죽은 인물을 신화로 부활시킬 수 있었던 까닭은 이 때문이다. 그들에게 이상은 실존했던 인물이 아니라, 문학적 기호였던 것이다. 이상이 죽은 1937년 중일전쟁이 벌어지며 시국이 급변하기 시작해 1941년 태평양전쟁이 발발하면서부터는 이상과 관련한 회고 따위를 남기기 힘든 형편이었는데다 해방 직후 좌우대립의 소용돌이, 그리고 분단은 이상에 대한 증언이 존재할 수 없게 만들었다.

이제 남쪽과 비슷하게 월북한 사람들 대부분이 이 세상 사람이 아니니 그들이 북한에서 기록을 남기지 않았다면, 이상에 대해 증언할 사람은 더이상 없다(궁금하기도 하고 심심하기도 해 북한 문학신문 목차를 모두 뒤졌으나, 이상과 굳이 관련시키자면 1965년 3월 16일자 김해균의 「남조선 문학평론의 동태—구미 부르죠아 반동문학과의 관련에서(실존주의, 모더니즘 비판)」, 1966년 12월 6일자 김해균의 「남조선 반동소설에서의 '의식의 흐름'」, 1967년 1월 10일자 기자의 「부르죠아 예술의 부패한 본질을 반영한 '전위예술'」 등의 글만 찾을 수 있었다. 간혹 안회남·박태원의 이름이 보이지만 해방 전의 성향과는 크게 차이가 난다. 이상이 그들에게 어떤 평가를 받을지는 불문가지).

주석으로 이상의 죽음에 대해 우리가 알 수 있는 것은 하나도 없다. 비밀이 없다는 것은 재산 없는 것처럼 가난하고 허전한 일. 하지만 양파를 까듯이 아무리 파헤쳐봐도 진실은 보이지 않는다. 적빈한 가정의 얼굴 하얀 아이 김해경이 마지막으로 남긴 이상이란 데드마스크란 도대체 무엇이던가?

6

남해 먼바다에 머물던 장마전선이 다시 북상하면서 며칠 아람들 떨어지듯 뭉치비를 뿌려댔다. 우산 천이 발록거릴 정도였다. 한반도 전역이 장마권에 접어든 그날, 서초동 국립중앙도서관은 한

산했다. 형광등의 해끗한 불빛 아래로 장마에도 불구하고 도서관에 나와 책을 읽어야 하는 사람들만이 늘썽늘썽 앉아 눈살을 잔뜩 찌푸린 채, 자꾸만 흐려지는 눈길을 다시 맞추고 있었다. 자연주의 화가의 캔버스처럼 음울하다면 음울한 풍경. 이상에 관한 자료를 거의 다 찾아 읽은 나는 2층 흡연실로 가 담배를 피우며 억수같이 내리는 빗줄기를 바라봤다. 희부연 연기가 덧든 잠 속의 꿈인 양, 열어놓은 창밖으로 매끄럽게 빠져나갔다.

　시인이 나를 찾아와 정희는 자신과 나를 동시에 사랑하고 있다며 진짜로 정희를 사랑하느냐고 묻는 순간, 나는 정희를 진짜로 사랑한다고 말할 수 없는 상태에 빠졌다. 지독한 패러독스, 야비한 포석이었다. 나는 이미 그와의 게임에서 진 셈이다. 사랑한다고 말해도, 사랑하지 않는다고 말해도 그는 이기게 돼 있었다. 그나나나 정희를 진짜로 사랑한다고 먼저 말할 수 없는 처지였다. 누구든 진짜로 사랑한다는 말을 하는 순간, 다른 사람에게 사랑한다고 말하는 정희의 모습을 볼 수밖에 없다. 진실에 겹쳐지는 뼈저린 환시幻視인 셈이다.

　그가 자신은 정희를 사랑하는지 사랑하지 않는지 말하지 않고 내게 먼저 진짜로 사랑하느냐고 물은 까닭은 그 때문이다. 먼저 진짜라고 말하는 사람이 지게 되어 있는 게임인 까닭이다. 모든 크레타인은 거짓말쟁이라고 말하는 크레타인처럼 한 사람에게 고정시키는 순간 정희의 사랑은 다른 사람을 향해 미끄러진다. 나를 사랑하는 것처럼 보였다가 그를 사랑하는 것처럼 보였다가 그를 사랑하는 것처럼 보였다가 나를 사랑하는 것처럼 보였다가. 이 이상한 가역반응.

담배가 모두 연기로 바뀌고 덧없는 재만을 남기는 동안 곰곰이 생각했지만, 빠져나갈 길은 없었다. 신기루 같은 사랑. 이해할 수 없는 무서운 변신담. 끊임없이 비켜가는 그 사랑을 무슨 방법으로 잡을 수 있을까. 절로 담뱃불이 꺼질 때까지 멍하니 창밖으로 쏟아지는 빗발만 바라보다가 일어섰다.

열람하지 못한 나머지 책을 빌리려고 다시 1층 중앙대출대로 갔다.

"이상을 전공하나요?"

전집처럼 묵직한 목소리의 사십대가 앉은 자리에서 나를 올려다보며 물었다.

"아닙니다. 기잡니다."

"하루 만에 이상을 다 볼 작정인가보죠. 무슨 일 때문에 그럽니까?"

"그냥 궁금함이 남아서죠. 진짜인지, 가짜인지."

"뭐가 진짜고 뭐가 가짜란 말입니까?"

검지손가락으로 검은 뿔테안경을 미간 쪽으로 더 갖다붙이며 사서가 말했다. 멍하니 서 있던 나는 내 말에 스스로 놀랐다. 나도 모르게 정희와의 일을 떠올렸던 것이다. 둘러대느라 얼른 말했다.

"데드마스크 말입니다. 이상의 데드마스크. 이상이 죽었을 때, 떴다는 데드마스크."

"데드마스크? 처음 듣는 얘긴데……"

"이상이 죽고 나자 길진섭인가, 조우식인가 데드마스크를 떴답니다. 그게 어디로 갔는지 알아보려구요. 하지만 역시 힘들군요."

"데드마스크라면 베토벤의 데드마스크 같은 것을 말합니까?"

"그렇죠. 죽은 얼굴에다 기름을 바른 뒤, 석고를 입히죠. 그리고 석고가 굳으면 거기에 다시 기름을 바르고 데드마스크를 만듭니다. 그러면 똑같은 얼굴이 하나 더 생깁니다."

"잘은 모르지만, 갑자기 「거울」이란 이상의 시가 생각나는군요. 그 시 알죠? '거울속의나는왼손잡이오' 하는 시."

"잘 압니다. 대표적인 시죠. 하지만 「오감도 시 제11호」의 첫 구절이 더 어울릴 것 같은데요. '그사기컵은내骸骨과흡사하다.'"

"딴은 그렇군요. 그 시에서 사기컵이 결국 깨지지 않았나요?"

"아닙니다. 산산이 깨어진 것은 사기컵과 흡사한 해골이죠."

"결국 이상은 죽고 그 데드마스크인지 뭔지가 남은 꼴과 똑같구만. 그런데 신청한 이 책은 별로 재미가 없어요. 1968년에 나온 책이라 이상의 삶에 대해서도 제대로 파악하지 못한 채 쓴 흔적이 역력하죠. 최근에 들어온 책이 있는데, 거 뭐라나 재미교포 2세가 쓴 박사논문인데요. 잠깐만 기다려봐요."

사서는 수서과로 전화해 최근 들어온 그 책의 서지사항을 받아 적은 뒤, 덧말 없이 전화를 끊었다. 중앙대출대 뒤 도서용 엘리베이터의 금속성 표면 위로 그의 사무적인 행동이 적막하게 되비쳤다.

"피터 주란 사람이 쓴『참조로서의 이상 텍스트』란 책입니다."

나는 그가 건네주는 메모를 받아들었다.

"고맙습니다. 제가 들고 온 목록에는 없는 책이군요."

"최신간이니까요. 아직 문학자료실로 내려가지도 않았습니다."

"그럼, 지금 볼 수 없나요?"

"한 일주일 뒤에 오면 됩니다. 급하다면 서점에서도 구할 수 있을 겝니다."

7

비는 시시각각으로 다른 색채의 소리를 내며 하루종일 내렸다. 두시경의 빗소리가 무채색에 가까웠다면 이제는 밝은 갈색이었다. 종일토록 빗소리를 들었더니 어느 순간 소리가 사라졌다. 내가 빗소리 속에 있는 게 아니라 빗소리가 내 안에 있었다. 좀체 그칠 기미를 보이지 않는 빗속을 뚫고 인사동 통인각에 도착했을 때는 이미 일곱시 이십분이었다. 너무 일찍 도서관에서 나왔다고 생각해 버스에 올라탄 게 화근이었다. 반포대교에서부터 버스는 움직일 기미조차 보이지 않았다. 구 화신백화점 앞에 도착했을 때가 일곱

시 십분이었다. 바람까지 몰아쳐 거리는 온통 사선으로 떨어지는 빗줄기에 점령당한 꼴이었다.

통인각은 인사동에서 흔히 볼 수 있는 고급 음식점이다. 반쯤 비에 젖은 꼴로 뛰어들어가 서혁수씨를 찾았더니 일하는 아주머니가 한쪽 구석방으로 안내했다. 세 명의 남녀가 음식을 앞에 두고 앉아 있었다. 내가 들어서자, 머리칼이 희끗희끗한 중늙은이인 서씨가 인사하며 나를 반겼다.

"반갑습니다. 김연 기자시죠? 제가 서혁수입니다. 이분은 최수창 교수님이고 이분은 편전아트센터 이숙희 관장님이십니다. 서로들 인사 나누시죠. 최교수님이야 바쁘셔서 힘들겠지만, 앞으로 이 관장님은 김기자도 자주 보게 될 것입니다."

나는 세 사람에게 각각 인사한 뒤, 한쪽에 앉았다.

지금은 물론 서씨라는 사람에 대해 다른 감정을 가지고 있다. 굉장히 모호하고 시시때때로 엇나가는 감정이다. 이제 그는 서씨일 수도 있고 아닐 수도 있다. 하지만 당시에 그는 분명히 이상의 데드마스크를 우리에게 전달하려는 서씨였다. 이관장도 인정하지만, 서씨로서의 그에게서 우리는 어떤 부조화의 흔적도 찾을 수 없었다. 그가 완벽하게 이상 숭배자를 형으로 가진 서씨라는 인물을 흉내냈다고 하더라도 그는 바로 서씨 자신이다. 왜냐하면 이상에 대해 말할 때의 그 뜨거움을 그토록 흉내낼 수 있다면, 그를 가짜라고 일컬을 수 없기 때문이다.

그 뜨거움이 진짜였는지 가짜였는지 확인할 길이 이제 사라졌지만, 그런 종류의 뜨거움이라면 누구도 진위를 가려낼 수 없다. 만약 어떤 배우가 완벽하게 무대 인물로 바뀌었을 때, 우리는 그 무대 인물에게서 배우를 분리해낼 수 있을까? 다시 말해서 그 무대 인물을 가리켜 가상의 존재라고 말할 수 있겠는가? 가상의 존재라고 지적하는 사람은 무대 바깥에 있는 사람들일 뿐이다. 무대 위에서 그 배우는 사라진다. 내가 경험한바, 서씨는 가장 완벽하게 구현된, 데드마스크의 전달자였다. 빠르게 지껄이는 어투라든가, 어투에 따라 미세하게 자리를 바꾸던 손가락 하나하나의 움직임, 한 문장이 끝날 때까지 사람의 눈동자를 빤히 쳐다보는 시선 등 모든 요소가 총체적으로 움직이며 하나의 결론으로 치달았다. 그 요소들이 너무나 진지해 누구라도 결국에는 그의 결론에 동의하지 않을 수 없었다. 물론 질문은 남는다. 어떤 사람이 의도적으로 완벽하게 다른 인물의 삶을 살아갈 때, 우리는 그를 가리켜 다른 인물의 몸동작을 흉내내는 원숭이라든가, 다른 인물의 목소리를 그대로 따라 하는 앵무새라고 말할 수 있을 것인가?

미리 전화로 얘기했던 서씨의 말과 달리 기자는 나밖에 없었다.

"다른 기자들은 안 왔습니까?"

"신문사 주변에 홍수났나봅니다."

서씨가 익살스럽게 말했다.

"이상이 죽을 때, 데드마스크를 떴다는 사실을 아는 기자도 많지 않아요. 그러니 누군가 전후 사정을 제대로 설명해주기 전에는 도대체 무슨 얘기인지 잘 모르죠. 몇 달 전에는 이상이 그린 병풍 그림이라는 게 청계천 고물시장에 나돈 적이 있어요. 예전에는 이상이 불던 피리도 나왔죠. 다 믿을 수 없는 물건들이었습니다만."

최교수가 나를 힐끔 쳐다보며 말했다. 내가 되받아쳤다.

"지금은 방학이시겠군요."

"그래도 한가하진 않습니다."

"어쨌든 시간이 계속 늦어지니 일단 제가 말씀을 드려야겠습니다. 최교수님이나 이관장님은 벌써 약속시간 십 분 전에 오셔서 기다렸으니 말입니다."

"괜한 헛걸음인지 모르겠습니다."

최교수가 근엄한 표정으로 말했다.

얼굴은 처음 봤지만, 이미 책을 통해 그를 익히 알고 있었다. 1970~80년대 루카치를 연구하다가 1990년대 접어들며 이상으로 방향을 튼 그는 지금 마르크시즘의 상보적 요소로서의 모더니즘 미학을 30년대 한국 작가들—주로 구인회 작가들이 되겠지만—의 실제 작품에서 도출해내려는 작업을 계속하고 있었다. 결국 깊이 들어가면 이상·박태원의 작품을 둘러싸고 논쟁을 벌였던 임화와 최재서가 둘이 아니라는 일원론이 자리잡고 있었다.

그에 따르면 임화와 최재서 사이의 리얼리즘 논쟁은 결국 한국 근대문학 비평사라는 동전의 양면이 첨예하게—다시 말해 모순적으로—대립된 한순간일 뿐이라는 것이다. 어쨌든 한국 근대문학 비평사의 이 모순은 분단이라는 명제 앞에 해소되고 말았다는 것. 모두 희랍비극적 의미의 운명으로 환원되는 문제였다. 북으로 간 임화가 결국 미국 스파이로 몰려 처형됐다는 사실을 안 뒤로도 오랫동안 나는 이 부분이 쉽게 이해되지 않았다.

"데드마스크 얘기를 하자면, 먼저 저희 형님과 이상 선생과의 인연을 얘기하지 않을 수 없습니다. 적선동에 살 때부터 우리집은 이상 선생 댁과 친했더랬습니다. 1918년생인 형님은 어려서 늘 얼굴 하얀 김해경 얘기를 듣고 자랐습니다. 지금 사람들은 경성고공을 졸업해 총독부 기사가 됐다는 사실을 하찮게 여기지만, 경성고공은 조선인을 일 년에 두세 명밖에 입학시키지 않던 학교였습니다. 그런 곳에 입학한다는 것은 대단한 일이지요. 김해경, 그러니까 이상 선생의 모친께서 얼마나 그분을 아끼고 자랑하셨던지, 선생이 돌아가신 뒤에도 오랫동안 저희 어머니께서는 그분 얘기를 들려주곤 했습니다. 봉목골 살 때, 해경이라고 아주 재주 많은 애가 있었어. 걔네 모친 사랑이 말은 안 해도 대단했어."

"그럼 서선생도 이상 선생을 봤겠군요."

최교수가 말을 끊었다.

"저야 1935년생이니 이상 선생과는 일면식도 없습니다. 이 데드마스크를 빼면 말이죠."

서씨가 한쪽에 놓인 상자를 툭 치면서 말했다. 이관장이 자기 얼굴이라도 찔린 양 움찔 몸을 움츠렸다.

"어쨌든 형님은 말로만 듣던 이상 선생을 1933년 6월, 그러니까 선생이 종로 네거리에 제비다방을 열겠다며 집기를 구하러 다니던 시절 처음 뵈었다고 말씀하시더군요. 아마 지금 청진동 해장국 골목 초입 언저리일 겁니다. 그때 효자동으로 이사 간 옥희 누님이 제비다방으로 빨래하러 가던 길에 따라가본 거지요. 그때 뵙고 형님은 아주 선생에게 푹 빠져버렸습니다. 그래서 그림도 그리고 시도 쓰고 소설도 쓰고. 무던히도 선생을 숭앙했죠. 그런 형님에게 이상 선생이 운명하셨다는 소식은 하늘이 찢어지는 충격이었습니다. 천재는 박명이라는 짐작이야 하셨겠지만. 형님은 1992년 돌아가실 때까지 술만 잡수시면 소설 「종생기」가 실린 『조광』 5월호를 품에 안고 부민관 추도회에 찾아갔던 얘기를 빼놓지 않고 하셨죠. '꽃이보이지않는다. 꽃이향기롭다. 향기가만개한다. 나는거기묘혈을판다. 묘혈도보이지않는다. 보이지않는묘혈속에나는들어앉는다. 나는눕는다. 또꽃이향기롭다……' 이런 시를 읊조리며 말이죠. 부민관 추도회 말씀하시며 비장하게 이 시 읊을 때면 모르는 사람도 숙연해질 정도였습니다. 어쨌든 그뒤로 형님의 삶은 한마디로 말해 이상 선생과 꼭 같은 작품을 완성시키기 위한 도구였습니다. 연애든, 다방이든 실패한 사실만 따지면 이상 선생과 같다고 할 수 있지요."

"듣고 보니 서선생 형님께서도 대단한 문인이셨을 것 같군요."

비아냥으로도 들릴 수 있는, 최교수의 말이었다.

"평생 무명 시인이었죠. 투고만 하면 번번이 떨어졌어요."

서씨의 목소리가 미세하게 떨렸다. 원액에 물을 들이부은 듯 밀도가 약해졌다.

"저는 왜 형님이 평생 무명 시인으로 남아야만 했는지 압니다. 한 시인을 너무 숭배하는 사람의 작품은 아무리 훌륭하더라도 흉내에 불과하지 창조가 아닙니다. 돌아가신 분을 욕되게 하고 싶진 않지만, 이 점은 살아 계실 때부터 제가 늘 말씀드렸던 생각입니다. 물론 형님은 이상 선생을 능가하는 작품을 창조하는 일보다 이상 선생을 완벽하게 흉내내는 삶을 원하셨습니다. 그러니 제 말이 귀에 들어갈 리 없었죠. 형님은 돌아가시기 얼마 전에도 한 문예지에 투고했지만, 돌아온 것은 무엇도 없었습니다. 세상은 두 명의 이상은 원하지 않으니까요."

"맞아요. 아무리 좋은 희곡을 썼다고 해도 셰익스피어 앞에서 벤 존슨은 그림자에 불과하죠. 예술세계만큼 냉혹한 사회도 없어요. 한 명의 천재를 위해 수천 명의 범재를 희생시키니까요."

영국에서 예술사회학을 공부하고 온 재벌가 며느리의 말이었다. 편전아트센터야말로 하우저식 예술사회학과 재벌식 예술관이 행복하게 만나는 공간이라 할 수 있었다.

"이상이라고 날 때부터 천재는 아니었죠. 이상도 예술가로서 노사老死할까봐 늘 두려워했습니다. 동경에서 죽기 전에 김기림에게 보낸 편지를 보면, 그런 초조함이 잘 나타나 있습니다."

아직까지 제국대학 당시부터의 오랜 전통인 실증주의를 고수하는 최교수가 마땅찮은 듯 이관장을 보며 말했다.

"아무튼 이상 선생이 돌아가신 1937년 여름, 길진섭 선생은 고향 평양에서 두번째 개인전을 열었습니다. 〈언덕 풍경〉〈성 밖의 여인〉 등 10~40호 크기 유화 40여 점을 내놓았죠. 길선생이 데드마스크를 떴다는 사실이 널리 알려졌을 때라 형님께서는 평양까지 찾아갔습니다. 데드마스크를 보기 위해서였죠."

최교수를 쳐다보며 서씨가 말했다. 그때부터 서씨의 목소리가 뜨적뜨적해졌다.

"하지만 길선생은 데드마스크를 뜬 적이 없다고 형님께 분명히 말씀하셨습니다. 항간에 도는 소문처럼 자신은 데드마스크를 뜬 일도, 이상이 죽어가며 레몬 향기를 맡은 일도 없었다고 말입니다."

"하지만 김소운은 분명히 길진섭이 데드마스크를 떴다고 말하지 않았습니까?"

나도 모르게 말이 튀어나왔다. 서씨는 최교수를 바라보던 눈길을 거둬 나를 또렷이 쳐다봤다.

"하지만 길선생은 형님에게 사실과 다르다고 확실히 말씀하셨습니다."

언뜻 보기에 이상을 둘러싼 수수께끼 풀이는 간단한 듯 보인다. 절실한 필연성이 아니면 단순한 손장난, 최재서가 아니면 김문집,

레몬이 아니면 멜론, 길진섭이 아니면 조우식인 것이다.

"그렇다면 조우식이 뜬 것입니까?"

하지만 그 수수께끼 풀이가 그렇게 간단하진 않다.

"조우식 선생이 떴을 가망성이 가장 높습니다."

서씨가 양 손바닥을 쫙 펼쳐 보이며 말했다. 숨기는 게 전혀 없
다는 표시의 몸동작.

"그럼 선생이 공개하겠다는 데드마스크는 조우식이 뜬 데드마
스크군요."

누구도 말하지 않았기에 내가 물었다.

"아닙니다."

서씨는 말을 아끼지 않았다.

"어째서 아닙니까? 길진섭이 아니라면 조우식이겠죠."

나는 서서히 서씨의 얘기 속으로 빠져들었다. 서씨는 말의 완급
과 강약을 조절하며 내 가장 깊은 곳에 자리잡은 의구심과 회의를
무장해제하고 있었다. 견고한 갑옷과 창을 준비하고 나선 길이었으
나 불의의 기습으로 밑천을 다 보여준 풋내기 도박사의 꼴이 됐다.

"이것 아니면 저것이라는 생각에서 벗어나야만 제대로 보일 겁
니다. 김기자는 세상일을 너무 이분법적으로 보고 있구만요. 그
럼 내 김기자한테 한 가지 여쭤보겠소이다. 김기자는 「오감도 시
제1호」를 처음 접했을 때 어떤 느낌을 받았습니까? 명작이라고
생각했습니까, '뭐 이런 게 다 있어?'라고 생각했습니까? 말씀해

보시죠."

"글쎄요. 미학적으로 훌륭한 작품이라는 생각은 들지 않았겠죠."

"몇 살 때 처음 읽었는지 기억하십니까?"

"중학교 1학년 때인가요? 아웅산 폭파 사건이 언제 일어났죠?"

나는 최교수와 이관장을 쳐다봤다. 무표정한 얼굴이었다.

"아마 1983년이 아닌가요?"

무표정한 얼굴 중 하나가 말했다.

"그럼 초등학교 6학년 때 처음 읽었습니다."

"초등학교 6학년 학생으로 감상은 어땠습니까? 미학적인 관점에서 보지는 않았을 거 아닙니까?"

무서운 글이라는 생각뿐이었다. 하지만 왜 내게 이런 질문을 하는가? 나는 대답하지 않았다.

"지금 대답하지 않아도 좋습니다. 어쨌든 이 데드마스크를 뜬 사람은 조우식도 길진섭도 아닙니다."

서씨가 상자를 가리키며 말했다.

"그렇다면 서선생이 오늘 공개하겠다는 데드마스크는 도대체 어떻게 만들어진 것입니까?"

노인은 씽긋 웃음을 지었다.

대학교 1학년 때, 혼자서 산행에 나선 일이 있다. 시국이 어지러워 학교만 가면 하루종일 귀에서 멍멍한 소리가 들려 의자에 가만히 앉아 있을 수 없던 시절이었다. 귀를 막고 눈으로 목련의 그늘을 따라가다보면, 한 나라의 국경선이 보이는 듯했다. 그 나라로 망명하고 싶었으므로 내 방 앞 목련으로 햇볕이 내리쬐는 아침에만 태양 아래 있었다. 나와 태양 사이로 작은 새들이 몇몇 날아갔다. 그리고 6월이 되자, 비가 올 것만 같은 나날이 이어졌고 나는 배낭을 꾸려 정선행 시외버스에 올라탔다. 그때만 해도 동강 부근은 오지여서 화전민들이나 띄엄띄엄 집을 짓고 살 때였다. 강 안개가 자욱해 해가 잘 뵈지 않았다.

백운산으로 이르는 오솔길로 한참 걷다가 후박나무 사이로 난 작은길을 봤다. 지형과 지도로 짐작건대 능선으로 바로 치고 올라갈 수 있는 길이었다. 한시라도 빨리 정상에 다다르고 싶었던 나는 그 작은길로 접어들었다. 하지만 사람들이 약초 캐러 다니는 길인 듯, 한 오백 미터쯤 가서 그 길은 끊겼다. 길이 끊긴 그곳은 가파르긴 해도 능선 바로 아래쪽이었다. 나는 능선을 향해 필사적으로 올라갔다. 한 시간쯤 걸었을까, 능선에 이르러 한숨을 내쉬곤 잠시 쉬었다가 다시 걸어가다보니 후박나무 사이로 난 작은길이 보였다. 나는 다시 그 자리에 온 것이다. 어떻게 그런 일이 일어났을까? 산악인들이 흔히 링반데룽이라고 말하는 경험이었다. 다시 지도를 펼치고 한참을 들여다봤지만, 내가 걸어온 길을 지도상에서 되짚어갈 수 없었다.

노인과 교수, 재벌가의 며느리와 함께 있던 그날 나는 다시 한번 링반데룽을 경험했다. 일이 꼬이기 시작한 건 그때부터다. 서씨는 사실 그 시점에서 모든 것을 털어놓은 셈이다. 그런데도 나는 그 사실을 제대로 알아차리지 못하고 홀리듯이 서씨의 말 속으로 빠져들었다. 내가 마음의 끈을 놓치고 전혀 다른 방향으로 들어가게 된 것은 그 때문이다. 다른 방향으로 들어갔으나 결국에는 다시 돌아올 수밖에 없는 그런 길이었다.

어쨌든 서씨는 주저하지 않고 바로 본론으로 들어갔다.

"모든 사람들이 데드마스크를 만드는 모습을 봤지만, 누구도 행방을 모르는 이상의 데드마스크가 바로 이것입니다."

그 말과 함께 옆에 놓아둔 나무상자를 상 위로 들어올렸다. 그는 바지 주머니에서 흰 장갑을 꺼내 끼고는 조심스럽게 나무상자의 뚜껑을 열었다. 그 안에는 미색 종이에 감싸인 물건이 들어 있었다.

"막상 본다고 생각하니 가슴이 떨리는구만."

최교수가 손수건으로 얼굴을 한번 문지르면서 말했다.

"이게 정말 이상의 데드마스크란 말이에요?"

이관장이 바이올린 소리 같은 높은 목소리로 물었다. 서씨는 그들의 말에는 대꾸도 하지 않고 나를 빤히 쳐다봤다. 나도 모르게 침이 목 뒤로 넘어갔다. 한 오 분 정도는 그렇게 쳐다본 것 같지만, 시간상으로는 삼십 초 정도일 것이다.

"길진섭 선생은 데드마스크를 뜨지 않았습니다. 또 데드마스크를 뜨는 광경도 보지 않았습니다. 조우식 선생도 데드마스크를 뜨지 않았습니다. 1937년 4월 17일 새벽 3시 25분, 동경제대 병원 물료과 병실에서 이상 선생이 죽었을 때, 그 병실 안에는 단 한 사람만이 깨어 있었습니다. 변동림 여사가 이상의 요구로 센비키야에서 멜론을 사온 것은 그 전날 밤의 일입니다. 밤이 깊어지자, 담당의사는 다음날 아침 열한시쯤 운명할 예정이라고 모인 사람들에게 말했습니다. 그래서 허남용, 김소운, 변동림 씨 등은 모두 일단 숙소로 돌아갔고, 병실에는 주영섭, 조우식, 그리고 한 명의 유학생이 남았습니다."

기계적인 그의 목소리에서 아무런 표정도 읽을 수 없었다.

"자, 김연 기자에게 다시 한번 여쭤보겠습니다. 임종 당시 이상 선생에 대한 증언이 다들 엇갈리는 까닭은 무엇일까요? 예컨대 길진섭이냐, 조우식이냐? 혹은 데드마스크냐, 사화상이냐? 아니면 레몬이냐, 멜론이냐?"

서씨의 그 질문이 마치 후박나무 사이의 작은길이라도 되는 양 홀린 듯이 따라갔다. 서씨의 질문 그 자체에 이미 모든 해답은 들어 있었던 셈이다. 하지만 나는 그때까지도 이상이 남긴 데드마스크라는 것이 도대체 무엇을 의미하는지 제대로 모르고 있었다. 그렇기 때문에 이렇게 대답했던 것이다.

"그 일에 대해 증언해줄 사람들이 모두 월북했기 때문이 아닐까요?"

서씨가 다시 한번 씽긋 웃었다.

"맞습니다. 하지만 좀더 정확하게 정정하면 반드시 증언해야 할 사람이 월북했기 때문입니다. 그가 바로 4월 17일 새벽, 주영섭과 조우식이 곯아떨어진 시각 혼자 깨어 이상 선생의 임종을 지킨 사람입니다. 그는 주영섭과 조우식을 깨우는 동시에 당직 의사를 불러 사망을 확인하고는 옆에 있던 이상의 노트에다 그 시각을 받아 적었습니다. 새벽 3시 25분입니다."

모두 처음 듣는 얘기였다. 하지만 노인은 한달음에 얘기를 이었다.

"조우식이 데드마스크를 뜨려고 준비한 것은 새벽 다섯시가 다 돼서입니다. 하지만 웬일인지 조우식은 죽은 선생의 얼굴에 기름을 바르다 말고 도저히 자신은 못하겠다고 빠졌습니다. 주영섭은 길진섭이 올 때까지 기다리자고 말했습니다. 그러는 사이에 기름이 말라갔죠. 바로 그때, 그가 나서서 데드마스크를 떴습니다. 생각지도 못했던 인물이었기 때문에 조우식과 주영섭은 길진섭이 올 때까지 기다리자고 말했지만, 만류에도 불구하고 그는 데드마스크를 떴습니다. 그러고는 사망시각을 적은 노트를 찢어 그 위에다 데드마스크를 올려놓았습니다. 아침 일찍 길진섭 등 유학생 몇몇이 왔을 때는 이미 데드마스크가 침대 머리맡에 놓여진 상태였습니다. 이어 변동림, 김소운, 허남용 들이 찾아왔을 때는 이미 사라진 뒤였죠. 죽기 얼마 전부터 유학생들 사이에 데드마스크를 뜨기로 암묵적으로 동의됐던 길진섭은 이미 데드마스크가 떠진 것을 보고 죽은 선생의 얼굴을 그렸습니다. 그래서 길진섭은 조우식이 데드마스크를 떴다고 말했고 다른 유학생들은 길진섭이 데드마스크를 떴다고 말했습니다."

"그럼 그 사람이 누구죠?"

최교수가 물었다.

"그전에 우선 데드마스크를 한번 보시죠."

서씨는 미색 종이를 젖혔다. 그 안에는 죽은 이상의 데드마스크가 놓여 있었다. 서씨의 말처럼 유계와 연결되는 비밀의 통화구처럼 수염 자국이 완연했다. 갑자기 소름이 확 돋으며 몸이 움츠러들었다. 무섭다는 느낌과 그 무서운, 무서워하는 느낌을 뛰어넘는 싸늘한 쾌감이 온몸을 감쌌다. 어쨌든 나로 인해 이 일이 커지고 난 뒤, 기사를 쓰게 된 근거를 설명해보라는 얘기를 숱하게 들었다. 편집장도 내게 물었고 형사도 내게 물었다. 설명하자면, 그저 무섭다는 느낌이었다고 말할 수밖에 없었다. 하지만 그 이상의 뭔가가 있었다.

8

이상하게 들릴지 모르지만, 죽기 아주 오래전에 이상은 자신의 데드마스크를 본 적이 있다. 1930년 무렵이니, 이른바 제1차 각혈이 시작됐을 때다. 그가 본 데드마스크가 어떻게 생겼는지 알려면

1931년 조선미술전람회 입선작 〈자상自像〉을 보면 된다. 어떻게 보면 겁에 질린 듯한, 달리 보면 거의 뭉개진 듯한 표정의 안면상이다. 그림으로 남겼음에도 불구하고 이상은 다시 글로 데드마스크의 모습을 묘사했으니, 자신이 본 그 데드마스크에 이상이 얼마나 집착했는지 알 수 있다. 산문 「자화상」은 이렇게 말한다.

여기는 도무지 어느 나라인지 분간을 할 수 없다. 거기는 태고와 전승하는 판도版圖가 있을 뿐이다. 여기는 폐허다. 피라미드와 같은 코가 있다. 그 구녕으로는 '유구한 것'이 드나들고 있다. 공기는 퇴색되지 않는다. 그것은 선조가 혹은 내 전신이 호흡하던 바로 그것이다. 동공에는 창천이 응고하여 있으니 태고의 영상의 약도다. 여기는 아무 기억도 유언되어 있지는 않다. 문자가 닳아 없어진 석비처럼 문명의 '잡답雜踏한 것'이 귀를 그냥 지나갈 뿐이다. 누구는 이것이 '떼드마스크死面'라고 그랬다. 또 누구는 '떼드마스크'는 도적맞았다고도 그랬다.
죽음은 서리와 같이 내려 있다. 풀이 말라버리듯이 수염은 자라지 않은 채 거칠어갈 뿐이다. 그리고 천기天氣 모양에 따라서 입은 커다란 소리로 외우친다─수류水流처럼.

그러고도 만족스럽지 않았는지 이 산문을 가다듬어 다시 「자상」이란 시까지 썼다.

여기는어느나라의데드마스크다. 데드마스크는도적맞았다는
소문도있다. 풀이극북極北에서파과破瓜하지않던이수염은절망을
알아차리고생식하지않는다. 천고千古로창천이허방빠져있는함정
에유언이석비처럼은근히침몰되어있다. 그러면이곁을생소한손짓
발짓의신호가지나가면서무사히스스로워한다. 점잖던내용이이래
저래구기기시작이다.

산문을 근거로 시「자상」을 해석하면 다음과 같다. '풀이 극북에
서 파과하지 않던'이란 시의 구절은 '풀이 말라버리듯이'라는 산문
의 구절과 비교하면 '풀이 극북에서 자라(파과하)지 않듯이'로 읽
을 수 있다. '파과'란 말은 대개 '瓜'를 종횡으로 파자破字하면 나오
는 두 개의 '八'을 근거로 8+8, 즉 여자 나이 16세와 8×8, 즉 남
자 나이 64세를 뜻하는 '파과지년破瓜之年'의 줄임말로 해석하지만
여기서는 그냥 '파과하다'라는 동사로 '(16세가 되어) 어른이 된
다'는 뜻이나 더 넓혀서 '자란다'는 뜻으로 보는 게 좋다.

또한 '천고로 창천이 허방 빠져 있는 함정에'란 시의 구절은 '동
공에는 창천이 응고하여 있으니 태고의 영상의 약도다'라는 산문
의 구절과 비교해 눈을 묘사하고 있다는 사실을, '유언이 석비처럼
은근히 침몰되어 있다'는 시의 구절은 산문의 '여기는 아무 기록도
유언되어 있지는 않다. 문자가 닳아 없어진 석비처럼 문명의 '잡답

한 것'이 귀를 그냥 지나갈 뿐이다'는 구절과 비교해 귀를 묘사한 구절임을 알 수 있다.

따라서 이상이 본 데드마스크의 형태를 묘사하면, 일단 폐허가 된 북극지방의 한 나라처럼 보인다. 그러니 그 나라에 풀이 더이상 자라나지 않듯이 수염이 죽어 있다. 눈동자로는 푸른 하늘이 보이지만, 그 하늘로 알 수 있는 것은 하나도 없다. 묘비명처럼 귀가 세워져 있으나 유언은 보이지 않고 매끄럽기만 한 채 푸른 하늘 속에 빠져 있다.

이런 해석은 〈자상〉에 대한 당시의 미술평과도 일치한다. 뒤에 해방 정국에서 조선미술동맹 중앙집행위원으로 활동하다 월북한 화가 김주경은 1931년 5월 28일부터 6월 10일까지 조선일보에 연재한 「제10회 조미전평朝美展評」에서 이상의 〈자상〉을 일러 '재기 있는 통일이다. 푸른 동자와 노란 뺨, 붉은 머리는 아름다운 콘트라스트다. 극화한 후지타 츠구하루藤田嗣治의 감이 있다'고 평했다. 푸른 눈동자와 노란 뺨, 붉은 머리는 「자화상」에서 이상이 쓴 얼굴의 색깔과 일치한다. 한편 이 그림에 대해 동아일보에 관람평을 쓴 윤희순은 '무엇인지 새로운 것을 보여주려고 노력하는 신경의 활동이 있다. 씨의 장래를 흥미 있게 기대한다'고 극찬한 바 있다.

그런데 문제는 왜 이 데드마스크가 도적맞았느냐는 것이다. 또 데드마스크 곁을 지나가면서 무사히 스스로워하는 생소한 손짓 발짓의 신호는 무엇이며 점잖던 내용은 왜 이래저래 구겨지기 시작하는 것인가? 왜 도적맞았는지 알려면 1960년 유고 원고에서 발견된 데드마스크 관련 구절을 봐야 한다. '황은 나의 목장을 수위守衛하는 개의 이름입니다'라는 부제가 붙어 있는 「황獚의 기記」란 글이다.

　　그래 나는 나의 분신에 걸맞게시리 나의 표정을 절약하고 겸손하고 하는 것이었다
　　모자—나의 모자 나의 질상疾床을 감시하고 있는 모자
　　나의 사상의 레텔 나의 사상의 흔적 너는 알 수 있을까?
　　나는 죽는 것일까 나는 이냥 죽어가는 것일까
　　나의 사상은 네가 내 머리 위에 있지 아니하듯 내 머리에서 사라지고 없다
　　모자 나의 사상을 엄호해주려무나!
　　나의 데드마스크엔 모자는 필요 없게 된단 말이다!
　　그림달력의 장미가 봄을 준비하고 있다

　이 개의 이름을 지은 것은 1931년 11월 3일의 일이다. 황이라는 개가 처음 등장하는 것은 「황」이라는 글에서다. 파자하면 누런 개黃犬란 뜻의 황은 어떤 동물인가? 구식처럼 보이는 피스톨을 입에 물고 찾아온 황은 음울한 표정이다. 또한 일찍이 보지 못했을 만큼 창백한 얼굴로 죽은 자의 유해를 도적하는 개다. 황이 훔친

유해는 '수염을 단 채 떨어져나간 턱'과 '나의 주치의 R 의학박사의 오른팔'이다. 데드마스크가 도적맞았다는 소문이 있는 것은 이 때문이다. 또 '나와 동반해 걷는' '황의 나체는 나의 나체를 꼬옥 닮'은데다 '나의 목욕시간은 황의 근무시간 속에 있다'. 곧 황은 '나의 묘굴墓掘'에서 '맥박脈搏의 몬테 크리스트처럼 뼈를 파헤치는' 죽은 이상의 분신이다. 왜 누렁이 황은 이상의 분신이 됐으며 데드마스크를 훔쳐가 결과적으로 이상의 죽음을 막았을까? 누렁이 황은 어디서 태어났을까?

먼저, 말했다시피 이상은 자신이 본 데드마스크의 모습을 〈자상〉이란 그림으로 남겼다. 그런데 이 그림과 관련해 박태원은 소설 「애욕」에서 이상을 모델로 삼은 주인공 하웅이 경영하는 찻집의 벽에 걸린 자화상의 색채를 '거의 남용된 황색 계통의 색채'라고 묘사했다. 파자해 '누런 개'라고 했을 때의 누런색은 여기서 왔다.

두번째, '누런 개'의 개는 작품 제2번 「황의 기」에 앞서는 작품 제1번 「1931년」에서 찾을 수 있다.

재차 입원하다. 나는 그다지도 암담한 운명에 직면하여 자살을 결의하고 남몰래 한 자루의 비수(길이 三尺)를 입수하였다.
야음을 타서 나는 병실을 뛰쳐나왔다. 개가 짖었다. 나는 이쯤이면 비수를 나의 배꼽에다 찔러 박았다.
불행히도 나를 체포하려고 뒤쫓아온 나의 모친이 나의 등에서 나를 얼싸안은 채 살해되어 있었다. 나는 무사하였다.

이상은 이 글에 나오는 개에게 자신의 얼굴빛인 누런색을 덧씌우고는 이름을 황이라 불렀다. 하지만 자살하려고 병실을 뛰쳐나가는 이상을 가장 먼저 알아챈 이 개는 이상의 데드마스크를 훔쳐갔다. 데드마스크가 없다면 아무리 죽어도 그 죽음을 증명할 수 없는 법이다. 계속 이어지는 「작품 제3번」을 보면, 황이 이상의 데드마스크를 훔쳐가 그가 죽지 않았다는 사실을 알 수 있다.

　남자의 수염이 자수처럼 아름답다
　얼굴이 수염투성이가 되었을 때 모근은 뼈에까지 다달아 있었다.

이상이 본 데드마스크에 의하면 극북에서 풀이 파과하지 않듯이 수염은 자라나지 않지만, 이 글을 보면 결국 수염은 계속 자라난 것이다. 왜냐하면 개가 이상의 데드마스크를 훔쳐갔기 때문이다. 그렇다면 왜 이상은 1931년에 자신의 데드마스크를 봤으나, 황이라는 개가 그 데드마스크를 훔쳐갔기 때문에 죽을 수 없었다고 말하는 것일까? 이 시점에서 1930년 2월부터 12월까지 총독부 관방 문서과에서 발행한 『조선』에 연재한 최초의 장편소설 『12월 12일』의 연재 4회분 첫머리 글을 읽을 수 있다.

나의 지난날의 일은 말갛게 잊어주어야 하겠다. 나조차도 그 것을 잊으려 하는 것이니 자살은 몇 번이나 나를 찾아왔다. 그러 나 나는 죽을 수 없었다.

이 글을 쓴 1930년 4월 26일, 의주통 공사장에서 이상은 죽었다. 제1차 각혈이 시작된 것이다. 하지만 데드마스크를 잃어버렸기 때 문에 그는 무사했다고, 죽을 수 없었다고 말한다. 낯선 손짓발짓의 신호가 아무 일 없다는 듯 스스로워하는 까닭도, 점잖던 내용이 구 겨지기 시작하는 까닭도 이 때문이다. 이다음 해부터 그는 시를 발 표하기 시작했다. 모자가 필요없는 데드마스크의 삶이 시작된 것 이다.

　고성앞풀밭이있고풀밭위에나는내모자를벗어놓았다.
　성위에서나는내기억에퍽무거운돌을매어달아서는내힘과거리 껏팔매질쳤다. 포물선을역행하는역사의슬픈울음소리. 문득성밑 내모자곁에한사람의걸인이장승과같이서있는것을내려다보았다. 걸인은성밑에서오히려내위에있다. 혹은종합된역사의망령인가. 공중을향하여놓인내모자의깊이는절박한하늘을부른다. 별안간 걸인은표표한풍채를허리굽혀한개의돌을내모자속에치뜨려넣는 다. 나는벌써기절하였다. 심장이두개골속으로옮겨가는지도가보

인다. 싸늘한손이내이마에닿는다. 내이마에는싸늘한손자국이각
인되어언제까지지워지지않았다.

—「오감도 시 제14호」

애화哀話가주석됨을따라나는슬퍼할준비라도하노라면나는못
견뎌모자를쓰고밖으로나가버렸는데웬사람하나가여기남아내분
신제출할것을잊어버리고있다.

—「위치」

모자 곁에 장승처럼 서 있는 거지. 모자를 쓰지 않은 웬 사람 하
나. 그의 작품에서 모자가 등장하는 구절에 함께 나오는 이 거지
와 웬 사람이란 바로 천재로 태어나 총독부 기수직을 그만두고 도
쿄에 가서 죽는 이상, 즉 김해경의 데드마스크를 뜻한다. 그러니까
다시 말해 1930년 자신의 데드마스크를 본 김해경이 이상이라는
이름으로 발표한 모든 작품은 이상이라는 데드마스크를 우리에게
설명하려는 노력의 소산이다. 1930년 그가 본 데드마스크는 그가
앞으로 펼쳐 보일 자신의 문학이다.

박태원은 그 사실을 알아 「제비」라는 소설에서 이렇게 말했다.

'제비'―하얗게 발라놓은 안벽에는 실내장식이라고는 도무지
이상의 자화상이 하나 걸려 있을 뿐이었다. 그것이 어느 날 황량

한 '벌판'—?—으로 변하였다. '제비'가 그렇게 변하였다는 것이 아니다. 그림 말이지만 결국은 '제비'도 매한가지다.

'황량한 벌판—?—', 이 물음표 속에 박태원이 본 데드마스크의 모습이 감춰져 있다. 바로 이상이 말한바, 어느 나라인지 알 수 없는 극북의 폐허다. 「종생기」는 박태원이 발견한 '황량한 벌판' '극북의 폐허' '데드마스크'에 대한 마지막 소설이다. 1931년부터 몸소 죽은 자의 삶, 즉 모자가 필요 없는 데드마스크의 삶을 산 이상은 1936년 이 소설을 쓰면서 다시 모자를 쓰기 시작한다.

아차! 나에게도 모자가 있다. 겨울내 꾸겨박질러두었던 것을 부득부득 끄집어내었다. 십오 분간 세탁소로 가지고 가서 멀쩡하게 만들었다.

그래서 그는 벗어둔 모자를 '부득부득' 찾아내 머리에 쓰고는 동경으로 갔다. 다시 한번 지난날의 일을 말갛게 잊어버릴 작정이었다. 하지만 아이로니컬하게도 그제야 이상은 자신의 데드마스크를 남기게 됐다. 이번에는 진짜였으니 비로소 모든 사람들이 그의 죽음을 인정하게 됐다. 1930년 죽은 김해경이 1937년에야 데드마스크를 남겼으니, 너무 늦은 죽음이었다.

태허太虛에 소리 있어 가로대 너는 몇 살이뇨? 만 이십오세와 십일개월이올씨다. 요사天死로구나. 아니올씨다. 노사老死올씨다.

바로 그런 데드마스크를 내가 직접 본 것이다.

9

한 오 분 정도 데드마스크만 바라보던 우리는 고개를 들어 서씨를 쳐다봤다. 하지만 서씨는 팔짱을 끼고 우리를 두루두루 쳐다볼 뿐, 아무런 말이 없었다. 한참 동안이나 잠자코 있던 그가 미색 종이로 다시 데드마스크를 감쌌다.

"제가 드릴 말씀은 여기까지입니다. 데드마스크를 뜬 사람이 누구인지, 어떤 과정을 통해 제 형님께서 입수하게 됐는지는 형님의 수기를 보면 될 것입니다. 여기에는 그 수기의 복사본과 데드마스크를 찍은 사진이 들어 있습니다. 김기자에게 드릴 테니 검토해보시기 바랍니다."

서씨가 두툼한 봉투를 내게 건넸다.

"저보다는 최교수님이 검토하시는 게 더 빠르지 않겠습니까?"

"최교수님께도 따로 드릴 겁니다. 이관장님이야 원본을 가지시는 게 순서겠지요?"

"그전에 전문가들의 의견을 들어보는 게 순서겠지요."

이관장의 말이었다. 서씨는 모두 이해하겠다는 듯이 고개를 끄덕였다.

"그럼, 오늘은 여기까지만 말씀드리고 이제 뭘 좀 먹도록 하죠."

서씨는 젓가락을 집으며 말했다.

식사하는 내내 서혁민이란 사람이 쓴 수기가 궁금했지만, 왠지 그 자리에서 들춰 보고 싶진 않았다. 최교수는 몇 번이나 데드마스크를 다시 꺼내 봤다. 저녁 자리에 어울리지 않는 행동이었지만, 최교수는 아랑곳하지 않았다. 구본웅이 그린 〈우인상友人像〉의 모습과 꽤나 흡사하다는 게 최교수의 평이었다. 하관이 빨고 눈두덩이 불룩하며 코가 날렵하다는 얘기다. 지금 회상하면 최교수의 행동은 이상한 구석이 많았다. 최교수는 주로 이관장을 보고 얘기했고 서씨는 나를 보고 대답했다. 데드마스크를 뜬 그 사람에 대한 얘기를 할 때도 마찬가지였다. 그러면 이관장은 서씨에게 물었고 나는 최교수에게 확인했다. ×자 모양으로 순환하는 대화였다.

식사가 끝나고 슬슬 일어설 때가 되자, 서씨가 물었다.

"어때요, 김기자. 기삿감이 되겠습니까?"

"글쎄요. 충분히 기삿감은 되지만, 말씀만 가지고는 진짜인지 가짜인지 확신이 가지 않습니다."

"그러실 테지요."

"혹시 정선생이라고 아십니까?"

정선생이란 내게 서씨가 가짜 데드마스크를 가지고 장난치고 있
다는 제보를 한 사람이었다. 하지만 서씨는 아무런 반응이 없었다.

"정선생이 한두 명입니까? 이름이 어떤 정선생입니까?"

"이름은 저도 모릅니다. 그냥 정선생이란 분이 이 일을 알고 있
어 여쭤봤습니다."

서씨는 이쑤시개를 집은 손을 상 위에 가만히 올려놓았다.

"김연 기자. 지금 이 순간 김연 기자는 정말로 자신이 김연 기자
라는 사실을 논리적으로 설명할 수 있습니까?"

느닷없는 질문이었다. 순간 나는 서씨의 정체가 더없이 궁금해
졌다. 어쩌면 내가 김연이 아니라 본명이 김연화이듯 서씨 역시 이
상 숭배자 서혁민의 동생 서혁수가 아니라 다른 어떤 사람일지도
모른다는 느낌이 문득 들었다. 어쩌면 이 사람은 서씨이자 동시에
제보해온 정씨라는 자가 아닌가? 서씨가 정씨가 아닌가?

"무슨 말씀이신지요?"

대화를 듣던 무표정한 얼굴들이 우리를 쳐다봤다. 하지만 벌판
에서 서씨와 나만 서로 맞서는 듯한 느낌이었다.

"뭘 그렇게 놀라요? 내 말은 논리로써 증명할 수 없는 문제가 세
상에는 얼마든지 있다는 뜻입니다. 예컨대 초등학교 6학년인 김
연 기자가 「오감도」를 처음 읽었을 때로 돌아가봅시다. 그때의 경
험은 오롯이 김연 기자 안에 남아 있습니다. 그후에 「오감도」가 왜
명작인지에 대한 논리가 생긴 것이죠. 김연 기자는 김연 기자이기

때문에 김연 기자입니다. 한 여자를 사랑한다면 사랑하기 때문에 사랑하는 것입니다. 문학이 자리잡은 곳도 그런 곳이 아닐까요? 한 구절도 다르지 않은 똑같은 시라고 해도 이상의 「오감도」는 불후의 명작이고 형님의 「오감도」는 그 흉내에 불과합니다."

자신만만한 표정으로 서씨는 물을 들이켰다.

"기사를 쓰고 말고는 김연 기자가 결정할 문제지만, 스스로에게 질문을 잘 던져야 할 겁니다. 진짜냐, 아니냐 이건 간단한 문제예요. 그건 김연 기자 자신이 더 잘 알지 않습니까? 진위를 구별하는 것은 결국 논리나 열정이 아닙니까? 하지만 영원한 사랑이나 위대한 문학을 구분하는 것은 무엇입니까? 그건 논리나 열정의 문제를 떠나 있는 게 아닙니까? 어떻습니까?"

서씨가 내게 물었다.

나는 대답할 수 없었다.

10

그의 이름은 한국 근대미술사에 딱 두 번 등장한다. 이 두 번의 등장이 그의 일생을 바꿔놓았다, 고 쓰는 것은 너무 무책임한 일일지 모른다. 21세기를 사는 우리가 1940~50년대를 산 그의 삶에 대해 왈가왈부할 수 없다. 운명으로밖에 설명되지 않는 삶이 있는 것이다. 운명은 때로 개인에게 너무나 크나큰 짐을 부과한다. 이십 년만 늦게 태어났다면, 우리는 그를 앵포르멜의 기수로 기억하는지 모른다. 그런 사람이 그뿐이겠느냐마는, 그는 시대를 잘못 선택했다.

1939년 9월, 그는 일본에서 열린 이과회 구실전九室展에 입선한 뒤, 그간의 작품을 모아 이듬해 2월 25일부터 26일까지 경성일보사 내청각에서 첫번째 개인전을 열었다. 도쿄미술학교에 입학한 지 사 년 만의 일이었다. 일본 추상미술의 본거지 구실전에 참가하긴 했지만, 처음부터 그가 추상작가였던 것은 아니다. 도쿄미술학교 재학 시절, 그가 주로 활동한 곳은 엄도만, 홍순문 등이 만든 녹과회였다. 신인들이 모인 녹과회에서도 어린 축에 속했던 그는 1937년 4월 10일, 충무로 입구 대택화랑에서 열린 제2회 녹과회전까지만 참가했다. 그뒤부터 그림이 상당히 변했다.

1937년 4월 17일 이상이 죽고 난 뒤의 일이니, 초현실·추상으로 치우치던 당시 도쿄 유학사회의 시대적인 분위기에 따라 추상의 경향이 강해졌다고 말하는 것은 별로 재미없고, 그즈음 죽은 이상의 기운이 그의 작품에 덧씌워졌다고 말하는 것은 억측일 수 있었다. 어쨌든 첫번째 개인전에 전시된 〈얼굴 I〉〈얼굴 IV〉 등 대부분의 작품이 추상 계열이었다. 이후 그는 대개 김환기·유영국·이규상 등과 함께 추상작가로 분류된다.

이 첫번째 개인전을 준비하기 위해 관부연락선에 올라탈 때, 사십여 점의 크고 작은 작품과 함께 이상의 데드마스크가 들어 있었다. 이미 삼 년 전, 유해가 지나갔던 길을 그대로 밟아 데드마스크는 경성으로 돌아왔다. 이른바 보국체제가 시작되던 경성에서 그가 제일 먼저 찾아간 곳은 신당동 이상의 집이었다. 그리고 동생 운경씨를 앞장세워 미아리 공동묘지에 묻힌 이상을 찾아가 데드마스크를 앞에 두고 절을 몇 번 올렸다. 인연으로 따지자면 그는 임종 무렵, 도쿄미술학교가 있는 우에노에서 가깝다는 이유만으로 몇 번 도쿄제대 부속병원을 찾아갔다가 병상에 누워 있는 이상을 만났을 뿐이다. 당시 이상이 젊은 예술인에게는 엄청난 영향을 끼쳤다고는 하나, 그즈음에는 이미 뼈만 남은 형상이었다. 그런데도 그는 고집을 피워 이상의 데드마스크를 떴고 경성으로 돌아오자마자 이상의 묘소부터 찾았다. 과연 무엇이 그를 죽음의 냄새가 잔뜩 풍기는 이상 속으로 이끌었을까? 그를 일러 예술이라고 해야 할까, 운명이라고 해야 할까?

첫 개인전이 열린 직후부터 해방이 될 때까지는 야심만만한 반도의 추상작가가 자기 뜻을 펼치기에는 이미 너무 가혹한 시기였다. 1937년 7월 7일 오후 10시 40분, 북경 서남쪽 십여 킬로미터 떨어진 영정하永定河에 걸린 노구교蘆溝橋 동쪽 황무지에서 야간 훈련중이던 일본군을 향해 몇십 발의 총알이 날아들면서 팔 년간의 중일전쟁이 시작되고, 1941년 태평양전쟁까지 발발하면서 군국주의의 물결은 본격적으로 한반도를 휘감았다.

이제 식민지 조선 역시 미쳐 날뛰는 군국주의의 거센 물결에 타의적으로 합류하지 않으면 안 됐다. 이 역사의 역풍은 예술계에도 몰아쳤다. 거의 내부분의 예술가들이 친일적인 작품을 발표해야 했다. 김기림의 지적처럼 '어쩔 수 없이 맞어드리기 시작한' 근대가 그 짧은 생명을 마감하고 파시즘에게 자리를 내주고 있었다. 임화의 말을 빌리면 '재래에 통용되어오던 현실 이해의 방법이나 행위의 기준, 내지는 공상(미래에 대한)의 구도가 일체로 통용이 정지되는 순간'이 찾아온 것이다. 이로써 역사는 종말을 맞이했다.

1940년만 해도 초현실주의를 주창했던 조우식이 1941년 군국주의에 부화뇌동하는 활동을 시작하면서 그 예로 거론한 작가 중에 그도 포함된다. 조우식은 「예술의 귀향—미술의 신체제」에서 '전체주의국가라는 전시체제를 충실히 인식하고 국방국가 건설에 한 모퉁이를 들고 나가야 한다'고 주장하면서 그를 포함한 '추상작가들을 상업화와 명예만 추구하며 예술을 앓아먹는 화단의 현상 중 하나'라고 쏘아붙였다. 그에 따르면 추상주의란 '국적을 잃은 코스모포리틱한 예술의 특성이 무성격적으로 드러난 것으로 우리의 정신사회를 착란시켰고 젊은 작가의 귀중한 열정을 낭비하게 만들었다'는 것이다.

이제 막 꽃피워야 할 젊은 예술인에게 너무나 빨리 찾아온 역사의 종말은 오히려 다행이었다. 중견이나 원로작가와 달리 신진인 그에게는 조우식처럼 정세를 우호적으로 판단해 전면에 나서는 방식과 비관적으로 판단해 뒤로 들어갈 수 있는 두 가지 선택이 있었다. 그는 붓을 꺾는 길을 택했다. 아방가르드 양화연구소 출신 작가들의 모임인 백만회白蠻會에서 그는 물론이고 김환기·길진섭 등과 함께 활동한 바 있는 조우식의 변신은 그에게도 엄청난 충격을 주었다. 서혁민의 수기에 따르면 1937년 4월 17일 새벽, 이상이 임종하던 그 자리에 함께 있었다는 조우식과 그의 갈림길은 인상적이다. 만약 조우식이 데드마스크를 떴다면 그는 안 변했을 게 아닌가? 아니, 뒤집어 얘기해서 그가 붓을 꺾은 까닭은 이상의 데드마스크를 떴기 때문이 아닐까?

어쨌든 데드마스크 때문에 비롯됐건 개인적인 결벽증에서 비롯됐건 이 선택은 후에 그를 또다른 운명 속으로 밀어넣는다. 운명의 글월은 물에 쓰는 것이 아니라 대리석에 새겨지는 것이다. 유예될 수는 있으나 결코 지워지지는 않는다. 그는 고향인 황해도 금천으로 내려가 농사지으며 잔인한 세월이 어서 흘러가기만을 기다렸다고 서혁민은 수기에 남겼다.

1946년 11월 발표된 조선미술동맹 서울지부의 명단에 그의 이름이 있는 걸로 봐서 해방이 되면서 그는 화가로서의 활동을 재개한 것으로 보인다. 서혁민의 설명이 없더라도 추상에 경도된 사실에서 짐작할 수 있다시피 그는 사상 쪽과는 거리가 먼 인물이었다. 그 당시 문단과는 달리 화단에는 작가의 이데올로기와 작품 경향은 큰 상관관계가 없다는 분위기가 강했다. 그런 분위기 탓에 믿고 따르던 선배 길진섭이 부위원장으로 있었다는 점, 조직의 선명성 때문에 친일 경력이 없는 예술가를 많이 끌어들였는데 그가 적격이었다는 점, 당시 대다수의 예술가들이 별생각 없이 좌익조직에 들어갔다는 점 등을 고려하면 그의 미술동맹 가입은 지극히 당연한 선택이었다. 하지만 화가로서는 마지막 선택이 됐다.

1948년 8월 그가 따르던 도쿄미술학교 선배 길진섭은 북한의 해주에서 열린 남조선인민대표자대회에 참석한 뒤, 다시는 돌아오지 않았다. 해주에서 열린 이 대회의 참석 여부는 훗날 북한 정권이 월북한 남로당 계열 예술가들을 숙청할 때, 중요한 기준이 됐다. 남로당 지도부가 모두 월북한 뒤인 1949년 10월 그는 미술동맹에 가입한 전력 때문에 당국에 자수하고 오제도·정희택 검사 등이 주도한 국민보도연맹에 정식으로 들어가 적극적인 반공활동을 펼쳤다. 불과 일 년 뒤를 내다보지 못한, 어쩔 수 없는 선택이었다. 그곳에서 그는 이승만의 초상화를 그렸다.

1950년 7월 인민군이 점령한 서울에서 그는 보도연맹에 가입한 전력 때문에 정치보위부에 자수한 뒤, 적극적인 친공활동을 펼쳤다. 이번에는 국립서울미술제작소 초상화반에서 김일성의 초상화를 그렸다. 선명하고 구체적이고 가혹한 세계는 추상작가를 꿈꾸던 그에게 초상화를 그리도록 강요했다. 강요에 못 이겨 그리는 초상들. 예술가에 대한 모욕, 치욕! 하지만 그즈음 그는 이제 다시는 추상화를 그리지 못할 것이라는 어렴풋한 예감 정도는 가지고 있었으리라.

그리고 그해 9월 퇴각하는 인민군을 따라 북으로 갔다. 아직까지는 신진이었기 때문에 친일 행각을 벌일 겨를이 없었고 친일 행각을 벌이지 않았기 때문에 좌익단체에 가입했고 좌익단체에 가입한 전력 때문에 이승만의 초상화를 그려야 했고 이승만의 초상화를 그렸기 때문에 김일성의 초상화를 그려야 했다. 이 연쇄고리의 어디에도 그가 선택한 것은 아무것도 없었다. 그가 선택한 것이 있다면 1937년 4월 17일 새벽, 죽은 이상의 데드마스크를 뜨겠다고 고집 피운 일뿐이다. 당연한 일이지만, 그뒤로도 그가 선택할 길은 없었다.

친일경력자는 한 명도 처형하지 못한 남한 정권은 공산주의자와 그 부역자만은 단호하게 처단했다. 해방 뒤 인민공화국 문교부장을 역임한 국문학자 김태준은 최후 법정진술에서 '지금 조선에는 고전을 수집, 정리하고 고증하는 것이 중대한 일이다. 앞으로 용인된다면 상아탑에서 그런 일을 하면서 여생을 살겠다'고 말했으나 한 달 뒤 처형됐다. 그와 함께 처형된 시인 유진오 역시 '앞으로 기회가 주어지면 양심적인 문화인으로 살고 싶다'고 말했지만, 스물아홉의 나이로 세상을 떠났다. 영문학자인 이인수는 적 치하 서울에서 어쩔 수 없이 영어 방송을 했다는 이유만으로 많은 사람들의 변호에도 불구하고 총살당했다.

한편 북으로 간 월북예술가들의 운명도 마찬가지다. 북한 정권은 그들이 남로당 계열의 국가전복혐의를 포착했다고 주장하는 1953년 3월부터 임화·이원조·설정식 등 월북문인을 비롯한 남로당계에 대한 대대적인 숙청에 들어갔다. 임화·설정식은 처형됐으며 이원조·이태준·박태원 등은 순차적으로 숙청됐다. 보도연맹에 가입했다 납북된 정지용, 김기림은 1950년 이후 소식을 알 수 없고 정인택은 1953년 병에 걸려 한 많은 삶을 마감한 것으로 알려졌다.

그 역시 북으로 갈 수밖에 없었다. 그리고 지금 우리는 그가 어떻게 됐는지 알 방법이 없다. 거제도 포로수용소에서 그를 봤다는 사람도 있으나 좀 흐르다 사라지는 구름처럼 별 뜻 없는 소문일 뿐이었다. 새로 출발하는 공산 정권에게 추상작가가 매력적이었을 것이라고는 생각할 수 없다.

오직 이상만이 스물여덟에 죽어 데드마스크를 남겼다.

11

통인각에서 서씨 들과 헤어져 집에 돌아와 손을 씻는데, 전화벨이 울렸다. 수화기를 드는데 비 맞은 손에서 아직 비린내가 강하게 풍겼다. 정희의 목소리였다. 정희는 내가 남편과 만났다는 사실을 모르고 있었다. 어떻게 해야 할지 그때까지 결정내리지 못했다. 그런 사실이 나를 슬프게 만들었다. 정희에게나, 그녀의 남편에게나,

나에게나, 혹은 특별한 대상도 없이 공격적인 기분이 들었다.

"기분이 별로 안 좋은 모양이야? 왜 며칠 동안 연락도 없었어?"

"그냥 바빴어."

"기사 쓸 게 많아?"

"늘 그렇잖아. 알다시피. 누가 이상의 진짜 데드마스크를 공개하겠다고 해서 쫓아다니느라 정신없었어. 그게 진짜인지 아닌지 확인할 방법이 없어서 기사를 써야 할지 말아야 할지 모르겠어."

테이블 옆에 정희와 기린과 맑은 7월 하늘이 함께 있는 사진이 보였다. 지난번 함께 서울대공원에 기린을 보러 갔을 때 찍은 사진이다. 해 질 무렵 걸어내려오면서 이제쯤 남편에게 사실을 털어놓는 게 어떻겠느냐고 물었다. 그녀는 대답 없이 그가 안쓰럽다고 말했다. 지하철을 타고 시내로 나와 택시를 잡았다. 보내기 전에 정희의 뺨을 살짝 어루만졌더니 살짝 미소를 지어 보였다. 그게 마지막 본 모습이다.

"고민된다면 쓰지 마. 억지로 쓴 기사치고 잘된 것 못 봤으니까. 우리 하는 일이 뭐 대단한 일도 아닌데, 굳이 쓰고 싶지 않으면서까지 쓸 필요는 없잖아."

"대단한 일인지도 몰라. 진짜라면 말이야."

"진짜인지 가짜인지 확인할 수 없어?"

"그게 좀 힘들 것 같아."

"곤란한 문제네. 그래서 그렇게 바빴구나. 연락도 못하고……"

갑자기 정희가 무척 보고 싶었다. 말을 꺼내면 지금 보고 싶다는 말이 나올까봐 꾹 참았다.

"왜 아무 말이 없어? 기사 쓰기 힘들어서 우는 거야?"

내가 대꾸가 없자, 정희는 한숨을 내쉬면서 말했다.

"보고 싶어. 자기 얼굴이 생각이 잘 안 나."

그때, 수화기 너머에서 초인종 소리가 들렸다.

"남편 왔나봐. 그럼 나중에 연락하자. 끊을게."

수화기를 내려놓는데 나도 모르게 긴 한숨이 나왔다. 겨우 참았다. 옷을 갈아입고 냉장고에서 캔맥주 하나를 꺼내왔다. 그러곤 방 안에 누워 맥주를 홀짝거리며 서혁민의 수기를 읽었다. 맥주 탓에 화장실에 다녀오느라 일어선 것을 제외하곤 쉬지 않고 계속 읽었다. 읽으면 읽을수록 도대체 이 사람의 삶이란 무슨 의미인가 하는 생각이 들었다.

한 작가의 존재감에 압도돼 평생 그 작가가 되는 것을 꿈꾸며 살아왔다. 그 작가의 작품을 그대로 베껴 쓰는 것뿐만 아니라 그의 삶까지 따라 한다. 단어 하나하나는 모조품에 불과해 아무런 생명이 없었으며 삶은 누군가 한번 살았던 삶이다. 푸른 나무 그림에 회색을 덧칠한 꼴이었다. 이상을 통해 한번 생명을 얻었던 언어와 삶이 그에게 와서 죽은 갑각류의 껍질처럼 한낱 껍데기에 불과했다. 타인의 목소리를 흉내낸 듯 자신감이 없었고 글에 가면이 씌워져 있었다. 나도 모르게 겁이 났다. 이를 위해 일생을 바친다는 것은 무모한 짓이라는 생각이 들었다.

이상은 1936년 11월 14일, 김기림에게 이런 편지를 보냈다. '기어코 동경 왔오. 와보니 실망이오. 실로 동경이라는 데는 치사스런 데로구려!' 서혁민은 그의 수기라는 소위 『이상을 찾아서』에 이렇게 썼다. '기어코 동경에 왔다. 와보니 실망스럽다. 실로 동경이라는 데는 치사스런 곳이다.' 같은 해 12월 23일, 이상은 도쿄 진보초 고서점가를 둘러보다 『타임즈판 상용영어 4천자』라는 책을 샀다. 서혁민 역시 진보초에서 『현대인을 위한 상용영단어 30000』이라는 책을 샀다. 그는 글을 베껴 쓰는 데 그치지 않고 이상의 삶까지 흉내냈다. 그건 자기 삶을 판돈으로 거는 엄청난 도박이었다. 문학작품의 아류는 쉽지만, 삶의 아류는 간단한 문제가 아니었다. 그의 수기는 그걸 증명하고 있었다.

모두 읽고 난 뒤에 나는 다시 첫 장을 펼쳤다. 이번에는 『이상 전집』을 가져와 그의 수기와 이상의 글이, 그의 삶과 이상의 삶이 일치하는 부분을 하나하나 표시해가며 읽어보기로 했다. 그에게서 이상의 삶과 문학을 분리하면 그의 진짜 모습이 보일 것 같았기 때문이다. 데드마스크 문제 때문에 최근 『이상 전집』을 다시 읽었다고는 하나 아직까지 머릿속에 남은 몇몇 유명한 구절에만 겨우 밑줄을 그을 정도였다. 그럼에도 한 페이지에 두세 군데씩 빨간 밑줄이 그어졌다.

대부분 1930년대 경성과 1990년대 도쿄에 대한 얘기였다. 수기

『이상을 찾아서』는 이상과 같은 작품을 쓰기 위해 칠십 평생을 보낸 노인이 절망에 빠져 이상이 죽은 도쿄로 간다는 내용이었다. 그 사이사이에 데드마스크를 구한 일이 서술돼 있었다. 그런데 두번째 읽었더니 새로운 사실이 보이기 시작했다. 밑줄을 그은 문장이 초라해졌다면 밑줄을 긋지 않은 문장, 즉 서혁민이 쓴 문장이 빛을 발했다. 애당초 모두가 이상을 흉내낸 글이라고 여기고 봤을 때와는 다른 느낌이었다. 이상처럼 쓰려고 노력하지 않았더라면 무명 시인으로 죽는 일은 없었으리라는 생각이 들었다. 빨간 줄을 계속 그어가며 이 사실이 무엇을 의미하는지 곰곰이 생각해봤다.

빨간 줄을 모두 그은 것은 새벽 네시가 다 되어서였다. 나는 수기의 처음으로 다시 돌아갔다. 서혁민은 '사람이 비밀이 없다는 것은 재산 없는 것처럼 가난하고 허전한 일이다'라고 시작했다. 물론 이상이 쓴 「실화」의 첫 구절이다. 그제야 나는 이 수기 자체에 뭔가가 교묘하게 감춰졌다는 사실을 알아냈다. 우선 나는 이 수기 『이상을 찾아서』가 완벽하게 창작됐다는 느낌을 받았다. 왜냐하면 서혁민이 궁극적으로 흉내내려 한 것은 이상의 작품이 아니라 그의 삶이었기 때문이다. 그러니까 이상과 똑같이 살았던 삶에 대한 회고록을 남기기 위해 칠십 평생 삶의 매 행동을 의식적으로 창작해내는 한 인간의 모습이 담겨 있었다. 그러니까 서혁민이 쓴 작품은 『이상을 찾아서』가 아니라 바로 그의 삶이다.

하지만 여기에서 모순점이 나온다. 과연 서혁민이 칠십 평생 동안 완벽하게 이상의 삶을 흉내내 자신의 삶을 창작해내고 그를 『이상을 찾아서』라는 수기로 남겼다면, 이 수기를 일러 과연 완벽한 창작이라고 할 수 있겠는가? 자, 여기에 이 사건의 본질이 숨겨져 있다. 먼저 창작된 삶이 존재하고 그를 반영한 『이상을 찾아서』가 있다. 그 창작된 삶은 『이상을 찾아서』에 들어오지 않는다. 이때, 『이상을 찾아서』는 완벽한 창작인가, 진실을 담은 회고록인가? 창작이라면 이 수기가 보증하는 그 데드마스크는 가짜이고 회고록이라면 그 데드마스크는 진짜다.

여기에서 한 걸음 더 나가면 바로 죽으러 도쿄에 가는 일이 발생한다. 예컨대 이상은 1936년 자신이 죽을 줄 알면서 도쿄로 갔다. 서혁민 역시 완벽하게 삶을 창작해냈으면서도 이상을 따라 도쿄에 가서 죽었다. 서혁민의 동생이라는 서혁수의 말에 따르면 이 수기는 이상이 죽은 도쿄대학교 부속병원에서 서혁민의 시신과 함께 발견됐다. 비밀이 완성되는 지점은 바로 여기다. 이미 불후의 명작을 남긴 이상이 도쿄로 가서 죽어야만 했던 그 비밀은, 이미 완벽하게 이상의 삶을 흉내냈던 서혁민이 도쿄로 가서 죽어야만 했던 그 비밀은 과연 무엇일까? 하지만 그 비밀이 구체적으로 무엇인지는 알 수 없었다. 신문이 배달되는 소리를 들을 즈음에야 나는 잠자는 것을 포기했다.

대신에 책장 한 귀퉁이에 옆으로 꽂힌 구본웅의 화집을 꺼냈다. 우리나라에 야수파를 도입한 화가 구본웅의 가장 유명한 작품은 파이프를 문 시인 이상의 초상화인 〈우인상〉이다. 그 모습을 이렇게 이해할 수도 있을 것이다. 당신이 그 텅 빈 듯한 눈과 뭉툭한 코를 통해 밖을 내다보고 있는 것처럼, 당신이 마치 배우처럼 마스크를 쓰고 초점 잃은 눈으로 멍하니 객석을 쳐다보는 것처럼, 그 뼈와 살과 수염이 오롯이 당신 것인 양 멍하니 스스로를 바라보는 것처럼, 거울에 비친 자신의 모습처럼. 당신이 당신이 아닌 어떤 것으로 변전해가는 삶의 한순간을 담은 캔버스. 공포에 질려 얼굴이 하얀 아이 김해경이 이상으로 바뀌는 순간을 이해하는 일은, 그런 시선일 테다.

이번에는 〈우인상〉 옆에 서씨에게서 받은 데드마스크 사진을 놓았다. 하나는 김해경이 이상이라는 가면을 쓴 사진이고 하나는 김해경이 더이상 존재하지 않는, 이상이라는 가면만을 찍은 사진이다. 나란히 놓고 본다면, 둘은 같은 사람을 대상으로 한 게 아니라는 사실을 알 수 있다. 〈우인상〉에 있었던 뭔가가 데드마스크에는 없다. 더이상 사람이 살지 않는 집처럼, 불 꺼진 운동장에 서 있는 동상처럼, 우리가 위대한 작가라고 말하는 존재처럼. 이 위대한 작가는 실제로 육십여 년 전 서울 거리를 활보하고 다녔다. 배천온천에 가 금홍을 만나고 다방 제비를 열었고 순옥을 정인택에게 양보하고 그 둘의 결혼식 사회를 봤으며 동림과 행복한 삶을 꿈꾸다 도쿄로 가 폐가 거의 다 녹을 지경이 되어 죽었다. 그렇다면 〈우인상〉에서 구본웅이 본 그 얼굴 하얀 아이는 어디로 갔을까?

한 작가는 문학을 위해, 독자를 위해 삶의 다양한 광경을 재구성한다. 천재로 태어나는 주인공을 탄생시켜 그 주인공으로 하여금 열정에 사로잡혀 쏟아지는 빗속을 뛰어다니게 만들고 사랑에 빠지게 한다. 적당한 쓴맛과 단맛을 동시에 내기 위해 막 딴 치커리와 꽃상치를 잘 포개 만든, 여름 점심의 쌈밥을 만들기도 하고 연인 앞에서 처음으로 벗은 몸처럼 부끄러움과 자랑스러움이 교차하는 하얀 살을 그리기도 하는 것. 그게 바로 소설이다. 소설을 읽는 일이 괴로움과 즐거움을 동시에 던져주는 것은 그 때문이다.

　하지만 우리는 이렇게 말할 수 있을 것이다. 이상은 소설을 창작한 게 아니라 앞으로 쓸 소설처럼 자신의 삶을 먼저 창작했다고. 아이 김해경이 쓴 소설이 위대한 작가 이상이라고. 위대한 작가 이상의 작품은 그 부산물에 불과하다고. 다시 1937년 5월 15일 부민관에서 열린 추도식 자리에서 최재서가 한 말을 기억해보자. '나는 이 모든 것이 결코 인위적인 포우즈가 아니라는 것을 알 수 있었습니다.' 최재서가 알아차린 것. 김해경이 드디어 작가 이상의 가면을 완벽하게 쓰게 됐다는 것. 물이 얼음으로 바뀌었다는 것, 알이 더이상 새를 품지 못하게 됐다는 것, 아이가 아버지가 됐다는 것, 밤이 낮으로 변해갔다는 것. 위대한 작품 이상이란 각혈한 몸으로 총독부 기수직을 뛰쳐나와 다방을 경영하고 난해한 시를 쓰다가 도쿄에서 죽는 삶이다. 김해경이 사라지고 이상이 영원했다. 삶이 먼저였고 문학이 나중에 왔다. 삶은 사라졌고 문학은 남았다. 그가 죽고 문학은 남았다. 이상은 죽고 데드마스크는 남았다.

　동틀 무렵이 되면서 졸음이 쏟아지기 시작했다. 그즈음에야 이상이 삶을 판돈으로 걸고 시작한 도박, 서혁민 역시 삶을 판돈으로 걸고 시작한 도박이 뭔지 알 수 있을 것만 같았다. 서씨는 내게 '임종 당시 이상 선생에 대한 증언이 다들 엇갈리는 까닭은 무엇일까요?'라고 물었었다. 내가 그 질문에 잘못된 답을 했다는 사실을 깨달았다. 이상과 서혁민이 재산처럼 간직했던 그 비밀이 무엇인지 알아낸 게 정신이 있을 때였는지, 꿈속에서였는지 잘 기억나지 않는다. 나는 〈우인상〉과 데드마스크 사진을 보다가 책상에 엎드려 잠들었다.

12

　이제 이 이야기도 끝날 때가 가까워졌다. 마지막으로 남은 이야기는 내가 기사를 쓴 뒤 벌어진 일들이다. 이상의 데드마스크에 대한 기사가 나간 뒤, 내 주변에도 많은 변화가 일어났다. 서씨의 말대로 나는 이관장과 자주 만났다. 그것도 검찰에 출두해서. 서씨와 최교수라던 사람은 데드마스크와 서혁민의 수기, 이상의 유고로 짐작되는 시 일체를 이관장에게 고가에 팔아넘기고 잠적했다. 자칭 최교수 역시 진짜 최수창 교수가 아니었다. 서씨에 관해서도 그가 진짜 서혁민의 동생인지, 또 서혁민이란 사람이 실존했는지조차 알 수 없었다. 조작된 가짜라는 소문이 돌면서 이관장은 서씨는 물론 나까지 고소했다. 하지만 정황에 따른 심증만 있을 뿐, 그게 가짜라는 증거는 없었다.

검찰에서 나는 왜 그 데드마스크가 진짜인지 가짜인지 밝히는 일이 중요하지 않은지, 혹은 진위를 왜 밝힐 수 없는지, 내가 왜 김연 기자라고 거짓말을 했는지 설명해야 했다. 길고 지루하고 반복되는 과정이었다. 그 역시 한때 이상 문학에 심취했었다던, 내 나이 또래의 검사는 어쨌든 내가 범죄 사실에 가담한 것은 사실이라고 못박았다. 그에 따르면 범인, 범행, 피해자 중 하나만 있어도 범죄는 성립한다는 것이었다. 이 사건에는 피해자가 있었다. 검사는 기자라는 공인이 자기 느낌만 믿고 피해자가 생길 게 뻔한 이런 기사를 쓰다니 미친 게 아니냐고 말했다. 믿다보면 미칠 수도 있는 것 아닌가.

검사의 말처럼 많은 사람들이 가짜 데드마스크를 둘러싼 희대의 사기극이라는 심증을 가졌지만, 결국 밝혀진 것은 하나도 없었다. 나는 풀려났고 편전아트센터측은 그 물품들을 창고에 보관하는 선에서 문제를 해결했다. 데드마스크와 서혁민의 수기가 편전아트센터 지하창고 깊숙한 곳에 들어갔다. 다시 빛을 보기는 힘들지도 모른다.

하지만 이 모든 일은 내가 지금 말하려는 얘기와는 좀 다르다.

어쨌든 물의를 일으킨 기사에 대해 책임을 지고 회사를 그만두던 날이었다. 책상에 쌓인 책들을 버리거나 동료에게 줘버리고 책 몇 권과 취재노트 몇 개만 가방에 넣었다. 짐을 다 꾸리고 인사하러 갔더니 편집장이 말했다.

"그간 네가 쓴 기사 중에 제일 문장이 좋았던 기사였어."

우리는 한참 껄껄거리고 웃었다. 5학년 대표가 읽는 송별사처럼 판에 박힌 애잔함이 있는 말이었다.

"내가 이상하다고 생각하면서도 기사를 실었던 까닭이 뭔지 알아?"

"다른 청탁 원고가 들어오지 않아 대신에 채워넣은 것 아닙니까?"

"실은 네 녀석 얼굴 보기가 싫어 이 일을 기회로 자를 작정이었거든."

"정말입니까?"

"물론 농담이야. 그 기사는 이상하게 구미가 당겼어. 흥미로운 점이 있었거든."

마감 때만 빼면 그는 좋은 사람이었다. 6학년 언니의 답사 같은 판에 박힌 얘기지만.

"마감이 끝나고 책도 서점에 깔렸으니 쌓인 책을 뒤적거리고 있었어. 그러다가 이 책을 봤지. 전에 누군가 찾아와서 서평을 부탁했던 책이야. 『1930년대 경성과 구인회』. 월북한 구인회 멤버들의 이후 행적에 대한 글 중에 주석 하나가 보이더군. '한편 몇 차례 방북한 바 있는 재미교포 평론가 피터 주에 의하면, 길진섭은 자신이 뜬 이상의 데드마스크가 월북과정에서 유실됐다고 생전에 증언한 것으로 알려졌다. 피터 주,『참조로서의 이상 텍스트』, 243쪽.' 이거 큰일났구나, 라는 생각이 들었어. 네가 본 데드마스크는 가짜라는 얘기지."

"물론 가짜일 수도 있습니다."

"그래, 가짜일 거야. 하지만 그래서 어쩌란 말이지? 그런 생각이 들더군. 결국 진짜 데드마스크란 하나가 아닐 수도 있는 거야. 수백 개의 데드마스크가 있다고 해도 우린 그중에 진짜를 가려낼 수 없을 거야. 이상의 데드마스크라는 게 중요한 거지. 안 그래?"

"그렇습니다."

"그러나 이것은 결국 기사를 싣기로 결심한 내 오판에 책임지려는 핑계일 뿐이겠지."

"저 역시 마찬가지입니다. 어쨌든 고맙습니다."

"어쨌든 우린 둘 다 책임감은 큰 사람들이야. 그렇지 않아?"

"그런 것도 같군요."

편집장과 그런 시시껄렁한 얘기를 하다가 정희의 남편을 만나봐야겠다는 생각이 들었다. 나는 직원들에게 인사한 뒤, 정희 남편에게 전화해 만나기로 하고 사무실을 떠났다.

시간이 좀 남았으므로 지하철 보관함에 짐을 넣어두고 교보문고로 가 두 권의 책을 샀다. 두말할 나위 없이 『1930년대 경성과 구인회』와 『참조로서의 이상 텍스트』다. 너무 늦게 산 셈이다. 서점 한쪽 스낵바에 앉아 한 시간가량 그 책들을 읽고 있는데, 정희의 남편이 왔다.

"고생 좀 하셨겠더군요."

"돈 주고도 못할 경험이었죠. 덕분에 많이 배웠습니다."

"이상이란 주제는 늘 그렇습니다. 파고들면 파고들수록 진짜인지 가짜인지 애매하게 되죠. 그 책에도 썼습니다만, 온갖 것들이 모순되는 것뿐이에요. 생각은 해보셨습니까?"

"무슨 생각 말씀입니까?"

"제 집사람을 진짜로 사랑하는지 어떤지 말입니다. 그 문제로 보자고 하신 것 아닌가요?"

"아, 그래요."

그는 화법이란 게 뭔지 아는 사람이었다.

"최근에는 이상 생각만 하느라고 시간이 없었습니다. 사실 제가 기사를 썼지만, 문제가 많아요. 예컨대 이런 점이죠. 제가 본 데드마스크가 진짜라는 증거는 김소운의 증언에서 비롯합니다. 읽었으면 아시겠지만, 그 수염 자국이죠. 그런데 데드마스크를 뜬 사람은 김소운이 그 데드마스크를 보지 못했다고 말한 것으로 알려져 있습니다. 모순이죠. 그래서 처음에는 가짜라고 생각했습니다. 그런데 데드마스크를 뜬 사람의 말이 거짓이라면 김소운이 본 데드마스크가 진짜라는 얘기죠. 진짜에는 수염 자국이 남아 있을 것이란 말입니다. 그럼 제가 본 데드마스크는 그 증언에 부합하죠. 진짜일 수도 있다는 얘기죠. 문제는 거기에 있어요. 진짜라고 생각하면 가짜인 듯하고 가짜라고 생각하면 진짜인 듯하단 말이죠. 요컨대……"

나는 의도적으로 집게손가락을 눈썹 쪽에 갖다댔다. 그는 내 눈을 빤히 쳐다봤다.

"문제는 진짜냐 가짜냐가 아니라는 것이죠. 보는 바에 따라서 그것은 진짜일 수도 있고 가짜일 수도 있습니다. 이상 문학을 두고 최재서와 김문집이 각각 다르게 말한 것처럼 말입니다. 이상과 관련해서는 열정이나 논리를 뛰어넘어 믿느냐 안 믿느냐의 문제란 말입니다. 진짜라서 믿는 게 아니라 믿기 때문에 진짜인 것이고 믿기 때문에 가짜인 것이죠."

"결국 정희를 포기할 수 없다는 말처럼 들리는군요."

"그런 뜻은 아니었습니다. 다만 무한한 어떤 것 앞에서는 존재 그 자체가 중요하지, 진짜와 가짜의 구분은 애매해진다는 말입니다."

"무한한 어떤 것이라면?"

"예컨대 불멸의 작가 이상이라든가, 영원한 사랑이라든가……"

"과연 그럴까요?"

시인이 나에게 반문했다.

시인과 헤어져 돌아오는 버스 안에서 나는 도박꾼의 요청을 받은 파스칼이 고안해낸 확률의 법칙을 생각했다. 파스칼은 확률을 연구하다가 종교의 가치까지 확률로 평가할 수 있다고 주장했다. '도박사가 돈을 걸면서 느끼는 흥분감은 그가 이겼을 때 따게 될 금액에 이길 확률을 곱한 값과 같다.' 파스칼의 말이다. 그 수학자는 종교적인 신앙심을 수학 공식으로 남겼다. 한 사람이 선행을 쌓아서 천국으로 들어갈 확률은 아무리 작다 해도 유한한 값을 가진다. 반면에 종교가 보장하는 가치는 무한하다. 이 둘을 곱하면 무한한 기댓값이 나온다. 그러기에 명민한 도박꾼이라면 누구라도 종교에 뛰어들지 않을 이유가 없다.

김해경은 자신의 삶을 판돈으로 걸고 확률이 불분명한 도박판에 뛰어들었다. 작품이 아니라 삶을 판돈으로 걸었다는 점이 중요하다. 불멸의 작가 이상이 그의 기댓값이었다. 도쿄에서의 죽음은 바로 그런 도박이었다. 서혁민이 평생 이상을 완벽하게 흉내내려 한 까닭도 따게 될 판돈이 무한했기 때문이다. 그에게 작가 이상이란 역사상의 한 인물이 아니라 위대한 작가라는 추상이었다. 그것은 얼굴 하얀 아이 김해경이 그랬던 것처럼 삶을 판돈으로 걸 만큼 환상적이었다.

하지만 불멸의 문학이란, 위대한 작가란 그만큼이나 무한한 것일까? 그 끝없음을 믿을 수 있을 만큼 대단한 것일까? 논리와 열정과 진위가 문제가 아니라면, 영원한 문학작품이란 도대체 무엇인가? 그것은 자신의 삶을 판돈으로 내걸 수 있는 의지의 문제일까,

아니면 제멋대로 굴러가는 운명이라는 주사위의 문제일까?

13

대부분의 글이라면 12장에서 끝이 날 것이다. 하지만 이 글은 이상을 다룬 만큼 13장을 덧붙여야겠다.

모두들 알다시피 이상의 「오감도 시 제1호」는 막다른 골목으로 달려가는 13인의 아해를 하늘에서 내려다보는 내용이다. 그런데 이 13이라는 숫자가 연구자들에게는 꽤나 곤혹스러웠나보다. 최후의 만찬에 참석한 13인을 가리킨다는 주장, 당시의 조선 13도를 뜻한다는 주장, 성적 상징이라는 주장 등 다양하다. 어느 주장이든 상관없다. 말했다시피 이상 문학은 무한의 영역 속으로 들어갔고 이제 어떤 주장이라도 가능해졌기 때문이다.

사실 이상 문학에 나타나는 수 개념은 상당히 재미있다. 「오감도 시 제4호」에서 볼 수 있듯 0은 죽음, 1은 삶이다. 그리고 「시 제6호」에서 알 수 있듯 2는 여자이며 가장 많이 등장하는 3은 이상 자신을 뜻한다. 이 네 가지 숫자가 기본이라면 $5(2+3)$, $7(2^2+3)$, $11(2+3^2)$, $13(2^2+3^2)$, $17(2^3+3^2)$, $35(2^3+3^3)$, $43(2^4+3^3)$ 등이 이상에게는 중요한 숫자가 된다. 물론 33이나 12 같은 숫자도 무시해서는 안 되지만.

이중에서 제일 매력적인 숫자는 13인 것이다. 이상이 본 극북의 폐허가 12월 12일이라면 이 극북의 폐허를 넘어서는 지점이 바로 13의 지점인 것이다. 정오를 알리는 사이렌이 올리고 희망과 야심의 말소된 페이지가 딕셔너리 넘어가듯 번뜩이며 겨드랑이에서 인공의 날개가 돋는 시간이다. 3과 7과 17과 43이 절름발이의 세계라면 13은 더이상 나눠지지 않으면서 조화로운 세계. 13이란 그런 세계다.

진짜라고 확실히 믿었기 때문에 기사를 쓴 것은 아니다. 내가 본 데드마스크가 가짜일 수도 있다는 생각은 나도 수없이 했었다. 그리고 지금은 대개 모두들 그렇게 생각한다. 그 데드마스크가 편전 아트센터 지하창고 깊숙이 들어가게 된 까닭은 그 때문이다. 나 역시 충분히 이해할 만한 얘기라고 생각한다. 진짜 데드마스크는 길진섭이 월북할 때 부서졌다는 피터 주의 주장도 근거 있는 얘기일 것이다.

그럼 도대체 이 글은 뭐냐고 말할 분도 계시겠다. 희대의 사기극의 전말을 밝히는 글인가? 처음에도 말했다시피 이제 내게는 더 큰 의구심이 남게 됐다. 이상의 데드마스크가, 혹은 이상의 문학이 진짜냐 가짜냐 하는 문제와는 또 다르다. 기왕에 13장을 쓰기 시작했으니 그 얘기를 해야겠다.

억수같이 쏟아지는 빗소리를 들으며 밤새 서혁민의 수기를 읽던 그날 밤, 나는 『이상을 찾아서』의 마지막 부분에서 아주 이상한 시를 하나 발견했다. 처음에는 서혁민이 베껴 쓴 이상의 시 중 하나라고 생각했다. 그도 그럴 것이 「오감도」 연작 중 하나였기 때문이다. 많이 본 제목이었다. 중간중간에 등장하는 서혁민의 시 대부분이 이상의 시를 그대로 베껴 쓰거나 약간 고쳐 쓴 것에 불과하기 때문에 이런 생각은 당연했다.

그리고 『이상 전집』과 서혁민의 수기를 일일이 비교하면서 다시 읽었다. 새벽 두시쯤이었다. 서혁민의 글은 이상을 그대로 베낀 것과 자신이 쓴 것이 뒤섞여 있었다. 점점 비교해서 읽는 일이 지루해질 즈음에 그 시와 다시 마주쳤다. 이번에는 나도 모르게 몸이 떨려왔다. 마치 데드마스크를 처음 봤을 때처럼 말이다. 그 시의 제목은 '오감도 시 제16호 실화失花'였던 것이다. 이상은 「오감도」 연작 열다섯 편만을 남겼다. 그러니까 「오감도 시 제16호 실화」라는 것은 있을 수가 없다. 그제야 나는 이상의 유고 사진을 꺼내 보고 그 시가 서혁민의 필체가 아닌 이상의 필체를 흉내내 씌어졌다는 사실을 알게 됐다.

그 시 때문에 나는 다시 한번 수기를 읽게 됐다. 세번째로 그 시에 맞닥뜨리게 되자, 모든 것이 혼란스러웠다. 과연 이 시는 이상이 쓴 시인가, 서혁민이 쓴 시인가? 자신이 구한 이상의 유고에서 서혁민이 베껴 쓴 것인가, 아니면 완벽하게 이상의 문학을 창작할 수 있는 경지에 이른 것인가? 이상은 왜 위대한 작품을 남겨 불멸하게 됐으며, 서혁민은 일흔다섯 살이 되어 무명작가로 죽게 됐는가?

　이 시가 서혁민이 베껴 쓴 이상의 유고일 가망성이 극히 높은 것임에도 불구하고 이제 내 말을 믿어줄 사람은 아무도 없다. 아무리 보는 순간 내 몸이 떨려왔다고 하더라도 말이다. 구구하지만 13장에나 어울리는 얘기라 여기 덧붙였다. 한동안 조용하게 공부나 하고 딴에는 정신병이나 고쳐야겠다.

잃어버린 꽃

구보 형에게

……

봄이 오니까 형도 '제비'가 그리우신가보오.

돌아오지 않는 '제비'의 임자는

얼마나 야속한 사람이겠오?

동경을 지날 때는 머리를 수그리오.

김기림, 「엽서」

1

철 지난 사장沙場에 꽂아둔 일산日傘처럼 세월의 더께에 비스듬해지는 입추 가까운 별. 손꼽아 기다리던 러브레터처럼 계절의 배달부에 실려 느릿느릿 밀려왔다 멀어지는 하오의 금빛 바람. 산정山頂 이만 피트, 희박한 공기 사이로 떨어지는 새벽 유성들처럼 잊을 만하면 귓바퀴를 울리며 들리는 송장까마귀 울음소리. 나는 지금 혈혈단신 잉크 냄새 빳빳한 새 교과서보다 낯선 지방을 더듬고 있는 중이다. 여름 햇살은 벌써 북녘으로 기울어지기 시작해 성하盛夏의 비냄새를 잊어버린 지도 이십여 일이나 지났다. 이곳은 오가는 사람도 많지 않고 다만 오후 두시의 초침처럼 한없이 늘어지는 시간만이 게으른 울음을 토할 뿐이다.

주머니에 모아둔 날이 많지 않은 나 같은 늙은이가 영속하는 길은 남은 시간을 한없이 쪼개는 일. 묵직해진 남은 날을 생각하며 또 박또박 200자 원고지에 철필을 긁적이듯 정문에서 느린 삼백여 걸음. 세 명의 사내가 미루나무 꼭대기를 올려다보고 있었다. 우듬지에 삶과 죽음과 눈물과 회한의 사연이 적혀 있다는 듯이 사뭇 망연자실해서. 수은주를 한껏 팽창시킨 날씨 탓에 늘어질 대로 늘어진 순간과 순간 그 사이에 끼여버린 사람처럼 그들은 좀체 미동조차 않는다. 그들 곁에는 흡사 낡은 양수기마냥 졸리운 격절음을 토해내는 실험기계가 놓여 있었다. 곱추가 마지못해 종을 두들기듯 간헐적으로 껄떡이는 탁한 금속음. 미루나무 우듬지의 사연을 21세기 과학 언어로 번역해내는 음향. 그러니까 헤드폰을 끼고 마이크 모양의 긴 기구를 든 한 명은 그 기계 한쪽 끝에, 계기판을 들여다보는 윗내의 차림의 다른 한 명은 반대편 끝에, 양자의 의사소통을 전담하는 한 명은 그 가운데 선 형상이었다.

아무려나 나는 이 삼총사가 새소리—그래봐야 까마귀 소리뿐이지만—를 녹음하는 것이려니 생각했는데, 알고 보니 나무 주위의 온도를 측정하는 식물학 전공의 학생들이었다. 이럴 때 식물학 전공이란, 예컨대 입자물리실험 전공이란 말처럼 요령부득이다. 젊은 수소처럼 기세 좋게 '카로티노이드는 카로틴과 크산토필의 두 가지로 나누어지는데……' 운운한다면 그것만큼 곤란한 일도 드물 터. 그래도 나이가 벼슬이라고 부끄러움도 모르고 '무엇 때문에 나무 주위의 온도를 측정해야 하는가'고 묻자, 가운데 선 학생이 마치 사람이 한증 속에서 땀을 흘리는 것과 마찬가지로 식물도 체온이 과도하게 오르는 것을 막기 위해 수증기를 내뿜는다는 둥, 그 탓에 우듬지와 밑둥치 사이에 온도 차가 난다는 둥 대답했다. 설명을 들어도 대척지 타국의 역사 강의처럼 귀 설기는 마찬가지.

말을 바꿔 이번엔 '산시로三四郎 연못이 어디냐'고 묻자 헤드폰을 낀, 60년대 히피 스타일의 학생이 갓파河童처럼 까맣게 그을린 손가락으로 내리막길을 가리키며 말했다.

"이 길을 따라 이백 미터. 우측으로 부속병원이 나오면 정문 맞은편으로 걸어올라가 왼쪽 45도 각도로 내려갑니다."

가히 이과 전공자의 길안내라 할 수 있었다. 히피 학생은 헤드폰을 목에 걸치고 내게 관광중이냐고 물었다. 왜냐하면 아무래도 입추 가까워 산시로 연못을 찾을 사람은 관광객뿐이니까.

"가봐야 별것 없어요. 미친 오리 한 마리가 까마귀만 쫓아다닐 뿐이지. 나쓰메 소세키 생각하고 찾아가면 실망뿐이에요."

"모밀잣밤나무는 아직도 있는가요?"

"글쎄요."

학구적으로 고개를 갸우뚱거리는 것만으로 히피 학생의 얼굴 표정은 우스꽝스럽게 바뀌었다. 셰익스피어 극에 희극적 인물로 잘 등장하는 무덤 파는 인간처럼 보였다. '이 학생이 말하는 미친 오리라는 게 나를 일컫는 게 아닌가'라는 앞뒤 없는 생각이 불쑥 떠올랐다. 홍두깨같이 불쑥불쑥 이어지는 생각의 고리는 나쓰메 소세키의 장편소설 『산시로』의 앞부분으로 나를 이끌었다. 모밀잣밤나무는 주인공인 후쿠오카 출신 시골뜨기 산시로가 사토미 미네코 일행을 처음 연못에서 마주쳤을 때 보게 되는 나무다. 너도밤나무과에 속하는 상록 교목으로 키는 십 미터에서 이십 미터까지, 잎은 두꺼운 가죽질의 난형 또는 긴 타원형인데 상반부에는 톱니가 있고 표면은 녹색, 뒷면은 회갈색이다. 내가 공상에서 빠져나올 때까지도 히피 학생은 왜 느닷없이 모밀잣밤나무인가 하는, 일생일대의 식물학적 화두에 직면한 듯 여전히 갸우뚱이었다.

그런 그들을 뒤로하고 나는 아스팔트를 따라 이백 미터, 다시 오른편으로 서 있는 부속병원을 뒤로하고 일백 미터 정도를 걸어가 45도 각도로 난 소로로 접어들었다. 아직도 다이쇼 시대의 고답적인 분위기가 여전하다고 하지만, 도쿄에 이런 분위기는 약간 의외라고 털어놓을 만큼 울창한 숲 사이 외설적으로 연못이 힐끔 보였다. 원래 이 자리는 에도 시대의 다이묘大名 가가 마에다 일가의 대저택이 있었던 곳이다. 산시로 연못은 그 저택 시절부터의 자취이니 메이지 이전까지 훨씬 거슬러올라가는 장구한 기원을 가졌다. 내가 선 바로 이 자리에서 산시로는 맞은편 언덕 저녁놀을 배경으로 선 미네코 일행을 올려다봤을 것이다.

부록처럼 진작부터 회화적인 첫 만남이란 평이 늘 따라다녔지만, 나뭇잎의 투명한 초록이 숲 사이로 비집고 들어온 햇살을 물들였다가 깊이를 가늠할 수 없는 수면에 되비치는 광경은 갈데없는 인상파 화가의 캔버스였다. 그 캔버스에 녹색 계열의 음향을 점묘하듯 등걸에 매달린 매미들이 일제히 울음을 토해내느라 귓불이 달아오를 정도였다. 히피 학생이 미친 오리라고 말했던 오리는 잘 보이지 않고 의식의 저편 젤라틴 형질의 뭉툭한 세계를 허우적대는 기억처럼 울긋불긋한 잉어들만이 연못 속을 헤엄치고 있었다. 모밀잣밤나무는 연못을 왼쪽에 끼고 흙길을 조금 걸어내려가 두번째로 만나는 벤치 뒤에서 발견할 수 있었다. 키는 십 미터 남짓. 그 수령樹齡의 기산점은 다이쇼보다는 쇼와 초기에 가까우니 산시로의 메밀잣밤나무는 아닐 것이다.

문부성 제1회 국비유학생으로 1900년 런던에 간 나쓰메 소세키가 미쳤다는 소문이 유학생들 사이에 떠돌기 시작한 것은 그 이듬해부터다. 소세키는 그 당시의 일을 이렇게 회상했다. '쓸데없는 일이라고 생각했습니다. 아무리 책을 읽어도 도움이 되지 않는다고 체념했습니다. 동시에 무엇 때문에 책을 읽는지 나 자신도 그 의미를 이해할 수 없게 됐습니다. 이때 나는 비로소 문학이란 어떤 것인가, 그 개념을 자기 힘으로 근본적으로 만들어내는 일 이외에는 나를 구할 길은 없다고 깨달았던 것입니다.' 그 사실을 알았기 때문에 소세키는 「문학론」을 쓸 수 있었고 「문학론」을 썼기 때문에 귀국선에 올라 하숙집 여주인에게 다시는 런던에 돌아가지 않겠다는 편지를 띄울 수 있었다. 타인이 아니라 오직 자기의 힘만이 자신과 문학을 구원한다는, 이 정신병력하의 생각이 일본문학을 전근대의 구렁텅이에서 구해낼 수 있었다.

열하熱夏의 8월에 굳이 산시로 연못에 들러 소세키의 런던 경험을 떠올리는 까닭은 그곳에서 불과 몇백 미터도 떨어지지 않은 곳에서 죽은 한 사내 때문이었다. 그 사내는 전기 기술에 관한 전문 공부를 하러 간다는 둥 고급 단식인쇄술을 연구하겠다는 둥 5개 국어에 능통할 작정이라는 둥 법률을 배우겠다는 둥 허담虛談을 탕탕하고서는 도쿄로 간 지 사 개월도 지나지 않아 '가끔 글을 주시기 바랍니다. 고독합니다'라는 편지를 떠나온 경성에 보낸 인물이다.

1900년 10월 하순 런던에 도착한 소세키는 마치 번화가 한복판에 내팽개쳐진 듯한 후지 산 토끼처럼 거리에 나가면 사람 물결에 휩쓸려가지나 않을까, 집에 돌아오면 기차가 방으로 돌진하지나 않을까 하는 걱정에 마음이 편치 않았다. 사 년 뒤, 그는 이렇게 썼다. '이 넓은 런던 천지에 거미줄처럼 왕래하는 그 많은 기차와 마차, 전차와 궤도열차는 모두 나와는 무관한 것들이었다.' 18세기 영문학을 전공한 얽둑빼기 동양인에게 런던의 이미지는 사람의 넋을 빼놓는 교통수단으로 압축됐다. 근대의 이같은 살풍경 반대편에 산시로 연못의 모밀잣밤나무가 있었음은 물론이다.

1936년 10월 하순 도쿄에 도착한 이상李箱은 정열도 욕심도 없이 그저 대소 없는 암흑 가운데 누워 오들오들 떨었었다. '나는 택시 속에서 이십세기라는 제목을 연구했다. 창밖은 지금 궁성 호리

곁—무수한 자동차가 영영嶪嶪히 이십세기를 유지하노라고 야단들이다. 십구세기 쉬적지근한 내음새가 썩 많이 나는 내 도덕성은 어째서 저렇게 자동차가 많은가를 이해할 수 없으니까 결국은 대단히 점잖은 것이렷다.' 역시 시간을 단축시키는 근대의 전령 동력기관을 통해 이상은 멀찌감치서 근대를 내다본다. 그 속도의 한가운데 죽음의 욕구가 들여다보인다.

런던탑에 찾아간 소세키는 유폐된 두 형제의 대화를 엿듣는다. '자신의 눈으로 자신의 죽어가는 모습을 그려보는 이야말로 축복 있을진저. 날이면 날마다 앉으나 서나 죽음을 기도하라. 아침이라면 밤이 되기 전에 죽는다고 생각하라. 밤이라면 내일이 있음에 매달리지 마라. 각오야말로 고귀한 것. 누추한 죽음이야말로 또 한번의 죽음이로다.' 그곳에서 죽음의 이미지와 직면한 소세키는 역설적으로 태어난 이상은 살아야만 한다고 다짐한다. 논리도 필요 없고 오로지 살고 싶으니까 살아야만 하며 어디까지나 살아 있어야 한다는 주장이다. 런던탑에 유폐된 자들이 죽음의 순간에도 벽을 긁어 남긴 아흔한 종류의 글을 봤기 때문이다. 논리도 필요 없고 그저 살아야 한다는 말은 다시 표현하면 어쨌든 자신의 존재를 남기라는 말이다.

1937년 2월 10일 이상은 안회남에게 쓴 편지에서 '살아야겠어서, 다시 살아야겠어서 저는 여기를 왔습니다'라고 했다. 같은 날 김기림에게 보낸 편지에서 '다시 ヤリナオシ고쳐쓰기를 할 작정이오'

라고 쓴 것처럼 살아야겠다는 이 말은 등에서 땀이 펑펑 쏟아질 열작劣作을 문학 천년이 회신灰燼에 돌아갈 지상 최종의 걸작으로 고쳐 쓰는 일을 뜻한다. 하지만 린덴의 소세키에게는 돌아갈 곳이 있었지만, 도쿄의 이상에게는 돌아갈 곳이 없었다.

전집에 부기된 주석을 읽듯 모밀잣밤나무를 어루만진 뒤, 나무 앞 벤치에 잠시 동안 앉아 있으려니 산모기들이 극성맞게 겉살로 달라붙었다. 연못에 알을 까는, 표면이 새카맣고 깡마른 놈들이었다. 내 살갗을 제 손으로 몇 번 때리다가 하는 수 없이 일어서려는데 연못 가운데 작은 섬 뒤에서 오리 한 마리가 슬금슬금 설레발치며 내 쪽으로 다가왔다. 히피 학생이 말했던 미친 오리인 모양으로 세상사에는 무심한 눈길이었다. 뭔가 과자 부스러기라도 남았으면 먹으라고 던져줄 속셈이었지만, 주머니와 가방을 다 뒤져도 오리 몫은 없었다. 연못가에 앉아 한국말로 이리 오라고 소리쳤지만, 일본 오리여서 그런지 내 말을 알아듣지 못하고 나를 빤히 쳐다보더니 다시 몸을 돌려 반대편으로 움직였다. 연못을 헤엄쳐본댔자 소득이 없다. 그늘에서 낮잠이나 자자. 미친 오리는 그런 생각을 하는 모양이었다. 나는 왜 죽을 날이 가까워져 도쿄를 찾아오게 됐을까? 미친 오리마저도 체념한 물길에서 나는 무슨 소득을 얻을 요량이었을까? 내 얼굴이 미세하게 흔들리는 수면 위로 불가해하게 되비쳤다. 손으로 얼굴을 가리고 한참 서 있었다. 연못에 되비친 햇살은 투명하고 내 얼굴은 언제나 더럽다. 그 어떤 악덕도 이제 나를 더럽히지 못한다.

회한에 그만 고개를 돌리고 나는 다시 온 길을 되짚어 부속병원 쪽으로 걸어갔다. 그 부속병원의 내력은 증축된 건물들의 숫자에 비례한다. 1876년 간다에 있던 도쿄의학교 교사를 지금의 자리로 옮기면서 도쿄대학 부속병원의 역사는 시작됐다. 1877년 도쿄 카이세이학교와 도쿄의학교가 병합되면서 도쿄대학교가 새로 생기고 도쿄의학교는 도쿄대학 의학부 부속병원이 됐다. 1886년 이 병원은 제국대학 의과대학 부속병원이 되었다가 패전 뒤인 1947년 도쿄대학 의학부 부속병원이 됐다. 1960~70년 흉부외과, 신경내과, 소아외과 등이 차례로 신설되고 1987년 설비 관리동이 준공됐으며 1987년 착공한 지 삼 년 만에 신중앙진료동이 웅장한 모습을 드러냈다. 증축할 때마다 원래 서 있던 건물과 같은 원목색 타일로 메이크업했지만, 기운 조각보처럼 구차함이 그 경계선을 따라 남아 있는 것을 어쩔 수 없다.

좀체 환자를 받아들이지 않을 것처럼 완고한 문을 열고 나는 중앙진료동으로 들어섰다. 소독약 냄새가 흥건한 복도를 지나 수부受付가 있는 중앙 로비에 이르렀다. 점점 햇살이 기울어진다고는 하나 8월 초순의 도쿄는 내 속의 수분을 모두 증발시켜버린다. 그런 더위 속을 헤치고 우에노 공원에서 도쿄대까지 걸어왔더니 나이든 몸이 여기저기서 아우성치기 시작했다. 병원의 갑작스런 에어컨 기운에 순간 정신이 아득해지는 까닭도 그 때문이었다. 중앙 로비에는 깁스붕대 차림의 환자와 도시락을 먹으면서 나지막이 담소하는 두 중년 아줌마가 있을 뿐, 여느 병원 같은 활기는 보이지 않았다. 한쪽에 서 있는 자동판매기에서 칼피스를 하나 뽑아들고 의자에 앉았다. 냉장이 잘 돼 땀이 식어가는 뜨거운 볼에 칼피스 캔을 대고 열을 식혔다.

이상이 마지막 숨을 내뿜었다는 다다미방 물료과 병실은 애당초 없었던 것인지 모른다. 이상이 죽었다는 말은 거짓일지도 모른다. 느닷없는 생각이 내 머리를 스쳐갔다. 살갗 저편 캔의 차가움과 살갗 안쪽 내 몸의 뜨거움이 부딪치며 수증기 같은 망상을 낳았던 모양이다. 모래톱이 조금씩 파도에 쓸려가듯 시간이 흐를수록 내 안의 무엇이 사라지고 있었다. 나 정도 나이가 되면 그 정도는 일상적이니 크게 놀랄 일도 아니다. 모든 게 증발하고 나면 나는 쓸모없는 인간이 돼 사라질 것이다. 중요하지 않은 인간. 병상 신세를 지던 스무 살 무렵, 이상은 스스로 이렇게 일컬었다. 달인 약이 식어가도록 누구 하나 권하는 사람이 없었던 탓이다. 대소 없는 암흑 가운데 놓인 구단九段 아래 꼬부라진 뒷골목 간다 진보초 3초메 101의 4번지 2층 골방에서 그 중요하지 않은 인간은 오들오들 떨고 있었다.

"의사를 불러주세요. 응급환자입니다. 간호원!"

갑자기 복도 저편에서 맑진 목소리가 들려오더니 루바슈카를 입은 한 떼의 청년들이 뛰어들어왔다. 무슨 일인가고 나는 고개를 빼

들고 그들이 뛰어오는 복도 쪽을 내다봤다. 교모로 봐서는 대학생들이었다. 그중 한 학생이 봉두난발에 피골이 상접해 얼굴이 반쪽인 환자를 들쳐메고 뛰어왔다. 그들은 놀란 간호원을 앞장세우고 응급실 쪽으로 몰려갔다.

"조선인 유학생들인 모양이군요."

"애정관계로 싸움이라도 벌인 것일까요?"

방금까지 내 옆에 앉아 나지막이 담소하던 중년 아줌마 둘이서 이런 대화를 나누고 있었다. 나는 자리에서 일어나 그들 뒤를 따랐다. 조선인 유학생들은 환자가 누운 병상을 빙 둘러쌌다. 나는 그들 사이를 비집고 들어가 병상 위에 누운 사내를 내려다봤다. 배고픈 얼굴을 본다. 반드르르한 머리카락 밑에 어째서 배고픈 얼굴이 있느냐? 저 사내는 어디서 왔느냐? 저 사내는 어디서 왔느냐? 봉두난발의 그 사내는 여전히 정신을 차리지 못하고 있었다.

"비켜보시오!"

누군가 나를 밀치며 들어왔다. 일본인 레지던트였다. 그는 사내의 가슴에 청진기를 대보는 둥 눈꺼풀을 뒤집어 동공을 살피는 둥 어수선을 떨더니 학생들에게 피곤과 짜증이 뒤범벅된 알 수 없는 한마디를 툭 던졌다.

"어쩌면 젊은 사람을 이렇게까지 되도록 내버려뒀단 말이오!"

학생들 중 한 명이 뭐라고 항변하려는 것을 다른 학생이 소매끝을 당기며 말렸다. 레지던트는 차트에 뭔가 휘갈기고 간호원에게 몇 가지 지시를 내린 뒤, 별일 아니라는 듯 그대로 가버렸다.

"그러기에 왜놈들 병원에 오지 말자고 했잖습니까!"

레지던트가 떠나자, 항변하려던 그 학생이 버럭 소리질렀다.

"말조심하게. 듣는 사람이 한두 명이 아니야."

"사람을 이 지경으로 만들어놓은 판국에 말조심하고 말고 할 게 어디 있습니까? 당장 들쳐메고 가스미가세키로 갑시다."

"정신 차려! 그런다고 우리 사정 누가 알아줄 것 같아!"

"다른 환자분들도 계시니 조용히들 하세요!"

둘이서 언성을 높이자 간호원이 새된 목소리로 단호하게 말했다. 잠시 재깔거림이 뒤를 이었지만, 곧 잦아들었다.

"나가서 담배나 한 대씩 피우고 들어오세."

유학생 중 누군가가 말했다. 단정하게 머리 깎은 양복 차림의 젊은이였다. 학생으로 보일 만한 얼굴은 아니었지만, 외국 유학생들은 일본 학생보다 대개 나이가 많았다. 그림을 전공하는지 검은 면바지에 군데군데 물감 자국이 보였다. 응급실 병상에 누운 사내는 눈뜰 기색이 보이지 않고 유학생들도 모두 나갔다 올 형세여서 나도 그만 그 자리를 떠나기로 했다. 우리가 응급실 문을 나서려는데, '이보게들'이라는 희미한 목소리가 등뒤에서 들려왔다. 문을 열고 나서려던 유학생들이 몸을 돌리고 그 사내에게로 뛰어갔다.

"이상 선생, 이제 정신을 차리겠소?"

"어떻습니까? 불편한 데는 없습니까?"

유학생들은 금방 그를 둘러쌌다. 나도 다시 발길을 돌려 그들 틈새를 파고들었다. 봉두난발에 수염투성이, 하지만 눈만은 웃고 있었다.

"씩씩하게 성장하는 새 세기의 영웅들이 어쩐 일로 이곳에 다 모였는가? 20세기는 자네들 몫이네그려. 껄껄껄. 그런데 다들 왜 그렇게 수심 어린 표정들인가? 염려들 말어. 20세기의 스포츠맨 상像은 건재하네. 니시간다 경찰서 계원도 찬탄한 일세의 귀재가 아닌가? 우선 동인지 출간 계획부터 세워볼까? 표지는 진섭 형에게 부탁하고 본문 활자는 6호 7포인트 반이 어떨까 하는데……"

"이 판에 동인지가 다 뭡니까? 우선 건강부터 되찾으셔야죠."

"괜찮으이. 다들 모이니 참 좋구먼. 인생보다는 연극이 더 좋다는 영섭이, 방세가 산비둘기처럼 변하는 기이한 방에 사는 회의파 한천이…… 그런데 자네는 누군가?"

갑자기 그 젊은 사내가 나를 가리키며 물었다. 나는 일흔다섯 살의 노인, 그 사내는 고작 스물여덟 살의 청년이다. 그런데도 등에서 식은땀이 흘러내렸다.

"자네는 누군가? 피골이 상접. 웃어야 할 터인데 근육이 없네. 울려야 근육이 없네. 자네는 누군가? 자네 얼굴은 오직 자네의 흔적일 뿐일세. 자네는 누군가? 이봐, 이게 떨어졌어. 이게 떨어졌다구."

나를 가리키는 빼빼 마른 그 손가락에 숨이 헉헉 막혔다. 문을 열라고, 안 열리는 문을 열라고 그가 소리쳤다. 촛농처럼 녹아내리는 몰골로 무슨 미련이 남아 도쿄에 왔단 말인가? 이 흉악한 얼굴은 어느 가계의 족보인가? 싯누런 저주의 족보가 찢어지며 칼피스 캔이 눈앞에 와 박힌다. 정신을 차리니 환각이 깨어지고 중년 아줌마 한 명이 칼피스 캔을 눈앞에 보이며 다른 한 손으로 내 어깨를 잡아 흔들었다.

"괜찮으세요? 이게 떨어지길래."

나는 냉담冷淡 걸린 양, 부들부들 떨려오는 허한 심신을 추스르고 주위를 돌아봤다. 아직 한 발자국도 벗어나지 못한 도쿄대 부속 병원 중앙진료동 수부 앞. 구차한 노루老淚가 시야를 흐렸다. 나는 아주머니가 건네는 칼피스를 얼른 받아들었다.

"잠깐 어지러웠나봅니다. 이젠 괜찮습니다."

나는 겸연쩍은 마음에 황급히 자리에서 일어섰다. 나이가 들면 뭍 떠나온 산골 출신처럼 시간은 그저 울렁거리는 주기에 불과하다. 망상 속에서 편안하고 눈뜨면 그저 낯선 곳의 불안감만이 기다리기 일쑤다. 너무 오래 살다보면 생기는 일이다. 당장이라도 나를 낚아채고는 불치 판정을 내릴까 두려운 나머지 나는 허둥지둥 중앙진료동을 빠져나왔다.

중앙진료동 북쪽으로 격리병동이 있다는 말을 들었다. 건물 사이로 들어서면 8월의 열기에 융단처럼 부드러워진 아스팔트 주차장을 제외하자면, 여전히 전전戰前의 분위기를 간직한 중정中庭이 나온다. 거기서부터 키 큰 삼나무 한 주 졸리운 낮빛으로 옛 건물

그늘로 들어서고 있다. 메이지 시대 일본에 머무른 네덜란드인 의사 보두인이 아니었다면, 이상은 이곳이 아니라 우에노 공원 자리에서 죽었을 것이다. 보두인은 우에노 공원 자리에 의학교를 세우겠다는 문부성의 계획을 바꿔놓은 사람이다. 하지만 그게 무슨 소용이 되겠는가? 이상에 관한 한, 지극히 잡다한 지식의 편린이라도 건져올리려는 늙은 무명 시인에게나 요긴한 사실일 뿐. 나는 아스팔트로 포장한 중정길을 가로질러 이상이 죽던 무렵의 격리병동으로 들어갔다. 바닥에는 큼직한 사각형 모양으로 널빤지를 이어붙인 마루가 깔렸고 천장은 각종 배관으로 어지러웠다. 복도에 늘어선 각종 실험기구와 냉장고들이 공간의 협소함을 증명했다.

나는 계단참 한쪽에 놓인 낡은 소파에 앉았다. 가장자리가 찌그러진 캔의 마개를 따고 칼피스를 한 모금 들이켰다. 서늘함이 목젖을 적시며 지친 노구를 위로했다. 나는 왜 죽으려야 죽을 수도 없고 살려야 살 수도 없는, 추악한 몸을 이끌고 일흔다섯 살이 다 되어 이상이 죽은 도쿄를 찾아왔는가? 수명 다한 형광등처럼 깜빡거리는 정신으로 무엇을 확인하고 싶었는가? 내 평생 잊을 수 없는 하루가 있기 때문이다. 1937년 2월 10일 음력으로 제야除夜인 이날, 간다 진보초의 쓸쓸한 이상이 두 통의 편지를 썼기 때문이다. 도호쿠제대東北帝国大學에 다니던 김기림과 이상의 부인 변동림에게 모종의 큰 도움을 준 안회남이 그 편지를 잘 갈무리해 후대의 우리가 읽을 수 있기 때문이다. 그 편지에 다음과 같은 구절이 들어 있기 때문이다.

자기 자신을 잃어버리면서도 양심 양심 이렇게 부르짖어도 보오. 비참한 일이오.

한화휴제閑話休題—삼월에는 부디 만납시다. 나는 지금 참 쩔쩔매는 중이오. 생활보다도 대체 어떻게 했으면 좋을지를 모르겠소. 의논할 일이 한두 가지가 아니오. 만나서 결국 아무 이야기도 못하고 헤어지는 한이 있더라도 그저 만나기라도 합시다. 내가 서울을 떠날 때 생각한 것은 참 어림도 없는 도원몽桃源夢이었오. 이러다가는 정말 자살할 것 같소.

—「사신(八)」

당분간은 모든 죄와 악을 의식적으로 묵살하는 도리 외에는 길이 없습니다. 친구, 가정, 소주, 그리고 치사스러운 의리 때문에 서울로 돌아가지 못하겠습니다. 여러 가지를 생각하고 있습니다. 어떻게 했으면 좋을지를 전연 모르겠습니다. 저는 당분간 어떤 고난과라도 싸우면서 생각하는 생활을 하는 수밖에 없습니다. 한 편의 작품을 못 쓰는 한이 있더라도, 아니, 말라비틀어져서 아사餓死하는 한이 있더라도 저는 지금의 자세를 포기하지 않겠습니다. 도저히 '커피' 한잔으로 해결할 문제가 아닌 것입니다.

—「사신(九)」

노안을 추슬러 다시 들춰 보지 않아도 1936년 관부연락선으로 도일渡日한 이상에게 가장 큰 어려움은 참으로 광이 나고 메달로 하여도 좋을 만한 알 카포네의 화폐, 즉 돈의 부족함이었다. 적빈赤貧이 여세如洗여서 긴자 거리의 구세군 냄비도 그냥 지나쳐야만 할 만큼 가난한 일본생활이었다. 1월까지만 해도 김기림에게 '이곳에서 나는 빈궁하고 고독하오'라든가 '시종이 여일하게 이상 선생께서는 프롤레타리아니까 군용금을 톡톡히 나래拏來하기 바라오'라는 너스레를 떨어댔던 사람이다.

그런데 1937년 음력 제야에 이르러 그는 '생활보다도 대체 어떻게 했으면 좋을지를 모르겠소' '당분간은 모든 죄와 악을 의식적으로 묵살하는 도리 외에는 없습니다'라는 편지를 쓴 것이다. 생활이 문제가 되지 못할 형편이라면, 도대체 무엇이 문제였기에 모든 죄와 악을 의식적으로 묵살하는 도리밖에는 없단 말인가? 끝내 그 비밀을 깨닫지 못한다면, 육십여 년 내 한평생도 허사이니 내가 도쿄에 온 뜻은 바로 그 비밀을 몸소 알아내고 싶었기 때문이다. 그 비밀을 알아내고 죽고 싶었기 때문이다.

그 이틀 뒤 이상은 러일전쟁으로 남편을 잃은 미망인이 경영하는 오뎅집에서 정종을 마시다가 일경日警에 체포됐다. 결국 일경이란 이상이 스스로 목에 묶은 줄을 잡아당긴 것뿐이다. 날짜의 착오는 있지만, 어쨌든 이상의 공식적인 마지막 글은 동생 운경에게 보낸 편지의 '다시 쓰겠다'라는 구절이다. 하지만 그는 두 번 다시 쓸 수 없었다.

1937년 4월 17일 새벽 3시 25분, 동쪽 하늘로 별이 저물었다.

2

전기傳記 집필이란 고작 일백여 개의 조각만을 겨우 긁어모은 뒤, 일천 개의 조각이 필요한 퍼즐을 완성시키겠다고 덤비는 아이의 무모한 유희에 비유할 수 있지 않을까? 아무짝에도 소용없는 우거지, 쓰레기까지 포함된 일백여 개의 조각만으로 그림이 완성됐다고 주장하기 위해서 전기작가는 자신의 글에 권위를 부여할 몇 가지 제도적 장치를 끌어들여야 한다. 예컨대 두 점 사이에 선을 긋기 위해서 직선 개념을 도입하는 것과 비슷하다. 전기작가가 사실과 픽션의 모호한 경계선에서 글을 쓴다는 어려움을 극복하기 위해 도입하는 이러한 전기 산업의 몇 가지 규칙은 원칙적으로 옳다. 하지만 그렇다고 해서 가장 잘 씌어진 전기가 그 대상 인물의 삶과 조화롭게 어울린다는 말은 아니다. 두 점 사이의 최단거리를 잇는 선이 직선이 아닐 수도 있다는 사실이 밝혀졌듯이 말이다. 전기란 결국 긁어모은 허섭스레기들로 괴상망측한 그림을 짜맞춰놓은 창작에 불과해 전기작가가 완벽한 전기를 쓰면 쓸수록 실제 인물과의 차이는 더 커지게 된다. 이후에는 강변밖에 남지 않는데, 이를 전기 집필의 딜레마라고 말할 수 있겠다.

전기가 쉽게 범하는 강변 중에는 로마의 역사가 리비우스가 『로마사』에서 말한 'Ferox gens, nullam esse vitam sine armis rati 사나운 사람들은 무기를 잃게 되자마자 생존을 잃는다'라는 문장이 가리키는 바도 들어갈 것이다. 결코 일관되지 않는 삶을 하나의 책으로 묶기 위해서 전기작가는 대상 인물에게 일관성을 부여한다. 그런데 일관성을 부여할수록 실제 인물의 에피소드는 비일관적으로 보인다. 이 전략이 순전히 전기작가의 애로점을 위안하고 글쓰기를 편안하게 하려는 가련한 수작일 뿐이어서 비롯된 일이다. 전기작가는 대상 인물이 가치 있는 삶을 향한 의지를 잃지 않았다는 증거가 이어질 경우에만 계속 써나갈 수 있다. 뒤집어 얘기하면 전기를 계속 쓰는 한 전기작가는 주인공이 가치 있는 삶을 향한 의지를 잃지 않게 해야 한다. 다시 말하지만, 그 무기를 잃으면 생존을 잃게 된다. 예를 들어 이상이 총독부 기수직이라는 편안한 삶을 버리고 금홍과 함께 다방을 차리겠다고 나설 때, 후세의 전기작가들은 두 손을 들고 환영한다. 이상이 창문사에서 교정을 보다가 김기림이 보고 있는 눈앞에서 창밖으로 피가 섞인 침을 뱉을 때, 전기작가들은 이미 한 권 분량의 원고를 써내려갈 태세를 모두 갖추게 된다. 하지만 우리는 동시에 이런 이상의 면모와 모순되는 증거를 수없이 찾을 수 있다. 예컨대 지인이었던 문종혁, 동생 김옥희의 증언이나 이상 본인이 남긴 수필 범주의 몇몇 글들이다.

전기 집필에서 가장 아이로니컬한 부분은 전기작가가 이런 강변의 우를 저지를수록 더 많은 권위를 가진다는 점이다. 논리를 철저하게 세워나갈 때 일백여 개의 조각만으로도 우리는 복잡한 풍경화를 보고 있다고 믿게 된다. 그러나 이 영상이 실제 사실과 전혀 무관한 그저 환영에 불과하다는 점을 기억한다면 엄청난 폭력인 셈이다. 전기의 폭력성이 담은 의미를 이상의 아내였던 변동림과 이상에 관한 한 가장 많은 증언을 남긴 조용만 사이에 벌어진 해프닝에서 찾을 수 있다. 1987년 조용만이 『문학사상』에 발표한 「실명소설—이상시대李箱時代 젊은 예술가들의 초상」과 관련해 변동림은 이상의 일화가 창작되고 있다고 주장했다. 변동림이 지적한 곳은 '방군의 누이가 구본웅 아버지의 세컨드거든. 기생 출신이었어—'라는 부분이다. 한 명은 이상의 아내였고 다른 한 명은 이상의 친구였다. 동시대를 살았던 이 두 사람이 정면으로 부딪친 결과는 변동림의 승리였다. 조용만은 '지난 6월호에 게재된 본인의 글 「실명소설……」에서, 김향안(변동림)씨와 그 언니의 결혼에 관한 부분 가운데, 항간의 이야기를 그대로 믿고 잘못 기술하여 김향안씨와 그 일가에 대해서 본의 아니게 명예를 훼손케 되었음을 진심으로 사과드리면서 그 부분을 취소합니다'라는 글을 썼다. 이 해프닝은 모든 전기는 다양한 진실을 가지며 그 진실의 권위는 대상 인물과의 친소관계에 좌우됨을 보여준다. 이 점은 「오감도」를 항일시로 본 변동림의 해석에 대해 임종국이 냉소에 찬 목소리로 비판했을 때, '과연 내가 뚜렷이 기억하고 있는 사실에 대해 증언한 것이 망발인가, 아니면 도식적인 추단推斷만으로, 항일시가 아니라고 주장하는 것이 망발인가'고 응답한 변동림의 말에서도 알 수 있다. 이는 애당초 일백여 개의 조각으로 일천 개의 조각이 필요한 퍼즐을 맞추겠다고 덤빌 때부터 예정된 결과다.

이처럼 전기적 사실에 대한 언급에서의 권위란 강변하는 목소리의 크기에 비례한다. 목소리가 크면 클수록 권위는 높아지지만, 실제 사실과는 멀어진다. 또 아무리 목소리가 크다고 해도 늘 상대적으로 더 큰 목소리가 나오면 그 권위는 박탈당한다. 몇 차례 부정했음에도 여전히 변동림이 이상의 공개하지 않은 유고를 가지고 있으리라는 추측이 지금까지도 끊이지 않은 까닭도, 이상에 관한 한 현재 가장 권위 있는 변동림이 그보다 더 큰 권위를 가진 이상 본인의 목소리를 의도적으로 감춘다고 사람들이 믿기 때문이다. 그렇다면 전기를 읽는 일은 실제 그 인물의 삶을 알고 싶다는 욕망과는 무관하다. 그렇다면 사람들은 왜 전기를 읽는가? 전기의 화자에 상대적인 권위는 있을지언정 전기에 절대적인 목소리는 부재하기 때문이다. 예컨대 일천 개의 조각이 필요한 퍼즐에서 일백여 개의 조각만 늘어놓은 셈이다. 자신의 상상력을 동원해 그 빈 조각을 읽을 때, 모든 사람은 각자 하나씩의 이야기를 가질 수 있다. 평생 한 인물을 쫓아다닌 사람은, 여기에다 한술 더 떠 자신이 고안한 이야기에 맞는 빈 조각을 찾아 헤매기도 한다. 우연히 만난 일본인 와타나베 쇼이치가 바로 그런 인물이었다.

그토록 찾아 헤매던 1930년대 일본 잡지『세르팡』을 인사동 어느 고서점에서 드디어 손에 넣었을 때, 낯선 사냥터에 온 레트리버처럼 서가 뒤편에서 코를 킁킁거리던 와타나베가 내 눈앞에 불쑥 나타났다. 그는 밀가루 반죽의 발효 정도까지 미세하게 감지하는 섬세한 손으로 1930년대 서구 모더니즘의 수입 창구였던 그 잡지를 가리키며 책방 주인에게 코맹맹이 소리로 물었다.

"언제 발간된 잡지입니까?"

"1935년 7월호인데 이분이 예약하신 책입니다."

서점 주인이 내 눈치를 살피며 능숙한 일본어로 대답했다. 서지학자 K모씨의 목록에만 남아 있던 잡지로 최근 그가 죽자 유족 편으로 고서가 흘러나왔다. 벌써 몇 년 전부터 예약했던 책이라 서점 주인이 놓치지 않고 갈무리했던 것인데, 갑자기 일본인이 끼어든 셈이다. 주인으로서는 비싼 값을 쳐줄 수 있는 일본인이 더 구미에 당길 것은 당연했다. 정월 초하룻날부터 험악한 토정비결을 읽는 심정처럼 불안감이 저절로 안면 살갗을 구기게 만들었다.

"잠깐 얘기할 수 있을까요?"

주인의 말에 와타나베가 내 소매를 잡아끌었다. 도쿄 우구이스다니 전철역 앞에서 제과점을 경영하는 와타나베는 아마추어 하루야마 유키오 연구가였다. 낮 동안은 이스트가 행복하게 발효되는 3평 정도의 주방에서 빵을 굽고 저녁이면 집에 돌아와 하루야마 유키오가 편집한 국판 사백여 면의 모더니즘 계간지『시와 시론』을 읽는 괴짜였다. 1928년 9월 발간된『시와 시론』은 만주 대련에서 동인지『아亞』를 중심으로 활동했던 안자이 후유에, 다키구치 다케시 등 초기 모더니스트들을 '따따르 해협'을 건너는 나비처럼 도쿄로 불러와 만든 계간지다. 하루야마 유키오의 모더니즘 시「조류학」연작이「오감도」연작의 제목과 체제에 영향을 미친 것처럼 구인회 동인지『시와 소설』의 표제가『시와 시론』과 밀접한 영향관계에 놓인 점을 부정하기는 어렵다.

어쨌든 낮에는 밀가루 반죽을 부풀리고 밤에는 한 모더니스트의 삶에 대한 상상력을 부풀리는, 칠면조처럼 잘 변하는 이 괴짜는 일본에 없는 자료가 혹시 한국에 남았을까 해서 여윳돈이 생기면 오직 옛 책을 살 목적으로 인사동에 들르는 열정가이기도 했다. 하루야마 유키오니『시와 시론』이니 운운하며 그가 자신을 소개할 때부터 나는 내가 예약한『세르팡』이 그에게 없는 낙질이라는 사실을 눈치챘다.『세르팡』은 하루야마가 1934년부터 편집하기 시작한 문화종합잡지였으니 그의 컬렉션에서는 중요한 위치를 차지할 것이다.

"하루야마 선생이 편집한 책은 거의 다 모았습니다.『시와 시론』은 말할 것도 없고『현대 영미문학 평론』『문학』『소설』등 그의 정력적 활동에 걸맞게 끝없는 목록이죠. 하지만 몇 권의 결호가 있는 것은 당연합니다. 예컨대 선생이 예약하신 『세르팡』 1935년 7월호와 저는 그간 인연이 없었나봅니다. 괜찮으시다면, 그 잡지를 제게 넘겨주셨으면 합니다만."

그 사람처럼 빵을 굽는 재주는 없지만, 그에 못잖은 아마추어 이상 연구가인 나로서는 약간 주저할 수밖에 없었다. 뭐라고 말하는 대신 나는 가방에서 『이상 전집』 중 수필 부분을 꺼냈다.

"여길 보십시오.「첫번째 방랑」이란 글입니다. 제가 읽어드리죠. '『세르빵』을 꺼낸다. 아뽈리네에르가 즐겨 쓰는 테에마 소설이다. 「암살당한 시인」. 나는 신비로운 고대의 냄새를 풍기는 주인공에게서 뼁께이를 연상한다. 그러나 그것은 시인이기 때문에, 낭만주의자이기 때문에, 저 뼁께이와 같이—결코—화려하지는 못할 것이다.' 1935년 8월 제비다방 경영에 실패한 이상이 친구 원용석의 고향인 평안남도 성천으로 여행갈 때의 일을 적은 글입니다. 그 잡지가 선생에게도 한 질을 채우는 중요한 책이겠지만, 제게도 그 당시한 사람의 내면세계를 짐작할 수 있는 요긴한 자료입니다. 선생께서야 일본에 있으니 그 잡지를 다시 만날 기회가 있겠지만, 제게는 이제 없지요. 죄송합니다만, 양보해드리기가 좀 곤란하군요."

이만하면 판정승이 아니겠는가는 생각으로 그쯤에서 얘기를 끝마치려는데, 그가 갑자기 경기무효를 선언하는 심판처럼 오른손을 치켜들며 '잠깐만!'이라고 소리쳤다. 그는 『이상 전집』 표지에 씌어진 '李箱'이란 문자를 가리켰다.

"이것을 한국어로 어떻게 읽습니까?"

"이상이라고 읽습니다."

"이게 사람 이름입니까?"

"그렇습니다. 하루야마와 동시대에 활동했던 시인이자 소설가로 한국에서는 무척이나 유명한 사람입니다. 본명은 김해경입니다. 그러니까 이상이란 이름은 필명인 셈이죠."

그는 찡찡한 눈빛으로 고개를 끄덕이며 다시 한번 물었다.

"이게 사람 이름이었습니까?"

"왜 그러시는지요?"

"실은 1994년 하루야마 유키오 선생이 돌아가신 뒤, 선생의 친필 원고 중에서 몇 가지가 경매된 적이 있었습니다. 아마도 『세르팡』을 펴내던 다이이치 서점 쪽에서 흘러나온 것으로 보이는 자료들로 친필 원고와 기타 직접 작업한 교정쇄, 출처가 불분명한 서신 등이 있었습니다. 친필 원고를 구할 수 있을까 하고 저도 참석했는데, 가격이 상당해 도저히 일개 제과점 주인으로서는 구하기 어려웠습니다. 그래서 한 단계 그 급을 낮춰 어떤 글이든 친필이 들어간 유품을 선택했죠. 쇼와 초년대, 그러니까 선생이 한참 동인지를 편집할 때 들어온 원고 중 하나로 선생이 가필한 흔적과 뒷면에 사적인 글이 씌어져 있었습니다. 앞뒷면에 원고 가필과 단상을 적어놓았다뿐이지 결국에는 다른 사람의 원고였으므로 누구 하나 관심 가지는 사람이 없어 쉽게 구할 수 있었습니다. 그런데 그 원고에는 지은이의 이름

이 없고 다만 우리말로 풀자면 '스모모하코すももはこ'라는 괴상한 문자만이 적혀 있는 게 아니겠습니까?"

"스모모하코라면 자두 상자, 곧 '李箱'이라고 적혀 있었단 말입니까?"

"그렇죠. 당신 말대로라면 이상이죠. 그게 무슨 의미일까, 한참을 고민했죠. 그러기에 당신이 든 그 책의 표지에 '李箱'이란 글자가 있어 지금 내가 깜짝 놀라던 차였습니다."

아무리 깜짝 놀랐기로서니 내게 비할 수 있을까? 그 말을 듣는 순간, 온몸이 허청거리고 가슴이 쿵쾅대 말을 이을 수가 없었다. 그건 이상의 공개되지 않은 생애와 유품을 뒤쫓는 사람이라면 누구라도 알고 있는 가능성 중의 하나였다. 예컨대 1936년 10월 17일 토요일 도쿄로 떠나기 직전 이상은 문우인 정인택, 박태원 등과 경성역 2층 식당에 앉아 있었다. 폐병에 걸려 병원에 누워 있는 김유정을 만나고 온 얘기를 하며 쓸쓸해하는 이상의 버적버적한 마음을 풀어주기 위해 정인택이 쌈바르게 너스레를 떨었다.

"우선 동경에서 누구를 만나는고 하니, 당신이 애독하는 『세르팡』 잡지의 편집인 겸 시인인 하루야마를 만나야 할 게 아뇨?"

"그렇지. 그 사람하구는 늘 편지 왕래가 있었는데, 요새는 좀 뜸하군그래. 우리나라 지용이니 저희 나라 기타하라 하쿠슈니 하는 사람의 시는 십구세기의 케케묵은 시라는 거야. 자기하구 내 시가 새로운 시니까 우리 한번 잘해보자는 거지."

"아주 의기상투意氣相投로군그래."

"그렇지. 만나면 한번 크게 시론詩論을 하게 될 게요."

하루야마 얘기를 꺼내자, 이상은 도쿄에서 할 일을 떠올리며 벌써부터 새뜻해졌다.

"그다음은 누구를 만나나?"

"일본 평단의 원로인 자유주의자 하세가와 선생을 만나야지. 이 양반, 칼잡이가 날뛰는 것을 제일 싫어하거든. 무슨 명론탁설名論卓說이 나오나 들어봐야지."

"문단 쪽은 없나?"

"왜, 소설의 가미사마神樣인 시가 나오야 선생한테 경의를 표해야 해."

"그다음은?"

"그야 만나고 싶은 사람이야 많지. 그렇지만 하루야마 군 이외에는 하세가와나 시가 나오야 같은 거물이 그렇게 쉽게 나 같은 사람을 만나줄 줄 아나. 천만의 말씀. 김칫국부터 마시는 격이지. 하하하."

경성역 그릴을 가득 메우는 이상의 너털웃음 소리가 내 귀에 쟁쟁했다. 한껏 조릿해진 나는 와타나베에게 그게 어떤 내용의 원고인지 물었다. 은근짜인 기색이 성긴 눈썹에 선한 와타나베는 윗입술을 빨며 시간을 벌었다.

"일단 그『세르팡』을 제게 양도해준다고 약속하면 얘기해드리겠습니다. 경우에 따라서는 그 원고와 『세르팡』을 교환할 수도 있습니다."

경우에 따라서는 그 원고를 주지 않겠다는 말이었으나, 나로서는 선택할 입장이 아니었다. 이상의 유고가 하루야마의 유품에 남았다면, 무슨 일이 있어도 그 유고를 가져야만 했다.

"좋습니다. 대신에 그 유고를 제게 주신다고 약속하십시오. 반드시 사례하겠습니다."

"그럼 일단 저 『세르팡』은 제가 사겠습니다."

우리는 다시 책방 주인에게 갔다. 와타나베가 잘 구워진 빵냄새를 음미하듯 『세르팡』을 사서 훑어보는 동안, 나는 행복한 상상에 빠져들었다. 내게 이상의 작품에 버금가는 시를 쓰는 일과 이상의 미발표 유고를 찾아 헤매는 일은 언제나 같은 의미였다. 나는 아직까지 발견되지 않은 원고라도 찾을 수 있을까 해서 주말이면 몽유병자처럼 헌책방과 고물상을 떠돌아다니는 늙은이이자, 사람들의 성화 때문에 열다섯 편까지만 발표하고 중단한 「오감도」의 다른 시편들을 상상력으로 복원하려는 무명 시인이다. 어느 것이 먼저 이뤄지든 나는 이 두 가지 목표를 모두 이룰 수 있다. 와타나베의 수집품이 반드시 필요한 까닭은 그 때문이다. 와타나베의 수집품 속에 혹시라도 미발표 원고가 있다면, 한 글자 한 글자 마치 창작하듯 유고를 번역할 테다. 아니, 유고를 번역하듯 창작할 테다. 유고의 공개와 동시에 내 작품도 공개될 것이다. 아, 나는 이상이 될 수 있으리라. 그럴 수만 있다면…… 내게 그런 행운이 주어질 수만 있다면……

나를 부르는 와타나베의 목소리에 환상은 깨졌다. 책방에서 나와 우리는 근처 커피숍으로 자리를 옮겼다. 와타나베의 곁에는 인사동에서 구한 한 뭉치의 중고서적이 놓여 있었다. 인삼차를 한 잔 들이켜고 와타나베가 말했다.

"자, 그럼 궁금한 것이 있으면 물어보세요."

"하루야마 유키오가 가지고 있던 이상의 작품은 소설이었습니까, 시였습니까?"

"사실 한 편만이 아닙니다. 제 기억으로는 소설이 한 편이었고 시가 십여 편이었습니다. 그 밖에도 하루야마 선생에게 보낸 사적인 편지가 대여섯 통 있었습니다."

"작품의 제목은 혹시 생각나십니까?"

"소설 제목은 '백병白兵'이었던 걸로 기억합니다. 시는 '오감도'라는 큰 제목이 붙어 있는 연작이었습니다. '해부' '총구' '실화' 등 부제가 붙은 것도 있고 번호만 붙였을 뿐, 아무런 부제가 없는 것도 있었습니다."

와타나베는 노트를 꺼내 일일이 한자를 적어가면서 말했다. 와타나베가 말한 소설 「백병」은 1936년 9월경 서울에 머물던 이상이 도호쿠제대 영문과에 유학중이던 김기림에게 보낸 편지에 언급됐다. 『영화시대』라는 잡지가 실로 무보수라는 구실하에 이상씨에게

영화소설 「백병」을 집필시키기에 성공하였오. ニウスオワリ뉴스끝.'
하지만 「백병」은 전해오지 않아 그 내용을 우리는 모르니 와타나베
가 말하는 소설이 그 편지에서 말하는 소설인지는 정확하게 확인할
수 없다. 또한 '해부'는 「오감도 시 제8호」의 부제고 '총구'는 「오감
도 시 제9호」의 부제다. 하지만 '실화'라는 제목의 소설은 있으나
「오감도」 연작 중에는 없다.

"그 「실화」라는 것은 혹시 소설이 아닙니까?"

"아닙니다. 정확한 제목은 '烏瞰圖詩第十六號 失花'입니다."

와타나베는 다시 노트에다 한자를 썼다. 미발표작이었다. 나도
모르게 숨이 잠시 멎었다. 한숨이 길게 나왔다. 외가닥 줄 위를 걸
어가는 도승사의 심정이었다. 내딛는 걸음마다 조릿조릿 불안감이
엄습했다.

"그 시의 내용이 혹시 기억나십니까?"

"내용이 그다지 명쾌하지 않다는 게 첫인상입니다. 도입부에 가
타카나와 한자로만 '暗暗ノ中ノ黑イ花' 어쩌구저쩌구하던 게 떠오
르는군요. 어떻게 생각하면 에즈라 파운드의 「지하철에서」와도 비
슷했어요. 그래서 하루야마 선생에게 보냈겠지만, 어쨌거나 모더
니즘의 영향이 짙게 밴 작품이었습니다."

'어두움의 한가운데 검은 꽃', 혹은 '비밀의 한가운데 검은 꽃'으
로 옮길 수 있겠다.

"조금 더 기억하실 수 있으면 좋으련만……"

와타나베는 고개를 숙이고 두꺼운 안경알 너머로 나를 올려다봤다. 그 눈길에는 뭔가가 숨어 있었다. 그게 무엇인지 정확하게 알 수는 없었지만, 어두운 숲속의 붉은 눈처럼 뭔가가 웅크리고 이쪽을 탐색하고 있었다.

"글쎄, 시는 작품이 많은데다 크게 관심 두지 않아 조금 힘들군요. 어쨌든 「실화」는 비밀에 관한 시였습니다. 예컨대 그 시에서 꽃을 잃어버린다는 말은 곧 비밀을 상실한다는 의미였죠. 예컨대 꽃은…… 글쎄, 그 정도밖에 자세한 시구는 생각나지 않습니다."

뭔가 얘기하려다가 와타나베는 입을 다물었다. 와타나베의 한마디 한마디에 입안이 바짝바짝 말랐지만, 하는 수 없었다.

"그럼 「백병」은 무슨 내용이었습니까?"

"사소설私小說이었습니다. 아내를 여급으로 카페에 내보내며 모은 돈으로 도쿄에 간 조선 지식인의 자의식을 그렸습니다. 그곳에서 그는 넘어서야 할 거대한 대상을 발견합니다. 그 거대한 대상을 뛰어넘기 위해 그는 몸을 부풀립니다. 이솝우화에 나오는 개구리처럼 말이죠. 바로 과대망상이죠. 그와 아내는 도쿄를 거쳐 뉴욕, 파리까지 갈 계획을 세웠습니다. 세계적인 작가가 되는 게 목적이었으니까. 그런데 그 원대한 과대망상을 파멸시킨 것은 사소한 생활의 일이었습니다. 정말 하찮게도 아내가 카페에서 다른 남자와 어울리는 일을 도저히 참을 수 없었던 것입니다. 세계적인 작가로의 원대한 꿈과 의처증적인 강박관념, 그 사이에 끼인 젊은 지식인의 모순되고 병적인 상태를 심리적으로 묘사했습니다. 의식의 흐름이랄까요? 결국 죽고 싶은 마음이 시퍼런 칼날白兵을 찾는다는 게 제목의 뜻입니다."

죽고싶은마음이칼을찾는다. 칼은날이접혀서퍼지지않으니날을노호怒號하는초조가절벽에끊치려든다. 억지로이것을안에떠밀어놓고또간곡히참으면어느결에날이어디를건드렸나보다. 내출혈이뻑뻑해온다. 그러나피부에상채기를얻을길이없으니악령나갈문이없다. 갇힌자수自殊로하여체중은점점무겁다.

일본으로 떠나기 얼마 전인 1936년 10월 4일부터 9일까지 조선일보에 발표한 시 중 「침몰」이라는 시다. 이때 이상은 「금제」 「추구」 「침몰」 「절벽」 「자상」 등 모두 12편의 시를 발표했는데 가족의 굴레에 대한 저항, 아내와의 부조화로 인한 좌절, 자살 욕구 등을 표현했다. 와타나베의 말을 믿는다면 「백병」이란 소설은 이때의 심경을 담은 것으로 보인다. 하지만……

"마지막에 그 젊은 작가는 점차 자기 자신이 분리되는 모습을 목도합니다."

"분리되다니요?"

"뭐라고 설명해야만 할지 모르겠습니다. 온갖 고사성어와 도스토예프스키나 괴테의 작품에 나오는 에피소드와 심지어 당시唐詩

까지 총동원해 현란한 문장을 구사했습니다만, 줄거리를 설명하자면, 음…… 도플갱어 전설이 있잖습니까? 자신의 분신을 보게 되면 죽게 된다는…… 거, 그러니까 이 작가는 자신을 꼭 닮은 소설 속의 등장인물, 그러니까 또다른 자신의 분신과 이제 그만 헤어지려고 하죠. 그것만이 소설 속 등장인물의 과대망상에 휘둘리지 않고 살아남는 길이니까요. 그런데 죽는 것은 소설 속의 등장인물이 아니라 작가입니다. 이거 스토리를 설명하기가 상당히 곤란해지는데, 어쨌든 그렇게 됩니다. 단순한 공포담이라고 치고 얘기하자면 작가가 등장인물을 죽이려고 하니까 등장인물이 소설 속에서 현실로 뛰쳐나와 거꾸로 반격했다고 하면 되는데, 그렇게 단순한 공포담이라고 말하기는 곤란합니다. 그리고…… 음, 결국 작가를 살해한 그 등장인물은 상승합니다."

"도대체 무슨 말씀인지 잘 이해되지 않습니다. 상승하다니요?"

"씌어진 대로 말씀드리는 것입니다. 말 그대로 떠오릅니다. 그리고 마지막 문단은 1941년 영국 런던에서의 일입니다. '가등街燈이 안개 속에서 축축하다. 영경英京 런던倫敦이 바로 이렇지.'"

"유계에서의 일이군요. 환상이군요. 죽었다는 얘기군요."

"그 등장인물로서는 영원히 살아남겠다는 얘기죠."

와타나베가 또박또박 끊어서 말했다. 한껏 얼었던 마음이 해토머리를 만난 양 풀리기 시작했다.

"그간의 이상 작품과 비교하면 아주 이상한 줄거리긴 하지만 충분히 가능성 있는 얘기군요. 소설 속 등장인물 이상과 작가 김해경이 일생일대의 결투를 벌여 이상 쪽이 승리를 거둔다는 얘긴데…… 그건 그렇고 그렇다면 편지 쪽은 어떻습니까?"

"몇몇 사적인 내용들과 함께 콕토, 브르통, 안자이 후유에, 기타가와 후유히코 등의 문인들에 대한, 다소 현란하고 경박한 견해들이 표방돼 있습니다."

"다소 현란하고 경박한?"

"그렇습니다. 제가 보기에 그 사람의 시는 기타가와 후유히코와 많이 닮아 있는 듯 보였습니다. 물론 제 짧은 문학적 소견에서 그렇다는 말이죠. 아실지 모르겠지만, 기타가와의 수사법이란 '장군의 가랑이는 뻗쳤다. 군도軍刀처럼. 털북숭이 정강이에는 꽃 같은 중국의 매음부가 매달려 있다. 황진黃塵에 더러워진 기밀비機密費', 이런 식이 아닙니까? 서로 어울릴 수 없는 것들을 몽타주시키는 전혀 새로운 비유법이죠. 그런데도 그이는 기타가와의 시를 일본적 시공간에 갇힌 시로 평가했습니다. 그 사람 말에 따르면 기타가와는 '혼모노진짜'가 아니랍니다. 아마도 1930년에 기타가와가 『시와 시론』을 떠나 새롭게 『시간』을 창간하면서 신현실주의를 표방했던 점 때문에 그렇게 여긴 게 아닌가 생각됩니다. 또 한 가지 인상적인 것은 '내출혈內出血'에 대한 편집광적인 집착이었습니다. 그 내출혈이 도대체 무엇을 뜻하는지는 잊어버렸지만, 어쨌든 아주 인상적으로 제 기억에 남아 있습니다."

와타나베의 이야기는 그쯤에서 끝났다. 몇 번이고 되받아 뇔 만큼 놀랍고 충격적인 얘기였다. 와타나베는 서둘러 호텔로 돌아갈 태세여서 나는 빠른 말로 몇 물음 더 재깔였다.

"보존 상태는 어떻습니까?"

"말씀드렸다시피 하루야마 선생께서 가필하고 메모했습니다. 물이 튄 몇몇 구절이 번졌습니다만, 문맥과 잔영으로 짐작하지 못할 바는 아닙니다. 다만 하루야마 선생이 쓴 글이 상당히 애매하다는 게 문제지요."

"애매하다니 그게 무슨 말씀입니까?"

"글쎄, 이건 제 쪽의 문제입니다만……"

와타나베는 좀체 입을 열지 않았다. 한참 망설이더니 그는 가겠다며 일어섰다.

"방금 말씀하신 게 무슨 뜻입니까? 하루야마의 글이 상당히 애매하다니요?"

"별일은 아닙니다. 그저 제가 도저히 납득하지 못할 구절이 몇개 적혀 있다는 말씀입니다. 어쨌든 이상이라는 자의 글만 필요하실 테니 하루야마 선생의 글을 뺀 복사본을 드려도 되겠지요?"

"그야 물론입니다. 다만 원본을 제 눈으로 봐야 그 복사본의 진위 여부를 가리지 않겠습니까?"

"딴은 그렇군요."

그리고 우리는 일어선 채로 서로 주소를 교환했다.

"복사본을 보내주시더라도 조만간 원본을 확인하러 일본으로 한번 건너가겠습니다."

"한국에서 그렇게 유명한 사람의 미발표 작품이라면 그 가치가 상당하겠군요."

악수를 나누는데, 와타나베가 말했다.

"돈보다는 문학적 가치가 상당하죠. 하지만 직접 보기 전까지는 아직 뭐라고 단정할 수 없습니다."

그리고 와타나베는 책을 잔뜩 채워넣은 가방을 짊어지고 호텔로 돌아가기 위해 종로 쪽으로 걸어나갔다. 와타나베의 자료만 있으면 도일 이후 이상의 심적 변화를 어느 정도 짐작할 수 있는데다가 이제까지 공개되지 않았던 이상의 새로운 원고를 발굴하는 계기가 될 것이다.

이상이 왜 도쿄로 가 죽었는가에 대한 설명은 그간 여러 경로를 통해 나왔다. 이상 본인이나 주변의 견해에 따르자면, 도쿄로 간 까닭은 공부하기 위해서고 죽은 까닭은 그간 불규칙한 생활로 몸이 많이 허약해진데다 일본 경찰에 붙잡혀 니시간다 경찰서에 한 달가량 유치된 후유증으로 폐결핵 증세가 심각해졌기 때문이다. 하지만 죽기 전까지도 이상은 진보초 하숙집 대소 없는 암흑 속에서 이런 글을 쓰고 있었다.

사람이

비밀이 없다는 것은 재산 없는 것처럼 가난하고 허전한 일이다.

우리가 아무리 많은 전기적 사실을 끌어모은다고 해도 이상의 이 문장 앞에서는 여지없이 무너진다. 이상이 결코 가난하고 허전해지지 않는 한, 모든 전기는 이상이 쳐놓은 비밀의 그물에 걸려들 뿐이다. 문학평론가 이어령은 그 비밀의 그물에 대해 이렇게 말했다. '혹자는 그를 난해시를 쓰는 짓궂은 장난꾸러기의 악동이라 하였고, 혹자는 특수한 인간—호평이면 천재, 불연이면 병적 인간—만이 느끼고 필요로 하는 기형 작가라 하였고, 혹자는 무턱대고 천재적 작가라고 갈채만을 보내기도 했다. (······) 어쨌든 상籍은 현실에 앞선 선각자로서 고독하였고 그의 예술은 오해당한 채 위촉받기가 일쑤였다.' 이상론, 이상 전기의 맥락은 바로 여기에서 한 발자국도 벗어나지 못한다.

하지만 이것은 이상이 일생을 두고 만들어낸 일백여 개의 퍼즐에 해당한다. 전기작가가 아무리 이 퍼즐을 앞에 두고 이리저리 배치해봐야 이상의 삶은 항상 저주받은 천재로 귀결된다. 뭔가를 감추고 저주받은 천재의 증거만을 남길 때, 이상은 더이상 가난하지 않고 허전하지 않다.

그런 점에서 도쿄로 간 이상이 부쩍 자신이 가난하고 허전하다고 느끼게 되는 것은 의미심장하다. 자신이 일생을 두고 만든 등장인물 '이상'의 비밀이 벗겨지며 그 파국이 예상됐던 것이다.

여기는 동경이다. 나는 어쩔 작정으로 여기 왔나? 적빈赤貧이 여세如洗—꼭또가 그랬느니라—재주 없는 예술가야 부질없이 네 빈곤을 내세우지 말라고. 아—내게 빈곤을 팔아먹는 재주 외에 무슨 기능이 남아 있누.

도쿄의 이상은 계속 가난해진다. '과연 보석 등속 모피 등속에는 눅거리가 없으니 눅거리를 없수이 여기는 이 종류 고객의 심리를 잘 이해하옵시는 중형들의 슬로간 실로 약여하도다'라고 말하고 '이곳에서 나는 빈궁하고 고독하오'라는 둥, '시종이 여일하게 이상 선생께서는 프롤레타리아니까'라는 둥 편지를 썼다. 왜 가난하고 고독해지는가? 비밀이 점점 사라지고 있었기 때문이다. 바야흐로 생의 마지막에 이르러 이상은 일관성으로 한 사람의 삶을 재단하려는 전기작가들의 기대를 저버리기 시작한 것이다.

1936년 11월 14일, 이상은 김기림에게 편지를 쓸 생각으로 백지를 펼쳐놓고 다음과 같이 첫 문장을 쓰기 시작했다. '기림 형. 기어코 동경 왔오. 와보니 실망이오. 실로 동경이라는 데는 치사스런 데로구려!' 도쿄에 대한 이같은 극도의 실망감이 바로 비밀이 벗겨지며 일어나는 출혈의 흔적이다. 도착하자마자 이처럼 실망감을 느낄 일이었다면 도대체 어쩔 작정으로 도쿄에 가야만 했는지 이해할 수 없을 정도다.

이후, 이상의 내면세계는 두 가지 방향으로 나아가기 시작했다. 하나는 「종생기」의 방식으로 파국 직전의 이상이 '죽는 한이 있더라도 이 산호 채찍을랑 꽉 쥐고 죽으리라. 네 폐포파립 위에 퇴색한 망해 위에 봉황이 와 앉으리라'고 쓰면서 다시 한번 더 판돈을 올리는 방식이다. 이는 도쿄행 이후 도쿄에 대한 실망감의 형식으로 드러난 외출혈을 내출혈로 전환시키고 김해경이란 존재 자체를 내파시켜 천재작가 이상만을 살리는 길이다. 다른 하나는 안회남에게 보낸 편지에서처럼 다시 사는 방식이다. 두말할 나위 없이 '이상'이란, 평생 공들인 인물을 지압붕대 삼아 임시 지혈하고 한 여자의 남편이자 한 가정의 장남인 김해경으로 다시 살아가는 일이다. 죽기 전까지 이상에게는 이 두 가지가 공존했었다. 과연 어느 쪽이 진짜 모습에 가까울까? 김기림, 안회남, 김운경 들에게 보낸 마지막 편지들을 통해 이상이 하고 싶었던 말은 무엇일까? 「종생기」를 쓰던 이상이 문득 펜을 놓고 '방금은 문학 천년이 회신에 돌아갈 지상 최종의 걸작 「종생기」를 쓰는 중이오. 형이나 부디 억울한 이 내출혈을 알아주기 바라오!'라고 김기림에게 보내는 편지를 쓸 때, 그 내출혈이란 과연 무엇을 뜻하는 것일까?

와타나베의 소장 원고를 간절히 원하는 까닭은 그 모든 대답을 직접 들을 수 있지 않을까 하는 기대 때문이었다. 와타나베는 김해경이 그 양자택일의 길에서 결국 그가 창조했던 등장인물 이상에게 패배하고 죽게 됐다는 사실을 암시했다. 그 처절한 싸움의 대가로 김해경이 창조했던 등장인물 이상은 상승하여 영생을 얻게 됐다는 것이다. 이 상승하는 이미지는 『이상 전집』에는 한 번도 나오지 않는다. 가깝다면 「날개」만이 있을 뿐이다. 와타나베의 원고를 반드시 손에 넣어야만 하는 까닭은 이 때문이다.

하지만 퇴근시간 이후 인사동으로 모여든 인파 속으로 왜소한 체구의 와타나베가 사라지는 모습을 지켜보는 동안, 왠지 모를 불안감이 나를 엄습한 것은 단지 와타나베가 진짜 그 원고를 보내줄는지 의심스러워서만은 아니었다. 그는 어떤 식으로 문학이 형성되는지 아는 사람이었다. 그에게 소중한 것은 이상이 아니라 하루야마였다. 하루야마를 위해서는 그 무엇도 할 수 있는 사람이라는 말이다. 그런 까닭에 이상의 유고에 적혀 있는 하루야마의 글 중에 그가 납득하지 못할 몇몇 구절이 있다는 말이 내내 머릿속에 남았다. 나는 이상을 위해서라면 어떤 악덕이라도 행할 수 있다. 그건 와타나베 역시 마찬가지일 것이다.

아니나 다를까 그렇게 떠난 와타나베에게서 더이상 아무런 연락도 오지 않았다.

3

희미해지는 갈매기 울음소리에 겹쳐지며 어디선가 젊은 사내들의 목청 굵은 함성이 들려왔다. 영차, 영차, 영차, 영차. 대양에 맞선 사람의 의지를 함축한 그 음향은 졸리웁게 뱃전을 울렸다. 그 목소리에 호응하듯 호적號笛 소리가 길게 이물에 걸쳤다. 소리는 그뿐이 아니다. 점차적으로 배에 와 부딪히는 규칙적인 파도 소리에 귀를 맞추면 배의 여기저기서 울려퍼지는 소리들도 잠잠해진다. 함성과 파도. 의지와 운명. 우리는 그런 식으로 각자의 배에 올라탄 셈이다. 삶이란 젊은 사내들의 함성과 파도가 서로 맞부딪쳐 만드는 궤도 위를 움직인다. 바다 위에서 끊이지 않고 들려오는 각종 음향은 그 궤도를 둘러싼 힘이 얼마나 긴장스럽게 궤도를 지탱하는지 보여준다.

아직 해가 저물려면 서쪽으로 몇 걸음 더 남았다. 이를 재촉하듯 황금빛 조각 물결 일렁이는 부산 앞바다를 빠져나온 8월 초의 부관 페리호는 동쪽으로 선두를 틀었다. 뒤로 멀찌감치 물러서는 파도처럼 처음 탔을 때의 뱃멀미도 슬슬 사라지기 시작하고 난데없는 공복감이 밀려들었다. 자세히 들여다보면 그것은 허무감의 다른 이름일 터. 나는 이제 죽기 위해 항해를 시작하는 것이다. 부산항을 빠져나갈 때까지만 해도 부지런히 고물을 좇던 갈매기들도 이제 저멀리 멀어졌고, 여객선은 뱃길을 잡아 서서히 속력을 높이기 시작했다. 앞으로 펼쳐진 대양을 보자 울렁거림은 그 깊이가 더해졌다. 아홉 명이 머무는 1등 C실에 되는대로 짐을 부리고 난 뒤, 곧장 갑판으로 올라가 바다를 내려봤다. 고물을 좇아오던 사양斜陽

도 점점 이울고 바닷빛이 동쪽 하늘까지 번져오르기 시작했다. 남빛 물결은 앞으로 나아가는 배 그 언저리에서 끊임없이 하얀 물보라로 바뀌고 어린 파를 닮은 그 빛은 어디론가 사라졌다.

'그러나 그의 모험성은 펄쩍펄쩍 앞으로 뛰어갔으며, 어느덧 이상은 형태의 절망이 비형태의 절망으로 변조하는 역류 속에 휩싸이게 되었다'고, 이상과 같은 햇수를 살다 간 시인 고석규는 말했다. 배가 앞으로 나아가면 나아갈수록 바다는 더 많은 남빛을 잃어버리고 물보라로 바뀌어간다. 남빛을 잃어가는 절망의 유희는 보잘것없다. 구경究竟적 절망이란 바다의 남빛을 하얀 물보랏빛으로 바꾸는 동안에도 우리 주위에 더 많은 남빛의 대양이 권태로울 정도로 충분히 존재하는 일이다.

이상은 성천 한없이 늘어진 초록의 삼림 속을 진종일 헤매고도 끝끝내 한 나무의 인상을 훔쳐오지 못한 환각의 사람이었다. 절망이 기교를 낳고 그 기교에 다시 절망하는, 그 순환의 과정 속에서 헤매는 사람. 순환의 과정 속에서 남빛의 바다가 물보라로 바뀌면 그 남빛은 대체 어디로 가는 것일까? 물보라의 흰빛과 대양의 남빛과의 끝없는 싸움. 하지만 그 흰빛도 결국 남빛으로 돌아간다는 사실을 기억한다면, 그만큼 허무한 일도 없을 것이다.

갑판은 일몰을 보러 나온 사람들로 떠들썩했다. 갑판에 서서 저마다 꿈을 품고 바다를 바라봤다. 가히 태양은 황금빛으로 우리가 떠나온 바다를 물들이며 그 기세를 과시했다. 탐침하듯 인간은 자신의 의지를 저처럼 광활한 운명의 땅에 드리우며 미래를 예측한다. 인간은 무엇보다 자신의 의지대로 자신을 형성시킨다. 운명이 아무리 광대하고 폭력적이라고 하더라도 인간만은 그 운명과 맞서 자신의 의지를 실현시킬 수 있는 존재다.

그러나 과연 우리가 의지를 가지고 맞선다고 할 때, 맞서는 그 대상을 일러 운명이라고 말할 수 있을까? 한 번이라도 전기를 써본 사람이라면 우리의 의지가 맞서는 그 대상이 아니라, 바로 우리의 의지 자체가 운명이라는 사실을 인정해야만 할 것이다. 끊임없이 남빛의 바다를 하얀 물보라로 바꾸는 뱃길 주변에서는 아무리해도 당장 대양의 권태로운 푸른빛이 보이지 않듯이 인간의 의지역시 삶의 여러 굴곡 중 하나일지 모른다. 때로 파도가 치고 남빛 대양의 한켠이 하얀 물보라로 부서질 수 있을 것이다. 하지만 그것은 아주 사소한 부분일 뿐이다. 운명은 마지막 순간에 이르러서야 자신의 진짜 얼굴을 보여줄 뿐이다. 운명은 논리적으로 인간의 의지에 맞서지 않는다. 다만 마지막 한순간에 모든 것을 보여준다. 씨앗이며 고목을, 꽃이며 과실을, 새순이며 낙엽을, 탄생이며 죽음을. 그 속에 인간의 보잘것없는 의지까지 포함돼 있음은 물론이다.

그렇다면 사는 동안에 자신의 운명에 대해서 그토록 무지한 인간이 운명과 맞선다고 할 때, 그는 도대체 무엇과 맞서는 것일까? 어떤 환영, 허깨비, 쓰레기와 맞서는 것일까? 1920년대 후반의 어느 날 경성고등공업학교에 다니던 화가 지망생 김해경은 자신의 지난날을 모두 잊고자 하는 생각에서 '箱'이라는 한자를 생각해냈다. 연대기의 순으로 삶을 바라보자면 의지라고 할 수도 없는 아주 사소한 일화다. 마치 한 방울의 빗줄기로부터 긴긴 장마가 시작되듯이 말이다. 김해경은 이 한자 하나를 발견해놓고서는 울창한 삼림의 초록빛을 모두 없앨 수 있다고 믿었다. 가히 그 첫 경험은 놀라울 정도였으리라. 성과 이름을 바꾸는 일만으로 자신을 둘러싼 주위의 모든 것이 그 빛을 잃는 광경을 목도했으리라. 그렇지 않고서야 그런 시와 소설을 쓸 수는 없는 일이다.

그러나 고석규의 말처럼 그건 환각의 과정일 뿐이었다. 운명은 자신과 맞서는 어린 김해경의 의지마저도 자신 속으로 포괄하고 있었다. 운명이라면 이렇게 말할 것이다. '김해경이 '箱'이라는 단어를 이름 대신에 사용할 때, 이미 그는 도쿄에서 죽어가고 있었다'고. 씨앗이 발아할 때, 고목은 쓰러지고 있었다. 앞으로 나아갈 때, 점점 뒤로 물러서고 있었다. 김해경이 점점 더 이상의 풍모를 띠면 띨수록 그는 점점 이상에게서 멀어지고 있었다. 멀어질수록 김해경은 운명에 맞서 의지를 보였으나 다시 그 의지에 의해 김해경은 영영 이상에게서 멀어져야만 했다. 앞으로 나아가는 것처럼 보였지만, 기실은 뒤로 물러서는 환각의 과정이었다.

그렇더라도 의문이 생긴다. 김해경이 생에 있어서 가장 크게 운명과 맞섰던 일은 총독부 기수직을 박차고 나와 기생 금홍과 제비다방을 차리고 이상한 시를 쓰다가 도쿄에서 폐병으로 죽는 위대한 작가 이상을 떠올린 일이다. 과연 폐병 환자 김해경이 이런 이상의 삶을 창작했다면, 이것은 의지인가 운명인가?

먼저 의지설. 서지학자 백순재는 1975년 『문학사상』 9월호에 이상의 초기작으로 스물한 살 시절에 총독부 기관지 『조선』에 발표한 장편소설 『12월 12일』을 공개했다. 의지인가, 운명인가에 골몰하는 나 같은 아마추어 이상 연구가의 눈에 번쩍 뜨인 것은 다음과 같은 구절이었다.

불행한 운명 가운데서 난 사람은 끝끝내 불행한 운명 가운데서 울어야만 한다. 그 가운데에 약간의 변화쯤 있다 하더라도 속지 말라. 그것은 다만 그 '불행한 운명'의 굴곡에 지나지 않는 것이다.

이 '불행한 운명'과 맞서기 위해 김해경은 어떻게 했는가? '네가세상에 그 어떠한 것을 알고자 할 때는 우선 네가 먼저 "그것에 대하여 생각하여보아라. 그런 다음에 너는 그 첫번 해답의 대칭점을 구한다면 그것은 최후의 그것의 정확한 해답일 것이다".' 김해경이자신의 의지로 찾은, 이 '불행한 운명'의 대칭점이 바로 이상이었다. 시인 서정주의 익살스런 회고에 의하면 문인 이상의 대척지에는 이학박사라는 게 있었다. 그러니까 김해경은 폐병 걸린 이학박사 지망생이라는 운명을 거부하고 총독부를 뛰쳐나와 기행을 일삼는 작가 이상이라는 의지를 택한 셈이다.

이런 의지가 있었기 때문에 김해경은 총독부 기수직을 미련 없이 그만두고 배천온천에서 우연히 만난 금홍과 장난처럼 다방 제비를 차릴 수 있었다. 또 뻔질나게 정지용과 이태준을 쫓아다니며 누구도 알아주지 않는 자신의 시를 보여줬다. 1933년『가톨릭청년』에 시를 실어줘 실질적으로 조선문단에 이상을 처음으로 소개한 정지용의 추천 이유는 '그저 진귀했으니까'다. 하지만 그 이면에는 이상이 발표에 적극적이었다는 사실이 숨어 있었다. 이태준이 1934년 조선중앙일보에 문제의「오감도」연작을 연재한 까닭도 그저 시를 실어달라는 이상과 박태원의 성화를 이기지 못했기 때문이다. 그처럼 이상은 자신의 작품을 사람들에게 발표하는 데 열을 올렸다. 여기까지 보자면 의지설은 합당하다.

다음은 운명설. 운명설은 경성고공 재학생 김해경이 '箱'이라는 글자를 발견한 순간, 도쿄에서 폐병으로 죽어가는 이상의 운명이 결정됐다고 주장한다. 첫번째 전집 편찬자인 임종국이『이상 전집』을 펴내면서 쓴 글에서 그 유래를 밝힌 이래 오랫동안 '이상李箱'이라는 괴이한 이름은 총독부 건축기수로 일하던 김해경이 현장에 나갔을 때, 그를 다른 사람으로 착각한 인부가 '이상李樣'이라고 부른 데서 비롯됐다고 알려졌다.

하지만 1974년『문학사상』4월호에 실린 자료와 같이 이미 경성고공 재학시에도 '이상'이란 가명을 사용한 것으로 드러나 증언을 토대로 한 임종국의 글이 틀렸음이 밝혀졌다. 그럼에도 공사장 인부설은 부정되지 않았다. 이 점에 대해서 이상의 아내였던 변동림은 공사장 인부설은 그저 농이라며 '이상理想'이란 뜻에서 비롯된 예명 또는 아호라고 주장했다. 하지만 농이라면 「종생기」나 「오감도 시 제4호」에서처럼 '이상以上'이란 한자 애너그램이 더 농스럽다. 진지하게 고려해도 그 재기발랄함으로 짐작할 때, 원대한 이상을 꿈꾸며 자신의 이름을 이상으로 짓는 이상의 모습은 왠지 이상한 일이다.

이상 정도라면 '箱'이라고 쓰고 충분히 일본어 발음으로 '하코'라고 읽을 사람이다. 우리말에서는 '상자' 외에는 그다지 많이 쓰지 않는 한자지만, 일본말에서는 그럭저럭 사용한다. 판잣집도 하코고 기차 객실도 하코고 공사장의 간이막사도 하코다. 경성고공 재학생 김해경이 자신이 발견한 새로운 세계에 걸맞은 아이덴티티로 '箱'이란 글자를 떠올렸다면, 그 발음은 당연히 하코다. 혹자는 일본인 와타나베가 이상이란 글자를 풀어 '스모모하코'로 읽었듯이 뜻 그대로 '자두 상자'로 풀어야 한다고 주장했지만, 그렇다면 김상金箱이었다면 '가네하코'로 읽어 '돈통'으로 풀이해야 하나? 다만 하코라고 말하면 된다. 그 답답함 속에서 김해경은 무한한 자유를 찾았다고 생각했다. 내출혈밖에 일으키지 않는 상자 속의 군웅할거를 일러 이상이라고 말했다. 김해경은 자신의 의지로 이 상자 속으로 들어갔다고 믿었지만, 우리는 그를 일러 운명이라고 말한다.

다른 많은 글자 중, 하필이면 '箱'을 선택하면서 김해경의 삶은 급속히 전개됐다. 이 점에서 운명설은 설득력을 가진다. 어린 학생이었다면, 한때 필명으로 사용했다던 비구比久라든가 보산甫山처럼 크고 영속적인 가치를 가진 이름을 선택해야 옳지 않았을까? 훗날 김해경이 점점 더 이상으로 변전해가면서 빠져들었던 절망의 순환 고리를 생각하면 십대 후반 소년으로서는 너무 무모한 선택이 아니었을까? 이 이름이 죽음의 직접적인 원인이 됐다는 점을 생각하면 더욱 그렇다. 김기림이 전하는 이상의 검거 이유는 '책상 위에 몇 권 이상스러운 책자가 있었고 본명 김해경 외에 이상이라는 별난 이름이 있고 그리고 일기 속에 몇 줄 온건하달 수 없는 글귀를 적었다는 일'이다. 변동림은 '김해경이란 본명 이외에 이상이라는 이름을 가졌고 영어와 러시아 말을 공부하고 있는 사실'이라고 말했다.

하극상의 극치라 할 수 있는 2·26사건의 주동자들이 금고·벌금·무죄 등으로 풀려나는 등 군국주의의 기세가 맹위를 떨치던 1937년 초라곤 하지만, 주변인물들이 전하는 이상의 검거 이유는 초라하기 그지없다. 그러나 공통적으로 '이상'이라는 이름이 검거 이유에 들어가는 점은 흥미롭다. 어린 김해경이 '이상'이라는 이름을 떠올렸을 때는 먼 훗날 도쿄에서 '후테이센진不逞鮮人'으로 검거되리라 생각한 것은 아니리라. 하지만 결과적으로 이 이름은 그 한 원인이 됐다.

여기까지만 해도 운명을 들이밀 건덕지가 없다. 그저 원인과 결과로만 따지면 된다. 운명이 등장하는 것은 그로 인해, 반년 전「종생기」를 통해 자신이 죽기로 공언한 날짜에서 한 달 정도 시차를 두고 이상이 죽을 때다. 누구도 졸업앨범에 '箱'이라는 글자를 적는 김해경의 모습에서 그 이름 때문에 그가 꿈꾸었던 위대한 문인 이상이 요절로 완성되리라는 사실을 떠올린 사람은 없었을 것이다. 단지 그것은 어린 학생으로서는 어울리지 않는 선택일 뿐이었다. 하지만 결과적으로 김해경은 '箱'이라는 글자를 쓰던 그 순간에 도쿄제대 부속병원에서 결핵성뇌매독으로 죽어가고 있었던 것이다. 전기로는 파악할 수 없는, 운명이란 바로 이런 것이다.

산산이 부서지는 금빛 잔물결만을 남기고 태양이 서쪽 바다 너머로 거의 저물 무렵, 나는 식당으로 올라갔다. 은은한 경음악이 흘러나오는 그곳에서 나는 스테이크를 하나 시켜놓고 배에 오르기 전 터미널에서 산 독주를 꺼냈다. 독주에 녹아든 알코올의 힘을 빌리지 않으면 매일 밤 잠을 이루지 못할 정도였다. 물약을 삼키듯 단숨에 한 모금을 목구멍 너머로 털어넣자, 목 뒤 저편에서 훈기가 올라오기 시작했다. 창문 너머로 보이는 것은 다만 별빛뿐이었다. 대소 없는 암흑 한가운데였다면, 작은 빛도 밝게 보였을 텐데…… 자신 안에 어떤 빛이 숨어 있었는지 알았을 텐데…… 나이들면 혼 잣말이 많아진다. 누구에게랄 것도 없이 말이 먼저 나오고 측은한 마음에 혀를 끌끌 차게 된다. 밤이나 낮이나 그의 마음은 한없이 어두우리라. 그러나 유정아! 너무 슬퍼 마라. 너에게는 따로 할 일이 있느니라. 취기가 오르자 나도 모르게 입에서 이상이 병상에 누운 김유정에게 보낸 지비紙碑의 구절이 흘러나왔다.

운명은 마지막 순간에 모든 논리체계를 무너뜨리고 이제까지 지나온 그 모든 광경을 동시에 보여준다고 말했거니와 내가 지금 두려워하는 것이 바로 그 점이다. 논리적으로 내 삶은 사소하게 바뀌어버렸다. 내가 처한 이 어두움의 상태는 그 사소함의 논리적 귀결점이다. 하지만 나는 이것마저 내 운명이 아니라는 사실을 안다. 그저 연표를 읽어내려가듯 직선을 따라가는 마지막 지점일 뿐이다. 내게는 전혀 다른 운명이 기다리고 있을 것이다. 그게 무엇인지는 누구도 알 수 없다.

나는 스테이크 한쪽을 잘라 아주 천천히 씹었다. 그 질긴 이물감을 입안에서 들어내는 과정이다. 누구도 한 사람의 인생을 잘라 운명이라거나 의지라고 말할 수는 없다는 생각이 들었다. 김해경은 자신의 의지대로 위대한 작가 이상을 만들어갔지만, 어느 순간 그 끈을 놓쳤다. 그 이후부터 김해경은 운명의 지배를 받기 시작했다. 그게 언제일까? 취기가 오르면서 정신이 자꾸만 초점을 잃어갔다.

"연로한 분이 어쩌자구 술을 그리 많이 드십니까?"

누군가 하고 돌아봤더니 양복을 말끔하게 차려입은 젊은이였다. 얼굴이 낯익었다.

"무료하던 차에 잘됐구먼. 한잔하십시오. 술이 남았으니."

"마다할 수 없는 일이죠. 도항 허가를 따려고 몇 달을 두고 본정 서本町署에 야마리 없이 야료도 부리고 뒷돈도 들이밀어 올라탄 관부연락선인데, 막상 타고 보니 돌아가고 싶은 마음이 굴뚝같습니다그려. 마침 술이라도 목 뒤로 넘기면 좋을까 하던 차라 반갑기만 합니다."

사내는 내가 따른 술을 단숨에 들이마셨다.

"배에 올라타자마자 돌아가고 싶을 것이라면 임자는 무엇하러 굳이 이 배를 타겠다고 우겼소? 누가 어깨를 떠밉디까?"

"천하의 상箱이 어깨 떠민다고 움직일 사람 같습니까? 다만 이렇게라도 하지 않으면 안 된다는 생각이 나를 짓누르는 게지요. 사람의 길이 아님을 버젓이 알면서 이 길을 택한 까닭이 어디 있겠습니까? 피하고만 싶다는 마음보다 이렇게라도 해야만 한다는 마음이 더 크니까요."

"지금 운명이라고 말하고 싶은 게요?"

"운명이라기보다는 희대의 난센스라고 해둡시다. 4막짜리 희극도 이제 막을 내릴 시간이 가까워졌으니 분주해질 수밖에 없잖습니까? 남았으면 술이나 더 주시오."

"술보다 먼저 묻고 싶은 게 있소. 왜 하필이면 도쿄에 간단 말이오? 성치도 않은 그 몸을 해가지고 말이오."

"나는 지금 도쿄로 가는 게 아니오."

"그럼 어디로 간단 말이오?"

"당신은 지금 어디로 가고 있소? 당신은 왜 지금 이 배를 타고 있소? 이게 죽음의 길이라는 것을 모르는가? 말해보시오."

젊은이가 갑자기 내 몸을 잡고 흔들기 시작했다.

"이 길의 끝에 죽음이 있음을 나만큼이나 당신도 잘 알지 않는가? 그런데도 왜 가는가? 그런데도 당신도 지금 그 길을 가고 있지 않은가? 하하하하."

웃음소리에 놀라 화들짝 깨었더니 코 고는 소리만 요란한 1등 C실 침대 위였다. 언제 어떻게 식당에서 객실까지 오게 됐을까? 취해서 정신을 잃었더니 승무원 중 누군가 티켓을 찾아내 옮겨줬는지 모른다. 깨질 듯이 머리가 아프고 목 쪽으로 갈증이 집중됐다. 손목시계를 들여다보니 새벽 네시 오십분이었다. 지금쯤은 일본 해역으로 들어온 듯싶었다. 나는 다른 사람들이 깰까봐 조심스레 자리에서 일어나 문을 열고 밖으로 나갔다. 복도를 따라 조금 걸어가자, 식수대가 있었다. 아무리 찾아도 컵은 보이지 않았으므로 주둥이 아래에 입을 대고 물을 틀어 한참을 들이켰다. 오래도록. 태어나서 처음으로 나는 마음껏 물을 들이켤 수 있었다.

김해경이 만들어낸 작가 이상이 파탄나기 시작한 것은, 그러니까 김해경의 의지가 아니라 이번에는 운명이 이상을 조종하기 시작한 것은 1935년 여름 성천에서 한 달을 보내고 돌아온 뒤부터다. 서울로 돌아오니 총독부 기관지인 매일신보사에 다닌다는 자책으로 월급만 받으면 카페에 쏟아붓던 정인택이 이상의 연인이었던 카페 '멕시코'의 여급 권순옥에게 푹 빠져버렸다. 그런데도 정인택은 권순옥을 사랑한다는 말 한마디 못하고 있다가 어느 날 아르나르 정 36알을 삼키고 자살을 시도했다. 자살미수자 정인택에게 이상은 권순옥을 양보했다. 그래놓고서 이상은 뭐라고 말했던가? '망신—아니 나는 대체 지금 무슨 '역할'을 하고 있는 것이냐. 순간 나 자신이 한없이 미워졌다. 얼마든지 나 자신에 매질하고 싶었고 침 뱉으며 조소하여주고 싶었다.'

보여줄 수 있다면, 1935년 8월 29일 동소문 밖의 신흥사에서 벌어진 정인택과 권순옥의 결혼식 기념사진을 보여주고 싶다. 이 결혼식에서 사회를 본 봉두난발의 이상은 사진 속에서 신랑보다도 더 밝게 웃고 있지 않겠는가! 운명과 맞서 내뱉는 웃음인가, 과연 그 운명을 이기지 못해 쏟아진 웃음인가? 그리고 1935년 겨울 눈이 몹시 내린 어느 날, 이상과 정인택은 새로 준공된 경성부민관에서 음악회를 보고 난 뒤, 태평통을 향해 걷고 있었다.

문득 내리는 눈을 쳐다보면서 이상이 말했다.

"황혼의 유납維納이 생각나누만."

"그렇지."

"이렇게 눈 오는 날 흔히 애욕의 갈등이 생기는 법이야."

"누가 그래?"

"내가 그러지."

조금 걸어내려가자, 이상은 별안간 '배갈 한잔하세' 하고 대한문 앞 누추한 청요릿집, 그들 일당의 표현으로는 '도스토예프스키 집'으로 정인택을 끌고 들어갔다. 음악회 얘기를 하며 권커니 잣거니 하던 이상은 어느 정도 술기운이 오르자, 마구 정인택을 욕하기 시작했다. 이상이 가장 서운했던 것은 정인택이 권순옥에 대한 연정을 자신에게 얘기했더라면 그저 알아서 양보했을 텐데, 혼자서만 끙끙대다가 자살을 시도한 일이었다.

"너 인택이 뎀벼라! 너는 그때 자살 시도했을 때 꺼졌어야 할 인물이야! 아느냐? 꺼졌어야 했어. 이 딱한 친구야! 이왕 약을 먹었으면 그냥 꺼졌으면 좀 좋아. 네까짓 게 여자를 사랑할 줄 아느냐? 사랑할 줄 아느냐고?"

정인택을 향해 온갖 상소리를 하더니 이번에는 느닷없이 자신이 변동림을 얼마나 사랑하는지 눈물을 흘리며 고백하기 시작했다. 정인택이 변동림과 헤어지라고 말했기 때문이다.

"내가 임이를 얼마나 사랑하는데, 네 말대로 나는 임이와 결혼할 수는 없어! 도저히 결혼할 수는 없단 말이야! 그렇다고 사랑하지 않을 수도 없는 노릇이니 이게 미칠 지경 아닌가!"

한참 하소연하더니 이미 식어빠진 술을 꿀꺽 들이마시고는 "그래도 결혼한다. 네까짓 게 욕해도 나는 결혼하고 만다"고 눈 속으로 뛰어나갔다. 그 밤 내내 이상은 눈물을 흘렸고 그로부터 얼마 뒤 변동림과 동거생활을 시작했다. 그리고 1936년 6월, 칠팔 명의 구인회 동인들을 불러 정인택과 같은 결혼식 장소인 신흥사에서 변동림과 형식상의 결혼식을 올렸다. 이 시점에서 운명과 맞선 이상의 의지란 그저 일 년의 시차를 두고 같은 장소에서 결혼식을 올리는 일뿐이었다.

이 기구한 의지와 운명의 교차 지점을 생각해볼 때, 그즈음 정인택과 권순옥의 집들이날 이상이 축하 선물로 사가지고 온 구슬치기 장난감만큼 상징적인 물건이 있을까? 1932년 일본에서 처음으로 판매돼 선풍적인 인기를 끈 이 장난감은 야구방망이 모양의 작대기로 쳐올린 쇠구슬이 들어가는 곳의 점수로 승부를 가리는 게임기다. 다른 설도 있다. 다른 설에 의하면 부부가 화투나 하고 놀라며 서양카드 한 벌과 우리나라 화투 한 벌을 선물로 사왔다는 것이다. 결혼식 사회를 보며 그렇게 호방하게 웃었던 이상이 카드와 화투를 사왔다는 것은 좀 이상하고 당시 큰 인기를 끌던 코린트 게임기였다는 게 더 어울린다. 하지만 둘 중 무엇이든 상관없다. 중요한 것은 이상이 인간의 의지를 드리울 수 없고 다만 우연의 소산으로 승부가 갈리는 놀이기구를 선물했다는 점이다.

사람의 운명이란 그 구슬치기 게임과 같다고 이상은 말하고 싶었던 것일까? 그 운명의 구슬치기는 얼마나 가혹한 게임인가? 한 번의 구슬이 튀어나갔다. 이상이 죽고 난 뒤, 권순옥은 정인택을 따라 북으로 가고 변동림은 김환기를 따라 뉴욕으로 갔다. 또 한번의 구슬이 튀어나갔다. 1953년 정인택이 병으로 죽으면서 권순옥을 부탁해, 가족은 서울에 남겨둔 채 단신 월북한 박태원은 그다지 내키지 않았지만 권순옥과 재혼했다. 변동림은 필명을 향안으로 바꾸고 김환기의 성을 따 김향안이라 했다. 1970년대 말, 숙청됐다가 다시 복권된 박태원이 전신불수에 실명한 눈으로 『갑오농민전쟁』을 구술할 때, 권순옥은 옆에서 박태원이 부르는 단어 하나하나를 받아 적었다. 김환기가 뉴욕에서 어렵사리 그림에만 몰두할 때, 생계와 대외생활을 도맡아 한 사람이 김향안이었다. 김향안이 아니었더라면 김환기의 작품세계는 불가능했을 것이다. 『갑오농민전쟁』 마지막 권을 펴낼 때, 박태원이 지은이난에 아내 권순옥의 이름도 함께 넣자고 주장해 받아들여졌다. 이는 자신이 죽고 난 뒤에도 권순옥이 작가 대우를 받으며 말년을 편안하게 보낼 수 있게 하기 위한 배려였다. 1930년대 같은 경성 하늘 아래에서 같은 사람을 사랑했던 두 여인은 운명의 구슬이 튀겨질 때마다 전혀 다른 삶을 향해 달려갔다. 이런 운명을 두고 가혹하다 하지 않으면 무엇이 더 가혹하랴!

나는 식수대 뒤쪽 둥그런 창으로 어두운 밤바다를 바라봤다. 그 가혹한 물결. 그 물결에 맞서는 길이 죽는 것만이 남았을 때, 과연 죽음을 선택하는 일도 의지가 될 수 있을까? 운명에 맞서는 의지로 죽음을 선택했다면, 이는 바로 삶을 선택한 것이지 않을까? 밤바다는 말이 없었다. 그리고 아침 여덟시, 나는 이상의 길을 따라 시모노세키 항으로 접어들고 있었다. 현재 시각 아침 여덟시 삼십

분 기온 31도 습도 70퍼센트.

오하이요 고자이마스. 왜 돌아가는 티켓을 끊지 않으셨습니까?

왜냐하면……

내 가방에는 『이상 전집』과 내 평생을 공들여 만들어낸 수기와
극약이 들어 있었으므로.

4

진보초에서 구단시타, 부도칸, 일본 천황이 살고 있는 고쿄皇居를
에둘러 히비야 공원까지 이르는 약 한 시간의 산보. 에도 이래의 짙
푸른 녹음과 까마귀와 일본식 인공 연못과 살인적인 이용료를 받
는 도시고속도로와 국회의사당, 가스미가세키의 관청가가 교차하
는 일본의 최중심지. 원래는 이상이 1936년 12월 29일 김기림에게
보낸 편지에 '올 때는 도착시각을 조사해서 전보 쳐주우. 동경역까
지 도보로도 한 십오 분 이십 분이면 갈 수가 있소'라는 문장이 있
어 그쯤이면 도쿄 역까지 가겠다는 생각으로 나선 길이었다.

하지만 궁내성 소속 경찰이 가로막고 있어 막상 고쿄를 가로질
러 도쿄 역까지 가는 일이 어려워 둘러간데다 늙은이의 몸을 고려
해야 하긴 하지만 '한 십오 분 이십 분' 정도라는 이상의 걸음걸이
는 좀 빠른 감이 든다. 워낙 통인동의 백부집에서 지금의 소공동인

장곡천정의 다방까지는 걸어다녔던 사람이니 걷는 일이 지금 사람들보다는 훨씬 익숙하리라는 생각은 들었다. 그렇긴 해도 나는 이 문구가 한 십 분 정도 시간을 단축시킨, 조금 과장한 수치라고 생각한다. 도쿄에서 외롭고 심히 가난해서 김기림이 찾아온다면 제일 빠른 걸음으로 걸어 십오 분 만에라도 도쿄 역으로 마중나가겠다는 의지가 담긴 심리적인 시간으로 여겨진다.

나는 채 부도칸을 지나지 않아 더이상 더위를 참지 못해 주차장 옆에 있는 매점으로 기어들어갔다. 부도칸, 과학기술관 등이 있는 고쿄 북쪽, 8월의 기타노마루 공원에는 오가는 사람들이 거의 없었다. 대신 패전일을 전후해 대대적으로 전몰자들을 위한 추도집회를 야스쿠니 신사에서 개최한다는 안내문만이 휑뎅그렁하게 나붙어 있었다. 이방인으로서 공원측에서 안내를 위해 적어놓은 그 객관적인 문구 이면에 녹아 있는, 내셔널리즘을 투시하려는 욕구를 느낄 수도 있으련만 진보초에서 우익 선전 차량의, 그 폭력에 가까운 선동 방송을 들은 뒤인지라 다만 그새 모두 빠져나간 수분을 보충하려는 육체적 갈증 외엔 아무런 감흥도 느낄 수 없었다. 겨우 일본 우익에도 갖은 종류가 있다는 느낌, 갖가지 허황된 주장으로 도배한 검은색 선전차의 꼭대기에 매달린 스피커의 출력이 가진 어떤 상한선이 바로 평화시 일본 내셔널리즘의 광기가 가진 상한선이라는 느낌 정도만 어렴풋이 들었다. 그 상한선은 돌멩이가 든 깡통처럼 요란할 뿐, 이제 더이상 정상적인 사람에게 공격적일 수 없었다. 이상이 도쿄로 갔던 그 시절의 형편이 이즈음과 같아 이상이 죽지 않았다면, 서른을 넘긴 그는 어떤 글을 썼을까? 부질없는 생각 끝에 이상이 싫어했던 일본 시인 기타하라 하쿠슈의 시 「세월은 가네」가 혀끝에 맴돌았다. '세월은 가네. 빨간 증기선의 뱃머리 지나가듯, 곡물창고 위에 저녁놀 달아오르고 검은 고양이 귀울림 소리 어여삐 들리듯, 세월은 가네. 어느덧, 부드러운 그늘 드리우며 지나가네. 세월은 가네. 빨간 증기선의 뱃머리 지나가듯.' 덧없이 세월은 지나가고 있었다.

매점에서 차가운 레몬차를 한 잔 마시면서 이상이 도쿄에서 쓴 편지 등속을 다시 읽었다. 이제는 아예 속속들이 외울 정도였다. 1936년 11월, 12월, 1937년 2월의 시차를 두고 쓴 그 편지를 통해 우리는 도쿄로 간 이상의 마음속에서 일어난 변화를 그저 짐작할 수 있을 뿐이다. 모두 다섯 통의 편지가 남아 있는데, 여기서 김기림에게 보낸 세 통은 이상이 쓴 편지이고 안회남과 동생 김운경에게 보낸 두 통은 김해경이 쓴 편지다. 그렇다면 3대 2로 이상의 승리인가? 의도적으로 유실된 자료가 있기 때문에 그렇지 않다. 이상이 아닌 김해경은 도쿄에서 매일 일기를 썼다. 김기림이 말했다시피 그 일기의 몇몇 구절이(그래봐야 기껏 도쿄에 대한 실망감이 표현된 문장이 아닐까?) 불온하다는 이유가 이상 피체被逮의 한 원인이 됐다. 하지만 풀려난 뒤, 그 일기는 어디로 갔나? 누군가의 의도에 의해, 혹은 저절로 그 일기는 망실됐다. 하여 우리는 남빛이 사라진 그 찬란한 물보라인, 박제된 천재 이상만을 볼 수 있을 뿐이다. 그 물보라 이전의, 광활하고 권태롭고 위협스럽기까지 했던 남빛의 바다를 알지 못한다.

앞서 말했듯 1936년 11월 14일, 도쿄에 오자마자 이상은 김기림에게 호기롭게 다음과 같은 문장으로 시작하는 편지를 썼다. '기어코 동경 왔오. 와보니 실망이오. 실로 동경이라는 데는 치사스런 데로구려!' 도착하자마자 실망한 까닭을 이상이 도쿄에 대해 너무 대단한 기대를 가졌다는 데서 찾을 일이 아니다. 이상이 가고 싶어했던 곳은 도쿄가 아니라 다른 곳이었던 까닭이다. 그리고 12월 29일, 두번째 편지에 이상은 '나도 보아서 내달중에 서울로 도루 갈까 하오. 여기 있댔자 몸이나 자꾸 축이 가고 겸하여 머리가 혼란하여 불시에 발광할 것 같소. 첫째 이 깨솔링 냄새 彌蔓 セット넘처흐르는 무대 장치 같은 거리가 참 싫소'라고 썼다. 내달중이라면 1937년 1월에 이상은 서울로 다시 돌아갈 생각이었다.

하지만 2월 10일에 쓴 세번째 편지에서 그는 '삼월쯤은 동경도 따뜻해지리다. 동경 들르오. 산보라도 합시다'라고 말해 서울로 돌아가겠다는 생각을 버렸음을 밝혔다. 1937년 1월, 그의 주변에 과연 무슨 일이 일어났기에 그는 그렇게 싫다고 외치던 도쿄를 떠나지 않기로 결심한 것일까? 박태원의 말처럼 '이상의 이번 죽음은 이름을 병사病死에 빌었을 뿐이지 그 본질에 있어서는 역시 일종의 자살이 아니었든가 그런 의혹이 농후해진다'면 그해 1월 그는 서울로 돌아가지 않고 도쿄에 남아 자살할 생각을 한 셈이다. 항상 자기 생각과 반대로 과장해서 쓰던 습벽이 남아 그즈음 쓴 소설「실화」에서 '헤헹! 내게는 남에게 자살을 권유하는 버릇밖에 없다. 나는 안 죽지. 이따가 죽을 것만 같이 그렇게 중속來俗을 속여주기만 하는 거야'라고 썼듯이.

나는 책을 덮고 다시 일어나 숲길을 걸어갔다. 기타노마루 공원을 지나 고쿄의 북서쪽 뒷길을 걸어가는 긴 산책로였다. 고쿄를 지키는 경찰과 가끔 달리기를 하는 한가한 도쿄 시민이 지나가는 것 외에는 아무런 움직임도 보이지 않는 곳이었다. 창경궁 식물원에 들어간 것처럼 습기를 뿜어내는 나무와 땅바닥을 기어가는 음지 식물 냄새가 코끝을 강하게 자극했다. 기타노마루의 숲에서 도쿄 시내의 소란스러움은 멀고 그저 나의 체내에서 울려퍼지는 생명 활동의 서걱거림과 주변 십 미터 이내 동식물이 내는 미세한 음향만이 가득했다. 그런 숲을 지나오면 누구나 다른 사람으로 바뀌게 된다. 열이틀 밤을 보내고 열사흘째 낮에 이르러 우리는 다른 사람이 된다.

스물여섯 살이 되던 1935년 8월 평안남도 성천에서 보낸 한 달간이 이상에게는 그런 숲과 같은 시절이었다. 김해경이 자신이 창조해낸 천재 이상을 능수능란하게 다룰 수 있었던 것은 1931년『조선과 건축』7월호에「이상한 가역반응」을 발표한 뒤부터 1935년『가톨릭청년』4월호에「정식」을 쓰던 사 년여의 기간뿐이다. 그 이후에 발표된 글에서 김해경과 이상의 의지는 서로 뒤엉켜버린다.

성천에 다녀온 뒤인 1936년, 그는 가족을 위해 결혼하고 출판사에도 취직해 다른 사람들처럼 살아가려고 결심했다. 여윳돈이 생기는 대로 공부를 계속하자고 어린 아내에게 거듭 다짐했고, 전집의 거의 반이 넘는 분량을 이해에 써댄다. 같은 해 김기림에게 쓴 편지에는 비록 '고황膏肓을 든, 이 문학병을—이 익애溺愛의, 이 도취陶醉의…… 이 굴레를 제발 좀 벗고 표연飄然할 수 있는 제법 근량尺量 나가는 인간이 되고 싶소'라고 말했지만, 그건 이런 문학적 전성기에 대한 그 자신의 자신감을 표현한 것일 뿐이다. 이 자신감은 이제 어디론가 떠나 하루종일 글만 쓸 수 있게 된다면 문학천년이 회신에 돌아갈 정도는 아니더라도 어디 내놓아도 부끄럽지 않을 작품을 쓸 수 있을 것이라는 결론을 낳게 된다.

마침 여러 가지 변화가 생겼다. 마음 맞는 여인과 결혼해 생활이 안정됐고 애정도피이긴 하지만 여동생 역시 출가하게 됐다. 그리고 동생 운경이 취직하게 되면서 가족에 대한 장남의 책임감에서 조금 벗어날 수 있게 됐다. 그해 9월에 발표한 「날개」에 대한 평이 다행히 좋아 그저 당시 흔하디흔한 다다이스트로만 문단 주변을 떠돌던 이상은 문단의 최중심지로 들어가게 된다. 문단의 이슈에만 달려들던 '족보에 없는 비평가' 김문집이 이번에는 이상의 「날개」를 향해 '그의 고향의 순수한 피로—이 피로의 순수성이 무한의 허무감과 동일의식인 것을 오도悟道한 찰나의 그의 감성의 황

홀성—이 황홀성을 다시 이성적으로 부인하려는 그의 지성의 자
조⋯⋯ 이 자조의 무의미를 자기 스스로에게 의미시視시키는 의식
적 활동 상태를 가리켜 우리는 다다이즘의 전야前夜 광경이라고 할
수 없을까?'라고 횡설수설할 정도의 거물로 성장해나간 것이다.
그런데도 이 「날개」마저 진정한 예술이 아니라고 생각할 때는 상
황이 무르익었고 이제 도쿄로 갈 수 있게 됐다는 자신감이 큰 몫을
했다.

　이상에게 문학적 자신감을 안겨준 성천이 밝음의 숲이라면 진보
초는 어두움의 숲이다. 도쿄 간다 구 진보초는 화가를 꿈꾸던 어린
김해경이 제국미술전람회 이과회二科会에 엽서를 주문하던 곳이다.
이상이 살았던 곳은 도쿄 간다 구 진보초 3초메 101의 4번지 이시
카와네 2층 다락방. 지금의 센슈 대학 근처로 그 정확한 위치를 찾
기는 힘들지만, 센슈 대학 앞 정류장을 돌아가 스미토모 은행 사잇
길로 들어가면 이상이 하숙하던 당시의 옛 건물 모습 그대로 몇 채
의 구옥이 남아 있다. 바로 김기림이 말했던 '구단 아래 꼬부라진
뒷골목 2층 골방' 중 하나다. 일본의 구옥들이 그렇듯이 갈색 나무
로 외관을 마감했고 창문마다 발이 쳐져 있었다. 습기 차고 무더운
도쿄의 여름을 나기 위해 집의 외관과 어울리지 않게 에어컨이 매
달려 있었고, 에어컨 아래에는 가지각색의 식물을 심어놓은 화분
이 아기자기하게 놓여 있었다.

　옛 자취를 찾아볼 수 없을 만큼 콘크리트 빌딩으로 가득한 진보

초 3초메 골목길에 접어드는 순간, 스미토모 은행 건물 뒤에 남은 그 두 집을 보고서는 왈칵 눈물이 쏟아졌다. 저처럼 볕이 들지 않는 2층집에서 이상은 성천의 푸르디푸른 녹음의 시절을 회상하며 수필 「권태」를 고쳐 쓰고 있었다. 1936년 12월 19일 새벽에 완성한 「권태」는 성천 팔봉산의 녹음을 바라보는 이상이 '어서 차라리 어두워버렸으면 좋겠는데……'라고 혼잣말을 하면서 시작해 '이 대소 없는 암흑 가운데 누워서 (……) 다만 어디까지 가야 끝이 날지 모르는 내일 그것이 또 창밖에 등대登待하고 있는 것을 느끼면서 오들오들 떨고 있을 뿐이다'로 끝난다.

그해 12월 29일, 김기림에게 쓴 편지에 이상은 '제전帝展도 보았소. 환멸이라기에는 너무나 참담한 일장一場의 넌센스입니다. 나는 그 페인트의 악취에 질식할 것 같아 그만 코를 꽉 쥐고 뛰어나왔소'라고 썼다. 도쿄에서 이상이 발견한 권태란 화가를 꿈꾸며 제전 엽서를 주문하던 김해경이 도쿄에 가 '어서 차라리 일장의 넌센스인 제전의 악취에 질식할 것 같은' 이상으로 바뀌었으면 하는 원망의 다른 이름이다. 하지만 성천 녹음의 밝음이 어두워지고 난 뒤, 이상은 대소 없는 암흑 속에서 오들오들 떨고만 있었을 뿐이다. 나는 '제전'이란 단어를 '이상'으로 바꾸고 한번 읽어보았다. '이상도 보았소. 환멸이라기에는 너무나 참담한 일장의 넌센스입니다. 나는 그의 악취에 질식할 것 같아 그만 코를 꽉 쥐고 뛰어나왔소.'

또 나는 「권태」의 '어두움'을 '이상'으로 바꾸고 한번 읽어보았다. '어서 차라리 이상이 되어버렸으면 좋겠는데…… 이상의 몸으로 누워서 다만 어디까지 가야 끝이 날지 모르는 내일 그것이 또 창밖에 등대하고 있는 것을 느끼면서 오들오들 떨고 있을 뿐이다.' 진보초의 어두움이 가리키는 것은 무엇일까? 완전히 이상이 됐다고 생각했는데, 아직도 끝이 나지 않고 내일이 남았다는 것. 그리고 이상이라는 그 인물에 대해 환멸과 권태를 느낀다는 것. 성천의 숲을 지나오면서 어린 김해경이 드디어 이상이 됐는데, 아직도 지나가야 할 숲이 남았다는 것은 무슨 의미일까? 그 숲이 어두움의 숲인 까닭은 왜일까?

국회의사당 앞을 지나 외무성과 대장성 사잇길로 빠져나가니 우익들이 바리케이드 저편에 모두 모여 북방 4개 섬을 내놓으라는 둥 소리를 지르고 있었다. 고쿄를 돌아오는 일로 인해 내 몸은 지칠 대로 지쳤기 때문에 어서라도 앉아 쉴 곳을 찾았지만, 일본 행정의 중심지인 그곳에 휴식을 취할 만한 공간은 없었다. 귓가를 쟁쟁하게 울리는 우익들의 확성기 소리를 들은 척 만 척 나는 히비야 공원을 향해 걸어갔다. 그 근처에서 쉴 만한 장소는 거기밖에 없었다. 다시 십 분 정도를 더 걸어 나는 히비야 공원에 이르렀고 히비야 공회당 앞 광장 벤치에 앉을 수 있었다.

마로니에 그늘 아래에서 자꾸만 아득해지는 정신을 추스르며 앉아 있는데, 실로폰처럼 생긴 나무 악기를 두들기며 뭐라 형언할 수 없는 음향을 내면서 한 노인이 지나갔다. 낙숫물이 떨어지듯 육중한 투명함이 내 몸을 감싸면서 피로감을 일거에 사라지게 만들었다. 그는 자신의 상체만큼 큰 그 악기를 몸에 감싼 채 음률만을 공원에 뿌리고 공회당 옆 난부 레스토랑 쪽으로 사라졌다. 나는 그곳에 앉아 다갈색 타일을 붙여놓은 히비야 공회당을 올려봤다. 지금은 지지통신이 사용하고 있지만, 1930년대만 해도 도쿄에서 보기 드문 초고층 건물로 내부 강당은 좌석만 2700석에 달하는 초호화판 음악홀이었다. 세계적으로 유명한 콘서트홀이었기 때문에 유명 연주가들이 즐겨 찾았다. 러시아 출신의 세계적인 바이올리니스트 미샤 엘만도 그중의 하나다.

모두 두 차례 일본을 찾은 바 있는 미샤 엘만은 두번째 방일에서 1937년 1월 21일부터 27일까지 토, 일요일을 제외하고 모두 다섯 번의 연주회를 가졌다. 이상은 그중 하루 시간을 내어 히비야홀에 들렀다. 그리고 2월 10일, 김기림에게 보내는 편지에 이렇게 썼다.

엘만은 내가 싫어하는 제금가였었는데 그의 꾸준히 지속되는 성가聲價의 원인을 이번 실연을 듣고 비로소 알았오. 소위 '엘만 톤'이란 무엇인지 사도斯道의 문외한 이상으로서 알 길이 없으나 그의 슬라브적 굵은 선은 그리고 그 분방한 데포르마숑은 경탄할 만한 것입니다.

이상은 경성 장곡천정의 다방 낙랑팔라에서 엘만의 음악을 처

170

음으로 들었을 것이다. 엘만의 바이올린 연주곡은 250여 매의 레코드를 소유했던 낙랑팔라에서 즐겨 흘러나오던 음악이었다. 다방 낙랑팔라의 등의자에 기대앉아 흐릿한 담배연기 저편에 반나마 취해 몽롱한 상箱의 얼굴에서 김기림이 언제고 '현대의 비극'을 느끼고 소름칠 때까지만 해도 이상은 엘만을 싫어했었다. 하지만 연주회장에 직접 가보고 난 뒤, 엘만을 좋아하게 됐다. 얼마나 좋았던지 니시간다 경찰서에서 풀려나온 지 나흘 뒤인 1937년 3월 20일, 자신을 찾아온 김기림을 앞에 두고 이상은 초췌한 몰골에 누우라는 김기림의 권유에도 아랑곳하지 않고 장장 두 시간이나 앉은 채 거의 혼자서 이야기를 재깔거렸다. 엘만이 대단한 연주가라는 둥, 「날개」에 대한 최재서의 평에는 작가로서 다소 이의가 있다는 둥 말은 끊이지 않았다. 이상은 그간 싫어하던 엘만을 좋아하게 된 까닭으로 슬라브적인 굵은 선과 분방한 '데포르마숑', 즉 변형을 들었다. 변형, 원래의 형질이 바뀐다는 것. 물이 얼음으로 바뀐다는 것, 알이 더이상 새를 품지 못한다는 것, 아이가 아버지가 된다는 것, 성천의 녹음이 진보초의 어두움이 된다는 것, 공포에 질려 얼굴이 하얀 아이 김해경이 박제가 되어버린 천재 이상으로 바뀐다는 것. 확실히 1937년 1월, 이상은 변해가고 있었다. 도쿄를 떠나는 김기림에게 이상이 마지막으로 이렇게 말했다.

'4월 20일께 동경에서 다시 만납시다그려. 그때까지는 꼭 맥주를 마실 정도로라도 건강을 회복할 터이니 진동야처럼 동경 시내를 활개치고 다닙시다. 기림 형 말대로 내달에는 햇볕이 드는 방으로 옮겨갈 생각이니 그리 걱정은 말으우. 그리고 동림에게 꼭 4월 16일께 도쿄에 다녀갔으면 한다는 말을 전해주시옵고. 기림대인, 그럼 댕겨오오. 내 죽지는 않소.'

'내달에는 햇볕이 드는 방으로 옮겨갈 생각입니다.' 헤어지는 마당에 김기림에게 한 그 말의 의미는 무엇일까? 그것은 바로 상자를 부수고 상자의 바깥으로 나가는 일, 막다른 골목을 뚫고 다시 밝은 태양볕 아래 서는 일을 뜻한다. 소설가 정인택은 이상이 도쿄로 가겠다고 허담을 탕탕 할 때, 유일하게 이상의 생각을 지지했다. 그는 이상이 죽고 난 뒤, 자기 손으로 이상을 죽인 것보다 더 큰 가책을 느끼며 이렇게 말했다.

그때 이상의 처지란 완전한 이상의 탈피를 요구하고 있었다. 그것은 인간 이상, 예술가 이상이 다다른 막다른 골목이었다. 앞을 가린 장벽을 뚫고 나가느냐, 넘어가느냐 그렇지 않으면 골목 밖으로 되돌아오느냐.

무슨 생각으로 이상은 떠나는 김기림에게 자신이 죽은 날짜에서 불과 삼 일밖에 차이나지 않는 4월 20일 만나자고 말했을까? 변동림에게 도쿄로 찾아오라는 말을 전해달라는 부탁은 왜 했을까? 이상은 자신의 죽음을 전혀 예상하지 못했을까? 어쩌면 이상은 엘만의 연주를 들을 때부터 변형을 꿈꿨는지도 모른다. 막다른 골목을 넘어서 어둡고 답답한 상자에서 벗어나 햇볕이 드는 방으로 옮겨 갈 계획이었는지 모른다. 다시 말해 그게 환희에 가득찬 자살이었는지 모른다.

자살에까지 생각이 미쳤을 때에야 나는 정신을 차릴 수 있었다. 그렇다. 자살이다. 도쿄에 가 스스로 목숨을 끊는 일이다. 마로니에에서 때아니게 나뭇잎 하나가 툭 떨어지며 눈앞을 지나갔다. 떨어진 나뭇잎을 집어 손에 쥐고 나는 벤치에서 천천히 일어섰다. 히비야 공원을 빠져나온 나는 데이코쿠 호텔 옆길을 걸어 긴자 5초메로 들어갔다. 바로 옆으로 열차가 지나가듯 내 의식 안 어딘가가 심하게 요동쳤다. 나는 지금 어떤 결론을 향해 줄달음치고 있는 것이다. 그 결론은 무자비하다.

이상은 「육친肉親의 장章」이라는 글을 세 번 썼다. 1939년 2월 『조광』에는 '크리스트에 혹사酷似한 남루한 사나이'를 그의 아버지로, '근육과 골편과 약소若少한 입방立方의 혈청과의 원가상환을 청구하는 여인'을 그의 어머니로 묘사하고 아버지는 암살하고 어머니로부터는 도망가겠다고 그 아우성이 대단하다.

이 유고가 언제 씌어졌으며 어떤 경로로 발표됐는지는 알 수 없다. 하지만 이 글이 1936년 10월 조선일보에 발표한 시 「문벌」 「육친」의 밑그림이 됐다는 사실에서 알 수 있다시피 제작연대는 1936년 10월 이전까지 거슬러올라간다. 또한 '내게 그만한 금전이 있을까.

나는 소설을 써야 서푼도 안 된다'라는 구절에서 알 수 있다시피 이 글은 이상이 「지주회시」를 쓰면서 본격적으로 소설가로 나선 1936년 6월 이후에 쓴 글임을 알 수 있다.

1936년 6월, 이상은 신흥사에서 정식으로 변동림과 결혼했고 남동생 운경은 직장에 취직했다. 8월 2일, 동생 옥희는 K라는 남자와 만주로 떠나버리고 옥희 걱정에 안절부절못하던 이상은 도쿄서 온 친구들과 해 질 무렵부터 술집으로 가 그 전날 개막된 베를린 올림픽 보도를 들으며 밤새도록 술을 마셨다. 바로 그 시간 자신의 단 하나뿐인 이해자 옥희는 국경을 넘고 있었다. 자신에게만은 그 사실을 알리고 떠났으면 좋으련만 하는 아쉬움이 큰오빠 김해경의 마음에 앙금처럼 남았다. 9월 30일 추석날, 그는 미아리행 버스를 타고 백부의 무덤에 성묘 갔다. 이때의 일들은 「추등잡필秋燈雜筆」 「동생 옥희 보아라」 등의 글로 남았다. 이들 글에는 '우리 삼남매는 모조리 어버이 공경할 줄 모르는 불효자식들이다' '근래 이 삼촌이 지금껏 살아 계셨던들 하는 생각이 문득 드는 적이 많아서 중년에 억울히 가신 삼촌을 한번 추억해보고도 싶고 한 마음에서 나는 미아리행 뻐스를 타고 나갔던 것이다'라는 등의 구절이 있다.

그렇다면 이렇게 생각해볼 수 있다. 이런 글을 쓰면서 동시에 이상은 「육친의 장」「문벌」「육친」을 썼다. 1936년 6월에서 10월 사이 이상은 아버지, 어머니, 백부로부터 도망가고 싶다는 내용의 글을 쓰는 동시에 그들을 공경하고 추억해야 한다는 글을 쓴 것이다.

이런 이상한 간격을 어떻게 봐야 할까? 「육친의 장」 등은 이상이 썼고 「동생 옥희 보아라」 등은 김해경이 썼다고 쉽게 말하면 되는 것일까? 「육친의 장」이 이것들뿐이었다면, 우리는 많은 사람들이 믿듯이 암살해야 하는 모조기독模造基督을 아버지로, 추악하고 심술 궂은 여인을 어머니로, 묘혈에 계신 백골을 백부로 추정해야만 했을 것이다. 하지만 또다른 「육친의 장」이 숨어 있었다.

1956년 『이상 전집』을 펴내려고 자료를 모으던 임종국은 이상의 모친이 보관하고 있던 사진첩을 넘기다 이상한 흔적을 발견했다. 뭔가가 밀봉된 흔적이었다. '이게 뭔지 뜯어봤습니까?'라고 임종국이 묻자, 모친과 동생 옥희씨는 그런 게 있었는가 하는 표정으로 사진첩을 들여다봤다. 자세히 보니 확실히 뭔가 다른 게 보였다. 임종국은 모친의 동의를 얻어 밀봉된 페이지를 뜯어냈다. 그 안에는 「척각隻脚」을 비롯한 아홉 편의 미발표 일문 시가 들어 있었다. 개작한 뒤, 1937년 2월 15일 어떤 모종의 목적 때문에 한꺼번에 정서한 시들로 그중의 한 편이 바로 「육친의 장」이다.

나는24세. 어머니는바로이낫새에나를낳은것이다. 성세바스티앙과같이아름다운동생·로오자룩셈부르크의목상을닮은막내누이·어머니는우리들삼인에게잉태분만의고락을말해주었다. 나는삼인을대표하여―드디어―

어머니우린좀더형제가있었음싶었답니다.

—드디어어머니는동생버금으로잉태하자육개월로서유산한전
말을고했다.

그녀석은사내댔는데올해는19(어머니의한숨)

삼인은서로들알지못하는형제의환영을그려보았다. 이만큼
이나컸지— 하고형용하는어머니의팔목과주먹은수척하여있다.
두번씩이나객혈을한내가냉청冷淸을극極하고있는가족을위하여
빨리아내를맞아야겠다고초조하는마음이었다. 나는24세. 나도
어머니가나를낳으드키무엇인가를낳아야겠다고생각하는것이
었다.

도쿄에서 김해경은 이상에게서 벗어나고 있었다. 이상을 「종생
기」 「실화」 「단발」 등 실명소설 속으로 몰아넣고 있었다. 실명소설
속의 이상은 더이상 현실에 존재하는 작가가 아니라 등장인물로
바뀌어갔다. 그리고 이 글에서 이상은 더이상 존재하지 않는다. 이
원고가 1937년 2월 15일 씌어진 것이라면 그 시점에서 경성고공
재학생 김해경이 고안해낸 이상은 죽은 셈이다.

이제 내 발걸음은 긴자 4초메 교차로로 점점 가까워지고 있었다.
김해경은 1937년 4월 17일 도쿄제대 부속병원에서 죽었다. 이상은
그보다 먼저 죽었어야 했다. 김해경은 원래 「종생기」에 쓰기를 '정
축 3월 3일', 음력이라고 치면 1937년 4월 13일 죽을 것이라고 예
상했지만, 실제로는 「실화」를 쓴 1936년 12월 23일 이후부터 '차차

마음이 즉 생각하는 것이 변해가오. 역시 내가 고집하고 있던 것은 회피였나보오. 흉리에 거래하는 잡다한 문제 때문에 극도의 불면 증으로 고생중이오'라고 김기림에게 편지를 쓰던 1937년 2월 10일 사이에 김해경이 평생을 공들여 만들어낸 위대한 천재 이상은 운명을 고했다. 이는 그 사이 어딘가에서 김해경이 어두움의 숲을 지나 이상이라는 상자를 부수고 밖으로 뛰어나왔다는 사실을 뜻한다. 김해경이 두번째 숲을 지나 이제 새로운 대지에 발을 내밀게 됐다는 사실을 뜻한다.

하지만 김해경은 2월 10일에 이르러 김기림과 안회남 앞으로 두 통의 편지를 남겼다. 도쿄에서 그는 변했다. 나는 1937년 1월 김해경이 만든 이상이란 존재가 진보초의 어두움을 지나오는 동안 죽었기 때문이라고 생각한다. 하지만 정인택이 말한 것처럼 워낙 그 이상을 이기고 김해경으로 다시 서기 위해 떠난 도쿄행인 만큼, 그 것은 김해경이 바라던 일이기도 했을 것이다. 그런데도 '어떻게 했으면 좋을지를 전연 모르겠습니다' '이러다가는 정말 자살할 것 같소' 같은 내용을 담은 편지를 썼다.

나는 드디어 긴자 4초메 그 유명한 와코 백화점 앞에 도착했다. 한 개의 허영독본. 나는 길을 건너 미쓰코시 맞은편 길가에 놓인 간이 쇠의자 위에 엉거주춤 앉았다. 지도를 들고 다니는 사람들은 모두 긴자를 찾아온 관광객들이었다. 때로 일본인들도 지도를 손에 들고 마쓰자카야, 미쓰비시, 마쓰야 등 유명한 가게를 찾아다녔다. 시계의 이세이, 가방의 타니자와, 포목의 에치고야, 문구의 이토야·구로사와, 안경의 마쓰시마, 빵의 기무라야 등등, 메이지 시대 이전부터 존재했던 오래된 가게들이 유난히 많았던 곳이다. 김해경은 그중 긴자 8초메 과일가게 센비키야에 진열된 멜론을 유심히 바라봤을 것이다. 죽기 직전에 그가 제일 먹고 싶던 게 센비키야의 멜론이었으니 말이다. 그 멜론을 먹은 사람은 김해경이다.

그러나 김해경이 센비키야의 멜론을 먹던 바로 그 시간에 죽은 줄만 알았던 이상은 레몬 향기를 맡고 있었다. 김해경은 무슨 이유에선가 이상이라는 가상의 인물, 그가 소설 속의 등장인물로 밀어넣고자 했던 이 인물을 끝내 죽이지 못했다. 김기림과 안회남 앞으로 보낸 두 통의 편지는 김해경이 이제는 도저히 통제할 수 없을 정도로 악마와 같이 변해버린 이상에게 완전히 패해버렸다는 사실을 알려준다. 김해경은 오래전부터 예정됐던 일을 맞아들이듯 자신의 죽음을 맞아들였다. 그 대가로 그에게는 위대한 문인 이상으로 불멸할 수 있는 권리가 주어졌다. 센비키야의 멜론보다도 못한 권리이기는 했으나, 그것은 유한한 인간 김해경의 한계였을 뿐이다. 그리고 이상이 아니라 김해경이 영영 눈을 감아버렸다.

나는 손에 들고 있던 마로니에 잎사귀를 한참 바라보다가 분주히 사람들이 오가는 인도 쪽으로 떨어뜨렸다. 가게 선전대인 진돈야チンドン屋. 이상이 말한 '진동야'를 가리킴 나팔 소리처럼 내 마음속에서 뚜우 하고 쓸쓸하기 그지없는 정오 사이렌이 울었다. 사람들은 모두

네 활개를 펴고 닭처럼 푸드덕거리는 것 같고 온갖 유리와 강철과 대리석과 지폐와 잉크가 부글부글 끓고 수선을 떨고 하는 것 같은 찰나, 그야말로 현란을 극하는 인공의 정오다. 마음의 사이렌이 울렸다. 시간은 열두시에서 그다음 시간으로 나아가고 있었다. 알려진 바에 의하면, 이상이 마지막으로 쓴 시는 1937년 2월 15일 개작한 「최후」다. 그 시는 다음과 같다. "능금한알이추락하였다. 지구는부서질정도만큼상했다. 최후. 이미여하한정신도발아하지아니한다."

5

『현대문학』 1962년 6월호를 보면, 동생 김옥희가 쓴 「오빠 이상」이란 글이 나온다. 그녀는 마지막 문단을 이렇게 썼다.

그뿐 아니라 그때 있었던 아우들까지 지금은 행방이 묘연하니 노모의 한탄과는 달리 어느 무덤이 슬픈 오빠의 몸을 묻은 무덤인지 알 길 없으니 이 위에 더 답답할 수가 없습니다. 아마 생전에 재산과 함께 갖지 못했던 비밀이라 허전한 대로 사후의 자기 무덤을 비밀에 부치자는 무의식 속의 의지가 그렇게 시켰는지도 모릅니다. 그러나 필경은 미아리 그 어느 한 무덤 흙으로 되었을 오빠의 무덤 위에 잔디가 잘 살아 돋는지 알 길 없는 채 섭섭한 마음만 간절합니다.

하지만 그보다 더 섭섭한 일은 이 슬픈 마지막 문단이 페이지의 반을 차지하는 책 광고 때문에 흡사 벽 사이에 끼인 테니스공처럼 보인다는 점이다. 이 문장을 밀어낸 광고는 김향안의 수상집 『파리』다. 그 책의 광고 카피는 다음과 같다.

'"파리는 참 아름다운 곳이었다. 마로니에 꽃 피는 오월도 즐거웠고, 태양이 흐르는 쎄에느는 아름다왔다……" 저서가 파리에서 생활하면서 보고 느낀 이야기와 삐까소의 생애와 예술을 소개한 수상집. 46판·280면 정가 1,200환 김환기 화백의 그림 20점 삽입.'

비록 '저자'를 '저서'로 오식하기는 했지만, 함께 죽기를 맹세하고 결혼했던 두 사람의 엇갈린 운명을 이보다 더 확실하게 보여주는 일이 있을까? 태양이 흐르는 센 강과 미아리의 이름 없는 무덤. 김향안은 1986년 유일한 이상 회고를 글로 남기면서 이 책 『파리』얘기를 했다. 이 글에 따르면, 이미 절판된 지 오래인 『파리』를 다시 내면서 출판사측에서 팔릴 제목이 아니라고 해 '마로니에의 노래'로 제목을 바꿨다. 그런데 나온 책의 꼴이 아주 저질이었다. 거기다가 덧붙여 1985년 6월 파리에 머무는데, 『주부생활』기자가 접근해 이상 관련 인터뷰를 잠시 했다. 그런데 잡지가 나온 꼴을 보니 너무나 저질이었다. 한국의 이 저질문화에 개탄한 김향안은

'다만 틀린 사실을 정정하기 위해서 이 글을 쓴다'고 말하며 이상 회고를 시작했다.

그리고 이어지는 글에서, '「종생기」「동해」를 잡문이라고 일소─ 笑에 붙였을 때는 얘기가 다르지만, 유고로서 작품집에 들었을 땐 생각이 달라진다. 그 글들은 1937년 『조광』 5월호에 실려질 수도 없다. 내가 일 년 이상 가지고 있었으니까. 내가 가지고 있었으면, 이런 글은 유고로 발표하지 않았음이 분명하다'고 말했다. 매우 난 삽한 문장이긴 하지만, 그 뜻은 이상이 죽고 난 뒤, 일 년 이상 「종 생기」「동해」 등의 유고를 가지고 있다가 일본으로 가는 길에 동생 운경에게 일체 넘겨줬더니 이 작품들이 발표되기 시작했다는 의 미다. 물론 이 문장이 말하고자 하는 제일 중요한 얘기는 「종생기」 「동해」 등이 잡문이며 이런 잡문을 버젓이 작품으로 소개하는 이 나라의 저질적인 풍토에 대한 분노다.

하지만 이 부분은 이 회고에서 드러난 수많은 착오 중 하나다. 왜냐하면 「동해」는 분명 1937년 2월에, 「종생기」는 1937년 5월에, 그러니까 이상이 죽기 전에 자유의사로 발표한 소설들이기 때문 이다. 김향안의 주장처럼 죽은 뒤에 발표된 것이 아니었다. 이 소 설들은 모두 1936년에 썼다. 「동해」는 1936년 6, 7월경에, 「종생 기」는 1936년 11월 하순에 완성시켰다. 김향안의 말처럼 '동경으 로 가자마자 매문용賣文用으로' 쓴 콩트식 잡문이 아니다. 그러면서 그는 '이 잡문들은 정치적 사연이 없기 때문에 흐트러진 채로 버려둔 것을 내가 얼마 동안 간직하고 있다가 서울을 떠나게 될 때 동생 운경에게 맡겼다. 이상이 작고한 후에 발표된 이러한 글들은 이상의 미발표작의 작품은 아니다. 「동해」「실화」「종생기」를 기억한다'고 썼다.

이 점 때문에 여러 차례 부인했음에도 김향안이 이상의 유고를 공개하지 않고 있다는 의혹은 계속 이어졌다. 손수레 하나 가득한 분량인 이상 유고의 행방은 세 군데다. 먼저 김향안(변동림)의 오빠 변동욱이 가지고 있다가 북으로 갔다는 주장이다. 두번째 김향안이 가져갔다는 주장이다. 김향안은 격렬한 어조로 이 두 가지 주장이 잘못됐음을 밝히고 세번째 가능성을 암시한다. 즉 동생 김운경이 가지고 있다가 북으로 갔거나 그 통에 유실됐으리라는 얘기다. 하지만 많은 사람들은 그중에서 두번째 가능성에 무게중심을 두는 듯하다. 이상이 남긴 유고의 분량이 그렇게 많았음에도 쉽게 발견되지 않는 이유는 '저질적인 작품'은 공개되지 않는 게 좋다는 신념을 지닌 김향안에게 유고가 있었기 때문이라는 얘기다. 하지만 본인이 명예훼손을 거론할 만큼 격렬하게 부인하고 있는 까닭에 이는 매우 민감한 문제라고 할 수 있다.

내가 이런 민감한 얘기를 하는 까닭은 도쿄 우구이스다니 전철역 앞에 있는 제과점에 찾아갔을 때, 와타나베가 바로 그런 얘기를 했기 때문이다.

"이걸 보십시오."

와타나베는 일본식 과자 하나를 치켜들면서 말했다. 꾀꼬리 골짜기鶯谷란 뜻의 우구이스다니는 에도 시대까지만 해도 도쿠가와 일가의 절인 간에이지에서 울려퍼지는 꾀꼬리 소리를 들을 수 있을 정도로 한적한 서민 동네였다. 일본 속담에 '우구이스노 다니와다리'란 말이 있는데, 꾀꼬리가 골짜기를 건너간다는 뜻으로 한 남성이 한방에 여러 여자를 뉘어놓고 성행위하는 것을 뜻한다. 4~50년 대까지만 해도 이상은 이런 식으로 성행위를 펼치는 기인으로 널리 알려졌었다. 우구이스다니란 전철역 이름을 보는 순간, 그 일이 떠오른 것은 당연했다.

아직 그런 생각에 빠져 있는 내게 와타나베가 가리키는 과자는 양갱이었다. 어레미로 거른 삶은 팥에 꿀을 넣어 밀가루와 반죽한 뒤, 잉어·칼·반달 등의 모양으로 쪄낸다. 와타나베는 단검만한 크기의 칼 모양 양갱을 내게 보여줬다.

"팥을 얼마만큼 삶느냐, 밀가루와 꿀을 어느 정도 넣느냐, 반죽을 얼마만큼 찌느냐에 따라서 양갱의 맛은 천차만별이죠. 심지어는 한솥에 삶고 반죽하고 찐 양갱에서도 서로 차이가 납니다. 저는 벌써 사십 년째 양갱을 만들어왔지만, 그 차이를 아주 없애지는 못했어요. 만들 때마다 조금씩 차이가 납니다. 예컨대 이 양갱은 너무 딱딱해요. 입에 물어보지 않아도 끈기가 부족한 게 눈에 보입니다. 이런 식인 것이죠. 뭐 다른 것과 다를 바 없잖아라고 말하는 사람도 있겠지만, 분명 잘 만든 양갱은 아닙니다. 실패작이죠."

와타나베는 내게 보여줬던 양갱을 쓰레기통으로 던져넣었다. 직장인은 모두 출근한 뒤고 집에 남은 사람들은 아직 나오지 않을 시각인 오전 열시여서 그런지 전철역 앞은 한산했다. 꾀꼬리 소리 대신에 맞은편 생활용품 할인점과 빠찡꼬 가게에서 흘러나오는 유행가만이 한가한 상오의 정적을 그럭저럭 위안할 뿐이었다. 나는 거의 직선에 가까운 포물선을 그리며 쓰레기통으로 들어가는 양갱을 바라봤다. 와타나베는 양갱을 잡았던 오른손을 수건에 닦고는 다시 자리에 와 앉았다.

"드시죠."

내 앞에 놓인 일본 차를 가리키며 그가 말했다.

"무슨 일이든 이름을 걸고 오랫동안 익히면 어느 수준은 넘어갑니다. 대충 비슷하게는 만들 수 있습니다. 그건 한 가지 일에만 몰두한 사람에게 세월이 주는 선물일 따름입니다. 시간이 흐르면 누구라도 그 정도는 할 수 있지요. 달인이라고 할 정도가 될 때는 뭔가 다른 게 필요합니다. 그렇지 않습니까?"

양갱의 달인 말인가?

"그저 누구나 할 수 있는 게 아니라 아무도 할 수 없는 일을 해내야 달인인 거죠. 저는 아직도 저따위 양갱이나 만들고 있으니 달인이라고 할 수는 없습니다. 달인이라면 하루야마 선생 정도는 돼야겠죠. 선생의 시는 아무나 지을 수 없는 시들입니다. 그렇지 않습니까?"

"자세히 읽어보지 않아서 모르겠습니다만, 그렇겠죠."

하얀 상의의 요리복을 입은 와타나베는 불이 들어온 백열등처럼 점점 작열해나갔다.

"김상㨾은 이상이란 사람을 몇 년이나 추구했습니까?"

"사십 년이 조금 못 될까요."

"제가 하루야마 선생을 추구한 것은 오십 년이 넘습니다. 중학 시절 「조류학」을 처음 읽었습니다. 동급생들이 기노시타 모쿠타로우나 미야자와 겐지를 읽을 때 말입니다. 옆짝이 '나의 앞에 길은 없다/나의 뒤에 길은 생긴다' '비에도 지지 말고/바람에도 지지 말고/눈에도, 여름 더위에도 지지 않는/튼튼한 몸을 갖고' 따위의 시를 읊조릴 때, 저는 '꽃 따위/파나마 따위/스페인 따위/바구니 따위/〈N. R. E.〉 따위/서양 자두 따위' 같은 시를 외우고 다녔습니다. 그로부터 오십여 년의 세월이 흘렀습니다. 그런데도!"

와타나베는 나를 빤히 쳐다보면서 말을 끊었다.

"나는 아직까지 하루야마 선생에 대해 모르는 게 많습니다. 왜 그런 시를 썼는지, 그런 시를 쓸 때 선생이 무엇을 생각하고 있었는지."

나는 슬슬 답답해졌다. 와타나베에게서 이런 얘기나 듣자고 도쿄까지 온 게 아니었으니 말이다.

"잘 알겠습니다. 저도 사실은 이상에 대해 모르는 게 많습니다. 아마도 죽을 때까지 모르는 게 남겠죠."

"바로 그겁니다. 우리가 아무리 어떤 사람을 추구해도 알 수 있는 것에는 한계가 있습니다. 그 사실을 명심해야 합니다. 모든 것을 알려고 들 때는 무리가 따르게 됩니다. 무슨 말인지 아시겠습니까?"

"잘 알겠습니다. 그건 그렇고 원고를 보고 싶군요."

내 말에 와타나베는 잠시 멈칫하더니 자리에서 일어서며 말했다.

"아, 스모모하코의 원고 말이군요. 맞아, 그걸 보기 위해서 여기까지 오셨지."

원고를 가지러 안으로 들어가는 듯하더니 와타나베는 다시 몸을 돌리고 내게 말했다.

"김상도 잘 이해해주리라 믿지만, 실은 그 원고는 불태워버렸습니다."

몸속의 피가 모두 얼굴로 솟구치는 듯했다. 이해라고! 나는 자리에서 벌떡 일어섰다.

"지금 뭐라고 하셨습니까?"

"일단 진정하시고 제 말을 차분히 들어주셨으면 합니다. 그 원고는 불태웠습니다. 김상도 제 말을 들으면 납득하실 겁니다."

와타나베는 진정하라는 듯 오른손으로 손짓했다. 하지만 어떻게 진정할 수 있겠는가! 나는 벌써 예년 8월 초순 즈음이면 며칠 만에 사체가 썩기 시작하는지 생각하고 있었다. 와타나베는 다시 자리에 와 앉았다.

"저는 하루야마 선생을 추구한 지 오십여 년이 됐습니다. 이제 겨우 문학이 무엇이라는 것을 압니다. 문학이라는 것은 삶과 현실의 불순물을 제외한 것입니다. 불순물에는 물론 한 작가의 삶까지 들어갑니다. 당신이나 나나 한 작가의 뒤를 좇은 이유는 그 작가의 문학을 완성시키려는 일 때문이 아니었습니까? 그 사람의 삶이 자꾸만 자신의 문학을 거부한다면 우리는 단연코 그 삶이 아니라 문학에 초점을 맞춰야 합니다. 그런 까닭에 당신이나 이상을 위해서는 그 원고가 공개되는 것은 좋지 않다고 생각하게 된 것입니다. 또 얼떨결에 당신에게 그 원고 얘기는 했지만, 공개되면 상당히 곤란한 하루야마 선생의 글귀가 있어 숙고 끝에 내린 결정입니다. 당신이 진정으로 이상을 추구한다면, 그 원고를 손에 넣을 생각은 하지 말아야 합니다. 제 말이 무슨 뜻인지 이해하시겠습니까?"

"전혀 이해를 못하겠는데!"

이해할 리가 없다. 와타나베도 살 만큼 살았으니 저승길에 동무로 삼는 길밖에 없다.

"그 작품들에서 이상은 지금까지 자신이 쓴 모든 작품이 가짜라고 밝히고 있습니다. 하루야마 선생에게 쓴 편지에서도, 「백병」이란 소설에서도 마찬가지입니다. 당신과 만나고 돌아와 「백병」이란 소설을 다시 정독했습니다. 이제까지 자신의 삶을 모두 거짓이며 가짜라고 말하고 있습니다. 사기는 사기이되 아주 고등사기란 말이죠. 하지만 당신은 이상이 한국에서 굉장히 유명한 문인이라고 말하지 않았습니까? 그런 상황에서 이런 글이 무슨 가치가 있겠습니까? 저도 일본에 돌아와 이상이란 사람에 대해 나름대로 알아봤습니다. 천재더군요. 한평생 천재로 살았더군요. 그런 사람이 죽기 직전에 자신의 작품은 모두 거짓이며 가짜라고 말하는 글을 써 하루야마 선생에게 보냈습니다. 그렇다면 선생이 이상을 추구한다고 할 때, 그런 원고를 공개할 의향이 있습니까?"

나는 선뜻 말을 꺼낼 수가 없었다. 물론 이상은 「종생기」에 이렇게 썼다. '그런데 우리들의 레우오치카—애칭 톨스토이—는 괴나리봇짐을 짊어지고 나선 데까지는 기껏 그럴 성싶게 꾸며가지고 마지막 오 분에 가서 그만 잡았다. 자자례한 유언 나부랑이로 말미암아 칠십 년 공든 탑을 무너뜨렸고 허울 좋은 일생에 가실 수 없는 흠집을 하나 내어놓고 말았다.'

"하지만 그렇다고 해서 우리에게 그 유고를 없앨 자격이 어디에 있단 말이오? 그것까지도 이상의 본모습이 아니오?"

와타나베가 팔을 내저었다.

"아니지요. 그건 선생이 추구하던 이상의 모습이 아니지요. 선생이 진정한 추종자라면 그 원고는 포기하셔야 합니다. 그래야만 이상 문학은 영원할 수 있습니다."

나도 모르게 고개를 흔들었다.

"그럴 수는 없어. 말도 안 돼! 당신이 누구기에 그런 엄청난 판단을 내린단 말이야! 그런 엄청난 판단을 내리더라도 내가 내려야만 하는 게 아닐까?"

"혹시 선생은 이상을 위해 평생을 바친 게 아니라 선생 자신을 위해 평생 애써오신 게 아니오? 그래서 완벽하게 자리잡은 이상 문학에 흠집을 내서라도 그 원고를 손에 넣어 어떤 영달을 도모하려는 게 아니오?"

"궤변이야, 궤변! 너는 지금 엄청난 일을 저지른 거야! 그 대가를 치르게 해주겠어. 너는 다른 이유 때문에 그 원고를 없애버린 거야. 내가 모를 줄 알아? 하루야마가 이상이 투고한 작품을 자기 것으로 만들어버렸겠지. 그 사실이 드러나기 때문에 불태워버린 것이겠지."

"얼빠진 소리 하지 말고 정신 차리시오. 선생이 그 사실을 납득하지 못한다면, 사십 년도 허사요, 허사."

그럼에도 나는 다시 예년 8월 초순경에는 사체가 며칠 만이면 썩기 시작하는지 곰곰 생각하지 않을 수 없었다.

6

다시 도쿄제대 부속병원 격리병동의 로비. 나는 가방에서 약을 꺼내 칼피스 캔에다 쏟아부었다. 캔 안에서 거품 이는 소리가 났다. 와타나베의 말이 옳았는지도 모른다. 결국 나는 사십 년을 허비한 것인지도 모른다. 아니, 확실히 그렇다. 이제 내게는 돌아갈 곳이 없고 선택할 게 없다. 나는 칼피스를 한 모금 들이켰다. 식은 청량감이 무지근하게 목젖을 타고 넘었다. 그리고 가방에서 그동안 써온 수기를 꺼냈다. 내가 '이상을 찾아서'라고 제목 붙인, 내 생애 최고의 작품이다. 이제 내가 죽는다고 해도 이 수기가 나를 영원하게 할 것이다. 그러니 두려움은 없다.

내 나이 열여섯 살이 되던 1933년 6월 그 뜨거웠던 어느 일요일, 아버님 심부름으로 나는 서린동의 어느 약종상회에 가려고 적선동 집을 나서 총독부 앞길로 걸어가던 차였다. 그때 대야를 머리에 이고 가던, 이상의 매씨妹氏 되는 옥희 누님을 우연히 만났다. 적선동 살 때까지만 해도 격장隔墻한 사이였다 해도 옥희 누님과 나는 멀거니 서로 쳐다보기만 할 뿐이었다. 나중에 옥희 누님이 K씨와 북행열차에 올라탔다는 소식을 『중앙』지에서 읽었을 때, 그 여린 몸에서 어쩌면 그런 강단이 나올 수 있었는지 혼자 찬탄했던 기억이 난다. 어쨌든 한 동리에 살았던 정분으로 눈인사로 지나칠 수는 없는 노릇이라 대야를 받아들고 광화문통을 같이 걸어내려갔었다.

"애, 이제 보통학교는 졸업했니?"

"벌써 보성에 이 년이나 두고 댕기는데, 졸업이 다 뭐예요."

"그래? 요전에 봤을 때는 아직 보통학교 다녔잖니?"

"그러길래 소년이로학난성少年易老學難成이라지 않으우."

"딴은 그럴듯한 문자네. 보성이 혜화정으로 옮겨서 좀 안됐겠네."

"수송정에 그대로 있었다믄야 마땅허겠지만서두 옮겼다고 안될 일만은 없예요. 마라톤하는 세음 치고 다부지게 달리면 이십 분도 걸리지 않아요."

"너처럼 건강하다믄야 사범학교라도 걸어 못 다니겠니?"

어느덧 우리는 법학전문학교를 지나 황토마루 네거리 기념비전을 돌았다.

"그건 그렇다 허구, 지금은 어딜 가는 게유?"

"오빠가 종로경찰서 뒤편에 끽다점을 차린다구 해서 빨래나 좀 도울까 가는 참이야."

"끽다점이라면 고히 마시는 다방 말이우?"

"글쎄, 그렇지 않겠니?"

몇 번 학우들이랑 장곡천정까지 원정 나갈 일이 있어 다닐 때 도쿄서 유행한다던 끽다점이 생긴 걸 나도 본 적이 있었다. 그때만 해도 명동 인근은 재즈 소리 요란한 일본인 거리로 서울의 긴자니, 랑데부 거리니 불러댈 때였다. 미술 하는 이순석이 청년 갑부 박흥식과 손잡고 차린 다방 낙랑팔라가 아주 큰 인기였다. 도쿄나 상해의 다방이 꼭 그런 모습이라고 했다.

"다방이라니 대단도 하우. 꼭 한번 구경가고 싶은데, 허락이 날까?"

"왜 안 되겠니? 당장이라도 가자꾸나."

그때 옥희 누님의 눈에 어린 자부심 섞인 시선을 아직도 잊을 수 없다. 백수니 고등룸펜이니 하는 말이 유행할 정도로 실업문제가 상당하던 그 시절, 앞길이 창창한 총독부 기수직을 그만두고 다방을 차린다는 일 자체가 내게는 적잖은 충격이었다. 우리는 중학천을 건너 청진동 쪽으로 걸어갔다. 맞은편에 약종상이 있었지만, 나는 아버님 심부름 생각은 까맣게 잊어버리고 있었다. 북촌에서는 처음 생긴 다방인 '제비'는 종로경찰서 못미처 청진동 골목길 초입 큰길 거리에 면한 조그만 붉은 2층 벽돌집에 자리잡았다.

정식으로 문을 연 것은 그해 7월 14일로 그때는 세를 얻어 이상 본인이 조금씩 실내장식을 해나가던 참이었다. 하긴 실내장식이라고 해봐야 남쪽 큰길로 난 창을 뜯어 바둑판 모양으로 네모진 창틀을 해 박고 사방이 흰 벽에다 아무 장식도 없이 휑하니 싯누런 선전鮮展 입선작 〈자상〉을 걸어놓은 것뿐이다. 나무 이파리 시푸르게 익히는 음력 5월 뜨거운 볕을 받으며 조금 걸어가려니 한참 집기를 들여놓는 이상 김해경의 모습이 보였다. 그뒤로도 구인회 주최로 경성보육 대강당에서 열린 '시와 소설의 밤'이나 진고개에 있었던 일본인 서점 대판옥大阪屋에서 몇 번 그를 본 적이 있지만, 처음 봤을 때 그 뚜렷한 인상에는 비할 바가 못 된다.

깔끔하다기보다는 앳된 모습으로 어디 중고시장에서 구해온 듯 일반 의자의 절반 정도 크기로 기형스러운 의자를 양손에 들고 동생을 향해 터뜨리던 함박웃음. 문에서 불쑥 고개를 내밀어 우리 쪽을 쳐다보며 의아한 표정을 짓던 까만 살결의 금홍. 그리고 거리의 소음에 묻혀 희미하게 점내에서 흘러나오던 고가 마사오의 대유행가 〈술은 눈물인가 한숨인가〉. 그 모습은 온전히 내 기억 속에 살아 있다. 내가 생각하는 이상 문학의 세계란 바로 그런 모습인지도 모르겠다. 1933년 6월 어느 일요일 오후, 제비다방 앞에서 금홍을 뒤로하고 여동생을 향해 함박웃음을 터뜨리는 세계. 내 삶이란 바로 그 세계를 한 자 한 자 복기해 나 스스로 이상이 되려는 시도였다.

정신이 점점 몽롱해지기 시작했다. 약기운이 온몸에 번지는 신호였다. 나는 한 모금을 더 들이켰다. 1936년 12월 23일, 이상은 옷깃에 꽂아둔 백국白菊 하나를 잃어버렸다. 이로써 이상은 김해경에게서 멀어지기 시작했다. 김해경은 아주 영영 이상을 잃어버릴 참이었다. 그리고 1937년 1월 진보초의 어두움 속에서 그는 이상이냐 김해경이냐의 두 가지 갈림길에 서 있게 됐다. 김해경이 되는 길은 간단했다. 다시 경성으로 돌아가기만 하면 됐던 것이다. 하지만 이상이 되는 길은 다소 복잡했다. 왜냐하면 그는 이상을 영영 잃어버리고 있었기 때문이다. 그 시점에서 그는 자신의 삶을 던지는 도박을 했다. 김해경으로 돌아갈 것을 명령하는 운명에 맞서 그는 영영 이상이 되리라는 의지를 보였다. 그 의지를 실현시키는 일은? 바로 스스로 목숨을 끊는 일이다. 스스로 목숨을 끊는 일은 김해경으로서 운명에 맞서는 길이자, 이상으로서 운명에 복종하는 길이다. 목숨을 끊을 때, 김해경은 영영 대해의 저 시푸른 물결 속으로 사라지게 되고 잃어버렸던 이상을 다시 되찾게 된다.

역시 와타나베의 말이 옳았다. 이상에게 김해경의 사소한 삶은 필요 없다. 이상을 완성시키기 위해서라면 김해경은 죽었어야 했다. 김해경의 이름으로 보낸 편지에 씌어진, 생활보다도 더 중요하고 도저히 커피 한잔으로는 해결할 수 없었던 그 일이란, 모든 죄와 악을 의식적으로 묵살할 수밖에 없었던 그 일이란 바로 이상을 완성시키는 일일 것이다.

김해경은 죽으면서 잃어버린 꽃을 되찾을 수 있었다. 그 비밀, 김해경이 죽어 이상이 되는 그 비밀을 되찾을 수 있었다. 그는 이제 가난하지도 허전하지도 않게 됐다. 그러나 나는 무엇인가? 나는 왜 도쿄에 와서 죽는가? 내가 잃어버린 것은 무엇일까? 내 질문에 아무도 대답하는 사람이 없어서 점점 무거워지는 눈꺼풀을 억지로 올리며 나는 가방에서 노트를 꺼내 '오감도 시 제16호 실화'라고 쓰기 시작했다. 이는 바로 내가 죽어 영원히 이상으로 다시 사는 길이기도 하다. 내 오랜 꿈. 이로써 나는 여러분들에게 이렇게 말할 수도 있으리라.

자―운명에 순종하는 수밖에! 굿빠―이.

세번째 이야기

새

어느 날의 이상李箱씨는
한 마리의 새가 날아왔다는 소식을
내게 편지로 알려주었다.
돗자리로 된 삼각형 방 한구석엔
장마통에 버섯이 돋았지만
이 방에서 날아든 한 마리의 새와 함께
그 새가 날아가는 날을 기다리면서
지내겠노라는 것이다.

최정희, 「『조광』『삼천리』시절」

1

　지금으로부터 육 일 전, 한국 현대문학사상 가장 위대한 발견은
아닐지 몰라도 상당히 중요한 발견과 관련한 논문이 한 심포지엄
에서 발표됐다. 누구도 예상하지 못했던 발표라 그 심포지엄에 모
인 교수들과 대학원생들은 물론 그 심포지엄의 특성상 스케치 기
사 정도나 쓰려고 모인 문학 담당 기자들과 일반인들까지 한동안
말을 잇지 못할 정도였다. 몇몇은 큰 소리로 '방금 뭐라고 했소?'
라고 되묻기까지 하는 등 작은 소란이 벌어지기도 했다. 그 논문의
내용에 비해 그 정도 소란은 사소한 반응에 불과하다고 말할 수 있
었다. 그 심포지엄에 모인 사람들은 집에 돌아가 잠자리에 누워서
야 그 논문의 내용이 도대체 무엇을 뜻하는지 알 수 있었을 것이

다. 놀라운 일이었다. 발표 논문 초록집에 그날의 발표 내용에 관한 사소한 단서라도 제공했다면 그렇게 놀랍지는 않았을 것이다. 아니, 그랬더라면 그렇게 드라마틱한 광경은 벌어지지 않았을 것이다. 특히 나에게는 더욱 그렇다.

축 늘어진 어깨로 심포지엄장을 나오는데 나와 같이 주제발표를 한 젊은 김태익 선생이 커피나 한잔 마시자며 나를 불렀다. 글로만 알고 지내다가 그 심포지엄에서 처음으로 얼굴을 본 사람이었다. 기존과 다른, 독특하고 자유분방한 해석으로 인해 연구자들 사이에서 한창 논란의 대상으로 떠오른 사람인지라 한번은 만나고 싶었지만, 그때까지도 그 논문 발표의 충격에서 헤어나지 못하고 있던 나는 도무지 누군가와 얘기를 나눌 만한 처지가 아니었다. 완곡하게 사양했음에도 김태익은 내 팔을 잡아끌다시피 해서 세종문화회관 2층 한가한 찻집으로 나를 이끌었다. 석조건물의 서늘함이 바닥까지 깊이 내려앉아 있었다. 침울한 표정으로 마주앉은 내게 김태익은 담배를 건넸다. 나는 사양하려다가 그 담배를 집었다. 시애틀 킹스 카운티에 있는 사회보장국 지방사무소에서 나와 담배를 사서 피운 이후로 처음이었다.

"권선생의 발표 내용 때문에 주선생은 좀 난감하시겠어요. 주선생이 무슨 주제로 발표할지 다 알고 있으면서도 내색조차 하지 않고 그런 내용을 발표한 거예요. 권이라는 여자, 원래 그런 사람이니까. 예전에도 전집 교정 작업을 위해서 세미나를 같이 한 적이 있는데, 그 사람이 정보를 나누지 않아 팀이 깨져버렸어요. 보기와는 다르게 명예욕이 상당히 강한 사람이에요. 좋게 보자면 학문에 대한 열정이라고도 볼 수 있겠지만……"

"저는 난감하지 않습니다. 일방적인 발표지, 아직 아무것도 확실하지 않으니까요."

김태익의 말을 자르면서 내가 더듬거리며 말했다. 찻잔을 내려보던 김태익이 그 말에 갑자기 눈을 치켜뜨고 나를 바라봤다. 김태익의 눈빛에서 뭔가가 흔들렸다. 비웃음인가? 그는 다시 눈을 내리깔더니 찻잔 안으로 입김을 불어넣었다. 당장이라도 그 자리를 박차고 일어나고 싶은 심정이었다.

내가 알기로는 김태익 역시 연구자들과 정보를 나누지 않는 것으로 유명하다. 그는 이미 전집에 등장하는 모든 단어의 빈도수와 용례를 정리해둔 것으로 알려져 있었다. 그게 얼마나 지루하고 힘든 작업인지는 나도 알고 있다. 하지만 그렇다고 해서 처음 연구를 시작하는 사람이라면 모두 처음부터 다시 전집의 모든 단어를 정리해야 한다는 것은 옳지 않다. 제대로 된 연구자라면 자신이 애써 만든 자료를 다른 연구자와 공유할 것이다.

그러나 김태익은 그 자료를 공개하지 않았다. 그의 독특하고 자유분방한 해석이 바로 그 자료에서 나오는데도 말이다. 그래서 다른 연구자들은 아직도 '아해'라는 단어가 어느 작품에 얼마만큼이나 나오는지 알아보려면 전집을 샅샅이 뒤져야만 했다. 웃기는 일이지만, 그게 이 나라 문학연구의 현실이었다. 어쨌거나 그런 사람이 왜 내 앞에서 권진희를 비난하는 것일까? 그것도 지금처럼 내 꼴이 아주 우습게 된 상황에서. 위로하려는 것일까? 같이 커가는 동료 연구자로서 나의 학문적 수모를 즐기려는 것일까?

"이제 주선생도 한국어가 꽤나 늘었습니다. 한국에 오신 지가 얼마나 됐죠?"

"1997년에 왔으니까 사 년이 돼갑니다."

"북쪽에도 다녀오셨죠?"

"아주 오래전의 얘기입니다."

"그래도 『참조로서의 이상 텍스트』 같은 책은 재미동포인 주선생 같은 사람이나 쓸 수 있는 명저가 아니겠습니까? 우리는 북에 한번 다녀오고 싶어도 갈 수가 없단 말이죠. 고작 통일원에나 들락거릴 뿐이니까요. 그 책에 쓰신 박태원의 월북 이후 행적과 창작에 대한 부분은 참 인상적입니다. 주선생은 박태원이 『갑오농민전쟁』을 쓴 사실을 어떻게 생각하십니까?"

어쨌든 얘기해보니 유쾌한 사내는 아니었다. 지금 이 상황에서 박태원의 『갑오농민전쟁』은 또 무슨 말인가? 게다가 남의 박사논문을 두고 '주선생 같은 사람이나 쓸 수 있는 명저'라고? 몇 번 기침이 절로 났다. 그 서슬에 우리 주위에 머무르던 서늘한 그림자가 뒤로 한껏 물러섰다. 햇살에 짓눌린 듯 잔등으로 땀이 배어났다.

"뭘, 어떻게 생각한단 말입니까?"

"주선생은 그 책에 1963년 이후 박태원이 공산주의의 미래에 확신을 가지게 되면서 사회주의리얼리즘에 깊게 투신하게 됐다고 쓰지 않으셨습니까? 일제 말에 번역했던 역사소설들과 1963년 이후에 발표한 대하소설의 특징을 하나하나 비교하면서 말입니다. 그런데 그게 또 뒤집어놓고 보면, 일제 말기에 번역한 역사소설들이나 1963년 이후에 발표한 대하소설들이 서로 공통된 성질을 지니고 있다는 말이 아니겠습니까? 물론 해방공간에서 그가 좌편향을 보였고 또 『임진왜란』이니 『군상』이니 그런 소설도 썼지만, 그건 박태원 정도의 작가라면 당연한 선택이겠죠. 하지만 월북 후에 본격적으로 쓰기 시작한 대하소설이란 또다른 문제죠. 박태원 문학의 본류는 1941년 이전의 작품들이죠. 『계명산천은 밝아오느냐』라는 것, 『갑오농민전쟁』이라는 것. 그 모두가 실은 박태원으로서는 번역소설에 불과하다는 말씀이죠."

　"죄송합니다만 무슨 뜻인지 제대로 알아들을 수가 없습니다. 도대체 무슨 번역소설이란 말씀이죠?"

　"사회주의리얼리즘에 맞는 소설을 번역해낸 것이죠. 사실 일제 말기 『수호지』 등의 번역소설이 자신의 소설을 쓸 수 없는 고육지책에서 나온 게 아니겠습니까?"

　"글쎄요. 저로서는 김선생님의 말씀이 옳은지 어떤지 잘 판단이 서지 않습니다. 어쨌든 남쪽에서 종군한 작가들과 마찬가지로 박태원도 6·25전쟁 당시에 종군한 것을 계기로 회심한 것만은 사실입니다. 그렇지 않다면 이후의 창작활동이 설명되지 않으니까요. 단지 고육지책만으로 그렇게 방대한 분량의 소설을 쓸 수는 없는 일이 아니겠습니까?"

"딴은 그럴 수도 있겠군요. 아무래도 북에 다녀오신 분이니까 잘 아시겠죠."

이 사람이 도대체 무슨 까닭으로 자꾸만 나더러 북에 다녀온 사람이라는 표현을 쓰는지 알 수 없었다. 말하는 도중에 문득문득 짜증이 치밀어오를 때마다 커피를 들이켰더니 벌써 커피잔이 바닥을 드러내 보였다. 김태익은 잠시 벽에 걸린 쇠라의 복제화를 쳐다보더니 입을 열었다.

"만약에 박태원이 북으로 가지 않았더라면 어떤 작품을 썼을까요?"

"그런 가정은 할 필요도 없다고 생각하고 해보지도 않았습니다."

"그럴까요? 북으로 가지 않았더라면 아마 다른 작품을 썼겠죠. 또 그 작품은 『갑오농민전쟁』과는 사뭇 다른 작품이었겠죠. 아마도 1948년에 나온 『성탄제』의 연장선상에 있을 겁니다. 1940~50년대 역사와 마주한 한국작가의 고민을 한칼에 둘로 자른다는 것은 있을 수 없는 일이라고 봅니다."

"글쎄요."

"그건 그렇고 오늘 발표하신 논문 말입니다."

갑자기 정신이 번쩍 들었다. 나도 모르게 이미 다 마셔버린 커피 잔에 손이 갔다. 말라붙은 핏자국처럼 갈색의 커피가 흰색 잔에 남아 있었다. 상처가 될지도 모른다. 그 논문은 학자로서의 내 경력에 지울 수 없는 상처를 남길지도 모른다. 그 상처는 완치될 수 있을까?

"왜 그렇게 놀라십니까? 1934년 조선중앙일보에 「오감도」가 연재되다가 중단된 이후, 이상이 다른 지면에 차례로 발표한 「소영위제」 「정식」 「지비」 등이 실은 「오감도 시 제15호」 이후의 작품이리라는 가설은 상당히 설득력이 있습니다. 사실 이천 편의 작품 가운데 서른 편을 뽑느라 고심했던 이상이 작품을 발표할 그 기회에 자신이 최고라고 여기는 작품이 아닌, 다른 작품을 발표할 까닭은 없으니까요. 그렇게 순서를 따지면, 1936년 조선일보에 발표한 「절벽」까지가 「오감도」 서른 편의 완전한 면모가 되겠죠."

"다만 이후에 발표한 작품 중에 「오감도」 연작의 나머지가 있을지 모른다고 말한 것이지, 그렇게 단정지은 것은 아닙니다. 그건 좀더 생각해봐야 할……"

김태익은 내 말을 끊으며 계속 말을 이었다.

"더 생각해볼 일도 아니에요. 「지비」에 이상은 이렇게 쓰지 않았습니까? '안해는 정말 조류鳥類였던가보다 안해가 그렇게 수척하고 거벼워졌는데도날으지 못한 것은 그손까락에 낑기웠던 반지 때문이다.' 이게 뭡니까? '앵무鸚鵡는포유류哺乳類에속屬하느니라'라고 말하던 「오감도 시 제6호」의 내용이 아닙니까? 또 「지비」에서는 이렇게 말했죠. '이 방에는 문패가 없다 개는 이번에는 저쪽을 향하여 짖는다 조소와 같이 안해의 벗어놓은 버선이 나 같은 공복空腹을 표정하면서 곧 걸어갈 것 같다 나는 이 방을 첩첩이 닫치고 출타한다 그제야 개는 이쪽을 향하여 마지막으로 슬프게 짖는다'라구요. 이 개가 누굽니까? 바로 누렁이 '황'이 아닙니까? 미발표 유고인 「황」에는 이런 구절들이 나옵니다. '가엾은 개는 저 미웁기 짝 없는 문패 이면밖에 보지 못한다' '나는 피스톨을 꺼내 보였다, 개는 백발노인처럼 웃었다' '개는 솜을 토했다' '어스름 속을 헤치고 공복을 운반한다'. 「황」이라는 것은 「지비」를 쓰기 이전 과정의 원고죠. 이렇게 놓고 본다면 「오감도 시 제6호」의 '나는함뿍젖어서 그래서수류獸類처럼도망逃亡하였느니라'의 뜻을 알 수 있죠. '함뿍 젖은 수류'라는 것은 '솜을 토한 개'입니다. 바로 이상의 분신인 누렁이 황, 그러니까 이상의 성기죠."

"그러니까 지금 하시는 말씀은 「황」과 「오감도 시 제6호」를 적당히 섞어서 다시 쓴 작품이 「지비」라는 뜻입니까?"

김태익은 어떤 감정을 억누르려는 듯이 지긋한 표정을 짓더니 말을 이었다.

"그렇습니다. 「지비」는 「황」과 「오감도 시 제6호」를 다시 쓴 것입니다. 그렇기 때문에 「오감도」 연작에 들어갈 수 없습니다. 이런 식으로 따져보면, 「오감도」 이후에 발표한 다른 작품도 마찬가지예요. 다 이미 발표된 「오감도」의 주제 안에서 겹치죠. 하지만 발표된 「오감도」 연작을 보면 서로 내용이 겹치는 게 하나도 없습니다. 따라서 「오감도」 연작의 나머지 작품들은 발표되지 않은 게 확실합니다."

나는 김태익의 무례한 어법에 화가 치밀어올랐다.

"도대체 왜 지금 여기서 그런 얘기를 저한테 하시는 겁니까? 제 논문은 완전히 틀렸다는 사실을 한번 더 말해서 창피를 주기 위해서입니까? 그렇다면 왜 아까 토론시간에는 입을 막고 계셨습니까?"

"오해하지는 마세요."

김태익이 두 팔을 흔들면서 말했다.

"저는 단지 주선생을 도와주려는 것뿐이에요. 주선생도 자신의 주관적인 판단을 너무 개입시킨 실수를 저지르긴 했지만, 권선생의 얘기도 틀렸습니다. 권선생이 오늘 발표한 것은 완전히 소설이에요. 사람들은 놀랍네 어쩌구저쩌구하지만 저는 잘 알고 있죠. 조만간 그게 왜 소설인지 밝혀줄 작정입니다. 주선생의 말마따나 이상의 시 작품은 정밀한 설계도를 바탕으로 창작된 거예요. 단지 「오감도」 서른 편 각각은 모두 겹치지 않는 주제로 씌어졌다는 사실을 주선생에게 말하고 싶었던 것뿐입니다. 이런 사실 위에서 우리 둘이 선의의 경쟁을 할 수 있지 않을까 해서 이렇게 만나자고 한 것일 뿐입니다."

"질투심이군요."

창밖을 바라보며 툭 내뱉은 말에 김태익이 정색하고 나를 쳐다
봤다.

"뭐라고 하셨습니까?"

"권선생의 발표는 사실 그대로일 것입니다. 당신 말대로 저는
분명히 잘못 짚었습니다. 그리고 당신은 권선생의 학문적 행운을
질투하고 있는 것입니다."

김태익은 할말이 없다는 듯이 잠시 입을 벌리고 멍하니 나를 쳐
다보다가 손바닥으로 바짓단을 몇 번 툭툭 치고는 말했다.

"저는 주선생이 이런 분이신지 몰랐습니다. 같은 분야에서 연구
하는 동학으로서 그저 오늘 일을 위로해주기 위해 잠시 뵙자고 한
것일 뿐이었습니다. 사람의 성의를 그런 식으로 왜곡하다가는 이
동네에 오래 붙어 있지 못할 것입니다. 더구나 주선생은 학부를 졸
업하고 나서야 이상 연구를 시작한 분이 아닙니까? 게다가 미국에
서의 전공도 비교문학인 걸로 알고 있고요. 도대체 이상에 대해,
이상의 텍스트에 대해 알면 얼마나 아신다고 그런 말씀을 하십니
까? 그것도 한국이 아닌 미국에서 공부한 사람이 말이죠. 미국에
서야 동양의 변방에서 모더니즘을 어떻게 받아들였는지 대강 쓰더
라도 박사학위를 받을 수 있겠지만, 한국에서는 다릅니다. 잘 아시
지 않습니까? 그런 분이 이런 식으로 말씀하시다니요. 어쨌든 실
례가 많았습니다."

김태익은 벌떡 일어서더니 가방을 들었다. 그 사람에게 잘 어울리는, 파울로 구찌 상표가 달린 가죽가방이었다. 그는 내 쪽은 돌아보지 않고 떠나버렸다. 어쩌다가 이런 꼴이 된 것일까? 의욕적으로 발표한 논문은 웃음거리가 됐고 처음 만난 동료 연구자에게서는 협박에 가까운 충고를 듣게 된 것이다. 한심한 일이었다. 한동안 앉아 있다가 자리에서 일어나 밖으로 나가려는데 계산대에서 누군가 나를 불렀다. 김태익이 자기 찻값만 계산하고 가버린 것이다. 당연한 일이었지만, 나가면서 계산대를 거쳐가는 모습을 봤던지라 내 것까지 계산한 것으로 착각했다. 순간 나는 그 사람이 더 미국인 같고 내가 더 한국인 같다고 생각했다. 아무려나 그 순간 나는 한국을 떠나고 싶었다. 한국에 온 뒤, 처음으로 든 생각이었다.

2

그다음 이틀간은 두문불출 학교에도 나가지 않고 신촌의 하숙집에 처박혀 있었다. 그 무엇도 하기 싫었다. 한국어 어학당에 다니는 외국 학생들이 많이 머무는 하숙집이라 상당히 개방적인 분위기여서 걸핏하면 제멋대로 문이 열리곤 했다. 아무렇게나 문을 열어젖히는 꼴을 더이상 참을 수가 없어서 방문에다 '혼자 내버려 둬!'라고 글을 써붙였더니 좀 잠잠해졌다. 그렇게 이틀을 이불 속에 들어가 누워 지냈다. 처음에는 눈앞이 아득하더니 점점 허리 쪽이 아파오면서 땀이 흘러 급기야는 쉰내가 이불 안을 가득 메웠다. 그래도 아랑곳하지 않고 누워 있었다. 밥을 먹으라는 하숙집 아줌마의 권유도 완강히 뿌리치고 누워만 있었다.

그러다가 도저히 배고픔을 참지 못하고 한밤중에 밖으로 몰래 나가 편의점에서 뜨거운 커피를 마시고 빵과 우유를 사서 돌아왔다. 하숙집 어두운 계단을 걸어올라가다가 실수로 계단 모서리에 정강이가 부딪혔는데, 그게 그렇게 아플 수가 없었다. 다리를 쩔뚝거리며 방으로 돌아와 정강이를 보니 살갗이 벗어져 있었다. 손가락으로 그 벗어진 상처를 만지니 쓰라렸다. 나는 다시 이불에 쓰러졌다. 그리고 울었다. 이불로 입을 막아가며 소리 죽여 울었다. 온몸이 축축해졌다. 분해서 참을 수가 없었다. 물에 젖은 백지처럼 이불이 축 늘어질 정도로 나는 울었다.

2000년 9월 18일, 세종문화회관에서는 다가오는 23일 이상 탄생 90주년을 기념하는 학술 심포지엄이 열렸다. 나는 그 심포지엄에서 주제발표를 하기로 했다. 국문학과 부설 한국현대문학연구소의 초빙연구원으로 나를 한국에 불러들인 최수창 교수는 학계에 나를 소개할 수 있는 좋은 자리라며 발표할 것을 권했다. 워낙 인간적인 배려가 없는 사람인지라 내게 그 자리를 소개해준 것만으로도 대단한 일이라고 할 수 있었다. 내가 전공한 비교문학이 아니라, 텍스트 분석을 해보라고 권한 것도 최교수였다. 비록 이전에 그와 관련해 몇 가지 써놓은 논문이 있었다고는 하나 부담스러웠다.

하지만 내 논문을 읽어본 최교수는 "그만하면 범작은 돼"라고 무뚝뚝한 목소리로 말했다. 기왕 말할 것이라면 '수작'이지 '범작'은 또 뭐냐는 생각이 들기도 했지만, 최교수가 범작이라고 말하는 것만 해도 대단한 칭찬이라는 사실을 알 수 있는 것도 다 최교수와 함께 몇 년을 생활했기 때문이다. 그렇게 감정표현에 인색한 사람이었기 때문에 최교수 밑에서 배운 학생들은 역설적으로 더 철저하게 배워야만 했으니 아이러니가 아닐 수 없다. 좋게 말하면 교외별전의 경지라고나 할까. 처음 만난 자리에서는 대단한 논문이라고 한참 추어올렸던, 이상의 작품에 등장하는 메타텍스트 연구를 다룬 내 박사논문이 얼마 전 정작 한국어로 번역돼 나왔을 때도 그 정도 반응이었다.

사 년 동안 생활하면서 예외가 있었다면, 얼마 전에 이상의 가짜 데드마스크를 둘러싸고 가짜 최수창 교수가 거기에 연루됐다는 사실을 알았을 때뿐이다. 그때는 한동안 가까이 가기도 싫을 정도로 화를 냈었다. 심지어는 가짜 데드마스크 관련 기사를 쓴 기자에게 전화 걸어 "너 이 새끼는 내 얼굴도 모르냐"며 쌍욕을 해댔다. 그렇다고 하더라도 심포지엄에서 내가 최수창 교수의 직계제자인 권진희, 그 여자에게 완전히 당할 때까지 내버려둔 것만은 참을 수 없었다. 아무리 어떤 효과를 노려 논문 초록에도 밝히지 않는 등 전례가 드문, 무례하고 폭력적인 방식으로 발표했다고 하지만 적어도 최교수는 그 여자가 어떤 내용을 발표할지 알았을 게 아닌가? 최교수는 분명히 알았을 것이다. 그럼에도 내게 그런 주제로 발표하라고 말한 것은 도내체 어떤 심보란 말인가? 아니, 내게 주제를 정해줄 때까지만 해도 몰랐다고 치자. 그렇다면 심포지엄 당일 아침까지도 아무런 언질이 없었던 까닭은 무엇이란 말인가? 한참을 울었는데도 도저히 분이 풀리지 않았다.

내 논문은 이상의 「오감도」 연작 중 연재를 중단한 뒤 발표하지 않은 나머지 열다섯 편의 내용에 대한 연구였다. 1934년 7월 이상은 이태준이 일하던 조선중앙일보에 모두 서른 편 예정으로 「오감도」를 연재하기 시작했으나 독자들의 항의가 빗발쳐 열다섯 편만 신고는 연재를 중단했다. 이상 본인의 말로는 '이천 점에서 삼십 점을 고르는 데 땀을 흘렸'는데 '삼십일년 삼십이년 일에서 용대가리를 떡 꺼내어놓고 하도들 야단에 배암꼬랑지커녕 쥐꼬랑지도 못 달고 그만두니 서운하'기만 한 일이었다. 나는 「오감도 작자의 말」에서 이 '삼십일년 삼십이년 일'이라는 데 주목했다.

1931년에서 1932년까지 이상은 조선총독부 관방회계과 영선계에서 근무했다. 흔히 일반적인 이상 연구에서 1931년은 제1차 각혈이 일어난 해이고 1932년은 백부 김연필이 뇌일혈로 사망한 해로 알려져 있다. 「오감도 작자의 말」의 진의는 바로 이 이태 동안 이천 편이 넘는 시를 썼다는 얘기다. 하지만 나는 단지 그것뿐일까고 생각했다. '삼십일년 삼십이년 일'이라고 말하지 않았는가? 그

'일'이란 단지 시작詩作만을 뜻하는 것일까? 혹시 다른 어떤 일을 가리키는 것은 아닐까?

나는 이 '삼십일년 삼십이년 일'이란 이상의 시 작법과 관련된 어떤 것이라고 생각했다. 그러니까 이상에게는 '삼십일년 삼십이년 일'을 다룬 거대한 설계도가 있고 그 설계도의 일부분을 조금씩 변형시킨 것이 「오감도」를 비롯한 이상의 시 작품인 셈이다. 유고 노트 중 「실락원」의 내용이 「육친」「문벌」「자상」 등 시 작품으로 변형됐다는 사실, 1932년 『조선과 건축』에 발표한 작품 두 개가 사소한 변형만을 거친 채 고스란히 「오감도」 연작으로 옮겨간 사실 등이 이를 반증한다. 그렇다면 그 시들을 창작하는 기초 설계도가 있었을 것이 아닌가? 그 기초 설계도에는 '삼십일년 삼십이년 일'이 담겨 있을 게 아닌가? 그 설계도란 다름 아닌 '1인치가 넘는 무괘지 노우트에 바늘 끝 같은 날카로운 만년필촉으로' 쓴 유고 노트일 것이다.

하지만 유고 노트는 유실돼 그 완전한 모습을 우리는 알지 못한다. 만약 그 유고 노트를 구할 수 있다면, 「오감도」 나머지 열다섯 편의 윤곽을 대충 그릴 수 있을 것이다. 나는 완전하지는 않으나마 바로 이 역할을 1932년 『조선』에 발표한 소설 「지도의 암실」이 해줄 수 있으리라고 여겼다. '지도의 어두운 부분'이라는 뜻의 '지도의 암실'이라는 제목도 '까마귀가 내려다본 그림'이라는 '오감도'의 다른 말인데다가, 무엇보다도 1932년에 발표됐기 때문에 '삼십일년 삼십이년 일'을 설명해줄 수 있기 때문이다. 내 논문의 핵심은 바로 이것이다.

우선 「지도의 암실」에는 '活胡同是死胡同 死胡同是活胡同'이라는 중국 백화문이 나오는데, 이는 '살아 있는 골목은 곧 죽어 있는 골목이고 죽어 있는 골목은 곧 살아 있는 골목이다', 혹은 '뚫린 골목은 곧 막힌 골목이고 막힌 골목은 곧 뚫린 골목이다'라는 뜻으로 「오감도 시 제1호」와 연결된다. 또 '원숭이는 그를흉내내이고 그는 원숭이를흉내내고 흉내가흉내를 흉내내이는것을 흉내내이는것을 흉내내이는것을 흉내내이는것을 흉내내인다'라는 문장은 '나는 왜드디어나와나의아버지와나의아버지의아버지와나의아버지의아버지의아버지노릇을한꺼번에하면서살아야하는것이냐'라는 「오감도 시 제2호」의 문장구조와 연결된다. 도입 부분의 '기인동안잠자고 짧은동안누웠던것이 짧은동안 잠자고 기인동안누웠던그이다'는 '싸움하는사람은즉싸움하지아니하던사람이고또싸움하는사람은싸움하지아니하는사람이었기도하니까'라는 「오감도 시 제3호」의 문장구조와 연결된다.

한편 「오감도 시 제4호」와 「오감도 시 제5호」는 앞에서도 말했다시피 1932년 『조선과 건축』에 발표한 「건축무한육면각체」 연작 중 두 편을 사소하게 변형시켜 발표한 작품이다. 그리고 「오감도 시 제6호」의 '『이小姐는紳士李箱의夫人이냐』『그렇다』라는 구절은 「지도의 암실」의 'CETTE DAME EST-ELLE LA FEMME DE

MONSIEUR LICHAN?/앵무새당신은 이렇게지껄이면 좋을것을 그때에 나는/OUI!/라고 그러면 좋지않겠습니까'라는 구절과 연결된다.

이런 식으로 '삼십일년 삼십이년 일'이 「오감도」와 연결된다면, 거꾸로 생각해 유고 노트 중 '삼십일년 삼십이년 일'에 해당하는 것과 「오감도」 연작이 아닌 발표시 중에서 서로 연결되는 것을 찾으면 「오감도」 나머지 열다섯 편의 윤곽을 파악할 수 있으리라는 데 생각이 미쳤다. 물론 그렇다면 이상이 생전에 「오감도」 나머지 열다섯 편을 다른 제목으로 모두 발표했다고 가정해야만 하는 문제가 있지만.

우선 「지도의 암실」에 보면 '그는트렁크와같은낙타를좋아하였다 백지를먹는다 지폐를먹는다 무엇이라고적어서무엇을 주문하는지 어떤여자에게의답장이여자의손이포스트앞에서한듯이 봉투째먹힌다 낙타는그런음란한편지를먹지말았으면'이라는 문장이 나온다. 이는 1956년 유고로 발표된 시 「아침」의 다음과 같은 내용과 유사하다. '안해낙타를닮아서편지를삼킨채로죽어가나보다. 벌써나는그것을읽어버리고있다.' 그렇기 때문에 이 시를 일단 「오감도」 나머지 연작에 넣어두자.

그리고 또하나를 찾아보자. 1932년에 이상은 「황의 기」라는 글을 썼다. 여기에는 '보아하니 황은 일찍이 보지 못했을 만큼 몹시 창백해 있다 그런데 그것은 나의 주치의 R 의학박사의 오른팔이었다 그리고 그 주먹 속에선 한 개의 훈장이 나왔다—희생동물공양비 제막식기념—그런 메달이었음을 안 나의 기억은 새삼스러운 감동을 받지 않을 수가 없었다'는 문장이 나온다. 이는 1936년 발표한 「금제」의 '내가치던개는튼튼하대서모조리실험동물로공양되고그중에서비타민E를지닌개는학구의미급과생물다운질투로해서박사에게흠씬얻어맞는다'는 문장에 이어지는 문장이다. 그러므로 이 시 「금제」도 「오감도」 나머지 연작 중 하나라고 말할 수 있으리라.

검토해볼 만한 또다른 글은 창작연대가 불분명한 산문 「실락원」이다. 이 글이 '삼십일년 삼십이년 일'에 해당한다면, 「육친」「문벌」「자상」이 또 추가될 것이다. 그리고 「실락원」에 나오는 '피만 있으면 최후의 혈구血球 하나가 죽지만 않았으면 생명은 어떻게라도 보존되어 있을 것이다'라는 문장은 이상이 마지막으로 정리한 시 「최후」의 '능금한알이추락하였다. 지구는부서질정도만큼상했다. 최후. 이미여하한정신도발아하지아니한다'와 연결된다. 즉 이 '능금'이라는 것은 '혈구'를, 「골편에관한무제」에 나오는 '뺑끼를칠한사과'라는 것은 '가짜 혈구'를 뜻한다. 그러므로 이 시도 「오감도」 연작으로 들어오게 된다.

이렇게 「오감도」 연작으로 추정되는 발표작들을 한꺼번에 놓고 보면 이상의 「오감도」 해석이 좀더 풍부해질 수 있다. 이는 '삼십일년 삼십이년 일'에 중심을 두고 「오감도」를 해석하는 사전작업이 될 것이며 더 나아가 이상 전기 연구에서 가장 중요하지만 그다지 자료가 남아 있지 않은 시기인 '삼십일년 삼십이년 일'을 복원하는 기초작업이 될 것이다.

대충 그런 식으로 발표를 마친 뒤 권진희에게 단상을 넘겨주고 돌아와 자리에 앉았는데, 권진희가 그 느닷없는 말을 꺼낸 것이다.

"피터 주 선생님의 발표를 잘 들었습니다만,「오감도」연작이 가진 긴밀한 조직망을 너무 얕잡아 본 게 아닌가는 생각이 듭니다. 제가 이런 말을 꺼내는 까닭은 오늘 제가 발표할 내용도「오감도」나머지 연작 중 하나를 분석한 것이기 때문입니다."

저 여자가 도대체 무슨 말을 하고 있는가고 생각할 때쯤 권진희는 말을 끊었다. 그게 나중에 생각해보니 어떤 드라마적인 효과를 노린 침묵이었다. 권진희는 목이 멘 듯 잠시 말을 끊었다가 발갛게 달아오른 입으로 다시 말을 이었다.

"이상이 태어난 지 90주년을 맞이한 감격스런 이즈음 제가 발표할 논문은 이상의 발표되지 않은 유고인「오감도 시 제16호 실화」에 대한 것입니다."

상기된 목소리로 선언하듯이 권진희가 말했고 그 선언에 화답하듯이 사람들이 웅성거리기 시작했다. 놀라기는 나도 마찬가지였다.「오감도 시 제16호」라는 것은 이제까지 한 번도 발표된 적이 없는 원고였다. 만약 그게 진짜 이상의 유고라면 권진희가 울먹거린다고 해도 이해할 만했다.「오감도」연구에 새로운 빛을 던져줄 수 있기 때문이었다. 사람들이 모두 권진희의 입만을 쳐다봤다. 권진희는 종이 한 장을 치켜들었다. 누렇게 색이 바랜 원고였다.

"이것이 바로 이상의 유고 「오감도 시 제16호 실화」를 베껴 쓴 원고입니다. 먼저 이 원고의 입수 경위부터 말씀드리겠습니다. 이 원고가 발견된 곳은 도쿄대학교 부속병원 의사과醫事課 병력관리괘病歷管理掛 자료실입니다. 현재 도쿄대학교 부속병원은 신중앙진료동과 중앙병동 사이에 새로 병동이 준공돼 한창 병력관리괘는 이 새 병동으로 이전을 준비하고 있는 중입니다. 그 와중에 이 원고가 발견된 것입니다. 병력관리괘는 환자들의 병력카드 등을 집중관리하는 곳으로 어떤 경로를 거쳐 이 원고가 그쪽으로 흘러들어가게 된 것인지는 아직까지 확실하지 않습니다. 다만 자료 이전 과정에서 이 원고가 발견됐으며 뒷면에 한국어가 씌어져 있다는 것을 안 병원 직원이 아는 한국인 학생에게 이 원고의 내용을 문의하는 과정에서 이것이 「오감도 시 제16호」에 해당하는 시라는 사실이 밝혀지게 된 것입니다. 아마도 물료내과에 입원했던 이상의 병력기록표와 함께 보관된 것으로 보이지만, 발견 당시 한국인 학생의 조사 결과 이상, 혹은 김해경의 병력기록표나 다른 유고는 발견되지 않았습니다. 또한 이 원고 역시 원래 이상이 작성한 원고는 아니고 도쿄대학교 부속병원에 재직했던 어느 직원이 이상의 필체를 그대로 흉내내어 작성한 필사본으로 추정됩니다. 이는 뒷면에 씌어진 한글이 외국인에 의해 원문을 그대로 따라 그린 흔적에서도 쉽게 추정할 수 있습니다. 아마도 원본이 유실되는 과정에서 이 원고의 정체를 제대로 파악하지 못한 직원이 병원 문서로 오인해서 필사한 것으로 보입니다."

득의만만한 표정으로 권진희가 입수 경로를 말하는 동안, 내 머리는 저도 모르게 점점 더 아래로 향했다. 나는 구두를 반쯤 벗어서는 발끝으로 흔들면서 그 모습을 멍하니 쳐다봤다. 이 무슨 우스운 꼴인가? 「오감도」 나머지 작품에 대해 이리저리 추측하고 때로는 강변을 늘어놓으면서 삼십 분 동안이나 횡설수설 얘기했는데, 뒤이어 올라온 사람이 실제 「오감도」 나머지 작품을 발견했다고 말하고 있는 것이다. 그리하여 「오감도」가 '삼십일년 삼십이년' 이상이 겪었던 어떤 '일'에 대한 경험을 총체적으로 늘어놓은 것이며, 이는 학계가 복원해야만 하는 가장 절실한 과제라는 내 결론이 우스워지게 된 것이다. 당장이라도 자리를 박차고 일어나 뛰쳐나가고 싶었으나, 쥐구멍이라도 있으면 들어가고 싶었으나, 일어나 도망가는 대신에 나는 무의식중에 구두만 벗어젖히고는 건들거리고 있었던 셈이다. 암뿌으르에 봉투를 씌워서 그 감소된 빛은 도대체 어디로 가는 것일까?

권진희는 이제 「오감도 시 제16호 실화」를 낭독하고 있었다. 그게 진짜라면 권진희의 입을 통해 이 세상에 최초로 공개되는 셈이었다. 부러울 만도 한데 그게 전혀 부럽지가 않았다. 워싱턴 대학교 예술학부를 졸업하고 UCLA에 가서 비교문학을 전공하겠다고 말하자, 지도교수가 의아하다는 듯이 나를 쳐다봤다. 지도교수는 한 해 한국에서 소설이 몇 편이나 씌어지겠느냐며 차라리 중국 현대문학을 전공하는 게 낫지 않겠느냐고 조언했다. 그러니까 지도교수 얘기는 내가 한국 현대문학을 전공한다는데 한국에 연구할 만한 현대문학이라는 게 있을 리 만무하며 그나마 있다고 하더라도 중국어로 씌어질 텐데, 굳이 중국 현대문학을 전공하지 않고 한국 현대문학을 전공하는 까닭을 이해하지 못하겠다는 뜻이었다. 다시 말해 오로지 내 몸에 흐르는 피 때문에 너무나 중요한 진로를 쉽게 결정하는 게 아니냐고 냉정하게 되물었던 셈이다.

그때 나는 지도교수에게 「오감도 시 제2호」의 영역본을 보여줬었다. 'when my father dozes off beside me i become my father and also i become my father's father and even so while my father like my father is just my father why do i repeatedly my father's father's father's……' 그건 내 피에도 계보가 있음을 지도교수에게 천명하려는 짓이었다. 하지만 권진희의 말을 듣고 있노라니 역시 그때 내 몸에 흐르는 피를 확인하려는 욕망 때문에 한국 현대문학을 전공한 것은 내 인생에 가장 큰 실수라는 생각이 강하게 들었다. 지도교수의 말마따나 결코 내 아버지가 될 수 없는 이 피 때문에 너무나 중요한 진로 선택의 기로에서 우를 범하고 만 것이다.

"우선 첫 부분의 일본어 원문인 '暗暗ノ中ノ黑イ花'라는 것은 '어둠의 한가운데 검은 꽃' 혹은 '비밀의 한가운데 검은 꽃'이라고

번역할 수 있겠습니다. 이어지는 이 시의 내용과 결부지어 말하자면, 이 두 가지 의미 모두를 뜻한다고 볼 수 있죠."

사람들의 웅성거림을 아는지 모르는지 권진희는 준비해온 논문을 계속 읽기 시작했다. 권진희의 말은 귀에 들어오지 않고 아무래도 전공을 잘못 선택했다는 생각이 내 머리를 사로잡았다. 사실 그 생각은 오늘 갑자기 든 게 아니었다. 삼 년 전 사회보장증을 재발급 받으러 사회보장국 지방사무소에 갔을 때 그런 생각을 처음 했다. 재발급신청서를 내자, 사회보장국 직원은 생년월일이 이전 기록과 다르다며 내가 피터 주라는 사실을 증명할 수 있도록 운전면허증이나 입양기록증 같은 서류를 보여달라고 말했다.

나는 운전면허증을 꺼내다가 문득 그 직원을 향해 물었다. "지금 출생증명서가 아니라 입양기록증이라고 말씀하셨습니까?" "예, 입양기록증." 그 여자가 나를 빤히 쳐다보면서 말했다. 여자의 붉은 입이 도발적으로 움직이고 있었다. 하지만 나로서는 도대체 그 여자가 무슨 말을 하는지 이해할 수 없었다. 마찬가지로 도무지 귀에 들어오지 않는 권진희의 말은 계속됐다.

"이 시의 주제가 바로 이 문장에 고스란히 들어 있습니다. 즉 이상은 비밀의 한가운데 있는 꽃을 그의 안해로, 그 꽃을 내려다보면서 날아오르는 새를 자신으로 보고 있는 것입니다. '안해낙타를닮아서편지를삼킨채로죽어가나보다'라는 「아침」의 시구절이 안해의 비밀과 관련한 구절이라는 것은 앞서 피터 주 선생님께서 잘 설명해주신 바 있습니다. 바로 이상 자신이 모르는 비밀을 가진 안해를 뜻하죠. 이렇게 놓고 볼 때, 안해를 '비밀의 한가운데 있는 꽃'으로 본 것은 상당히 타당하다고 볼 수 있습니다. 또한 '오감도'라는 단어의 뜻이 까마귀가 내려다보는 그림이라는 뜻이라는 점, 그러니까 까마귀가 작가 이상과 동일시된다는 점에서 자신을 날아오르는 새로 보는 것도 타당합니다. 더욱이 이 시점에 이르면 소설 「날개」의 마지막 구절을 기억할 수도 있겠습니다. '날개야 다시 돋아라. 날자./날자. 날자. 한 번만 더 날자꾸나./한 번만 더 날아보자꾸나.' 이상입니다. 감사합니다."

권진희의 말이 끝나자마자 객석 어딘가에서 누군가 큰 소리로 "그게 진짜 이상의 「오감도 시 제16호」라는 확실한 증거가 있습니까?"라고 외쳤다. 또다른 사람은 "또 가짜 아니야?"라고 외쳤다. 얼마 전에 있었던 이상의 가짜 데드마스크 사기사건을 떠올리고 하는 말이었다. 당시 몇몇 신문이 오보한 경험이 있기 때문에 그런 질문이 나올 만도 했다. 하지만 권진희는 만면에 웃음을 띤 채, 팔을 내저으며 무대 뒷자리로 돌아왔다.

나는 계속 건들건들 구두를 흔드는 내 발만 바라봤다. 정말이지, 암뿌으르에 봉투를 씌워서 그 감소된 빛은 어디로 가는 것일까? 심포지엄 사회를 맡은 교수는 질문이 빗발치자, 이십 분간 휴식한 뒤에 질의·응답 시간을 가질 테니 궁금한 사항은 그때 물어보라고 말했다. 그 말에 사람들이 자리에서 일어서기 시작했다. 킹스 카운

티의 사회보장국 지방사무소를 나오자마자 나는 근처 월마트로 차를 몰고 가 필립 모리스 한 보루를 통째로 사서 밖으로 나와 포장을 뜯고는 허겁지겁 담배를 피웠다. 물에 젖은 백지가 찢어지듯 내 혈구들 사이로 니코틴이 스며들어 내출혈이 뻑뻑하게 육박해왔다. 암뿌르에 불이 확 켜지는 것은 그가 깨이는 것과 같다 함은 이런 말이다. 내게는 입양기록증이 없다. 내게 없는 입양기록증을 그 여자는 왜 달라고 한 것일까?

최수창 교수의 조교가 나를 툭 칠 때까지 나는 그 생각에만 골몰히 빠져 있었다. 일어서려니 구두가 발끝에서 툭 떨어졌다. 둘이서 세종문화회관 2층 커피자판기에서 인스턴트커피를 뽑아 노천카페에 앉았다. 조교가 정말 대단한 발견이라고 생각한다고 말했다. 나는 고개를 끄덕였다. 정말 놀라운 발견이었다. 지방사무소에서 내가 들은 그 'the adoption record'란 단어는. 조교는 이국에서 우연히 발견된 원고가 권진희의 손에 들어가기까지의 그 복잡다단한 과정을 생각하면 권진희의 학문적 행운은 대단히 부러운 것이라고 말한 뒤, 하지만 그게 진짜 이상의 유고인지에 대해서는 상당히 심각한 토론을 거쳐야만 할 것이라고 덧붙였다. 나는 역시 고개를 끄덕였다. 삼십여 년의 세월이 지난 뒤에야 자신이 아버지와 어머니의 진짜 아들이 아니라는 사실을 깨닫는 경우도 있기 때문이다. 조교는 이어 나의 논문도 상당히 흥미로웠다고 나지막이 말했다. 아무래도 내 몸에 흐르는 피를 확인하려는 욕망 때문에 전공을 선택한 것은 잘못됐다는 생각이 다시 들었다.

시간이 지나 다시 자리로 돌아가다보니, 권진희는 벌써 신문기자들과 인터뷰를 하고 있었다. 육십여 년간 묻혀 있던 원고가 탄생 90주년을 맞아 세상에 그 모습을 드러냈다는 사실은 그 어떤 드라마보다도 흥미로운 일이었다. 더구나 그 원고는 공개 직전에 발표한 한 연구자의 논문과 비교해서도 알 수 있다시피 그간의 연구 성과를 어느 정도 배반하는 내용이 아닌가? 이상은 「종생기」에 쓰기를, '천하에 형안炯眼이 없지 않으니까 너무 금칠을 아니했다가는 서툴리 들킬 염려가 있다'고 하지 않았겠는가? 결국 이상의 작품이란 끊임없이 연구자들을 다른 길로 유인하는 허방의 연속이랄 수 있는데, 방금 한 연구자가 발표한 내용과 전혀 상이한 내용을 가진 유고라는 게 그런 이상 작품의 특성을 극명하게 보여주는 드라마가 아니겠는가? 물론 나만의 생각이었겠지만 침 튀기며 말하는 권진희의 모습에서 나는 그런 의미를 읽을 수 있었다. 잠시 후 질의·응답 시간이 시작됐지만, 모든 질의·응답은 권진희의 몫이었다. 나에게 질문을 던지는 사람은 아무도 없었다.

"부속병원 직원이 옮겨 적은 필사본이라면 원문대조를 마쳤다는 사실을 표시한 증명은 있습니까?"

"사실 그런 증명 따위가 없어서 처음에는 저도 이 원고의 진위 여부를 가리기가 아주 곤란했습니다. 원문대조필은 없었지만, 대신에 원고 상단에 보면 '昭和五十四年八月. 新中央診療棟で拾得.

物療內科 中村眞男'라고 해서 이 유고의 원본이 발견된 시기와 발견 장소, 그리고 발견해서 필사한 사람의 이름이 씌어져 있습니다. 이상이 입원한 곳이 도쿄대 부속병원 물료과 병동이라는 사실을 상기한다면, 물료내과 나카무라 마사오라는 이름이 의미하는 바는 상당하다고 봅니다. 참고로 신중앙진료동은 나중에 신축한 건물입니다. 아마도 일단 구중앙진료동에 보관됐던 자료들이 신중앙진료동으로 옮겨지면서 이 유고가 발견됐고 훼손 정도가 심해 새롭게 옮겨 적은 것으로 보입니다."

학술토론장이 아니라 아예 권진희의 기자회견장이었다. 주최측은 기자들의 질문을 제지할 엄두도 내지 못하고 있었다. 궁금하기는 그들도 마찬가지였으니까.

"뒷면에 씌어져 있다는 한글은 무슨 내용을 담고 있습니까?"

플래시가 터지는 쪽에서 누군가 물었다. 고개를 들어봤으나 플래시만 터질 뿐 객석은 눈에 들어오지 않았다.

"창작 노트에 해당하는 글이 씌어져 있었습니다. 읽어드리면 다음과 같습니다. '까마귀에육박하는미친오리. 들창사이로틈입하는햇살의삼사랑三四郞. 계절의순서도끝남이로다. 산반算盤 알의고저高低는여비와일치하지아니한다. 죄를내어버리고싶다. 죄를내어던지고싶다'라는 것이 하나, 그리고 '하루야마 유키오春山行夫의깃에꽂아둔「백병白兵」과「실화失花」, 유실遺失의변釁을당하다'라는 것이 또하나 있었습니다. 첫번째 문장에 등장하는 '삼사랑'이라는 것은 도쿄대학 부속병원 앞에 있는 오래된 연못을 지칭하는 것으로 나쓰메 소세키의 장편 『산시로』와 관련 있습니다. 또 그다음에 이어지는 '계절의순서도끝남이로다. 산반알의고저는여비와일치하지아니한다. 죄를내어버리고싶다. 죄를내어던지고싶다'는 유고로 발견된 「수인囚人이만들은소정원」의 제2연과 일치합니다. 그런데 제1연은 다음과 같죠. '이슬을아알지못하는다―리야하고바다를알지못하는금金붕어하고가수㴀놓여져있다. 수인이만들은소정원이다. 구름은 어이하여방房속으로야들어오지아니하는가. 이슬은들창유리窓琉璃에닿아벌써울고있을뿐'입니다. 따라서 이 시가 산시로 연못을 바라보는 풍경을 묘사했다는 사실을 쉽게 알 수 있습니다. 이 시는 좀더 집중적으로 연구될 필요가 있을 것 같습니다. '하루야마 유키오'는 모두들 잘 알고 있다시피 모더니즘 계열의 일본 시인으로 이상과는 편지 왕래가 잦았던 사람입니다. 또 「백병」이란 소설은 1936년 가을 당시 도호쿠제대에 다니던 김기림에게 보낸 「사신」에 등장하는 소설로 보입니다. 이 문장은 이상이 하루야마 유키오에게 「백병」과 「실화」를 보냈으나 하루야마 유키오가 그 작품들을 잃어버렸다고 변명했다는 얘기를 담고 있습니다. 이 「실화」가 소설을 뜻하는 것인지, 「오감도 시 제16호」를 뜻하는 것인지는 확실하지 않습니다."

그때, 사회자가 기자들을 제지하고 나섰다.

"이제 「오감도 시 제16호」의 발견과 관련한 질문은 그만 던져주셨으면 고맙겠습니다. 저 역시 궁금한 게 많긴 하지만, 차후에도 자리가 마련될 수 있을 것으로 압니다. 이 자리는 어쨌거나 이상 탄생 90주년 기념 학술 심포지엄장이니까 발표문과 관련한 토론이 있었으면 좋겠습니다. 우선 지정 토론자로 나오신 최수창 교수님께서 말씀해주셨으면 합니다."

최수창 교수는 안경을 고쳐 쓰더니 마이크를 잡고 말했다.

"피터 주 선생께 여쭙겠습니다. 이상이 자신의 창작 노트에서 여러 차례 시를 고쳐 쓴 흔적은 여실하게 드러납니다. 같은 주제가 작품을 옮겨다니면서 유전한다고나 할까요? 그런 점에서 이상 시의 원점을 「오감도 작자의 말」에 나오는 '삼십일년 삼십이년 일'로 본 것은 상당히 타당하다고 봅니다. 반면 그렇다면 그 '삼십일년 삼십이년 일'에서 변형된 것으로 보이는 허다한 작품에 나오는 '안해'의 정체성 문제가 거론될 수 있을 것으로 보입니다. 예컨대 '삼십일년 삼십이년 일'에서 '안해'라는 것은 동일인물을 다루는 게 아니겠는가? 그렇지만 또 분명히 「지도의 암실」에 나오는 'CETTE DAME EST-ELLE LA FEMME DE MONSIEUR LICHAN', 즉 '이 귀부인은 신사 이상의 부인이냐'에서의 '부인'은 「아침」에 나오는 '안해'와는 다른 인물이 아니겠는가? 그렇다면 「황」에 등장했던 'MADEMOISELLE NASHI'나 「이상한 가역반응」 연작에 나오는 '나의 AMOUREUSE'는 또 어떻겠는가……"

나는 고개를 들어 최수창 교수를 바라봤다. 그 순간 나는 그 사람이 도대체 누구인지 분간할 수 없는 흐리멍텅한 정신 상태 속으로 빠져들고 있었다. 내 쪽이 아니라 어디 다른 쪽을 향해 플래시가 터졌다. 그 플래시가 꺼지면서 나는 잠에서 깨어났다.

먹빛으로 캄캄한 어둠 한쪽으로 난 들창에 미명이 칠해졌다. 새벽이었다. 나는 자리에서 일어나 들창 쪽으로 다가갔다. 들창에는 모자를 쓰지 않은 사내 하나가 서서는 내게 자살을 권유하고 있었다. 하지만 내 가슴을 쏘는 대신에 나는 들창을 열어젖혔다. 폐부 깊숙한 곳이 서늘한 새벽공기에 침수되고 있었다.

3

학과 사무실로 올라가니 최수창 교수의 조교가 내게 종이를 하나 내밀었다.

"뭔가요?"

"핸드폰 계속 꺼놓으셨나봐요? 안 나오시는 동안 이 사람이 계속 전화해 선생님을 찾았어요. 하도 급한 일이라기에 핸드폰 번호를 가르쳐줬는데, 핸드폰이 꺼져 있다면서 다시 전화가 왔어요. 꼭 만나서 할 얘기가 있다면서 연락처를 남기더라구요."

나는 조교가 건네는 종이를 들여다봤다. 거기에는 '김연화'라는 이름과 함께 핸드폰 번호가 적혀 있었다. 내가 전혀 알지 못하는 사람이었다.

"누구라고 하던가요?"

"전직 기자라고 하던데요? 엊그저께 열린 이상 탄생 90주년 기념 학술 심포지엄과 관련해 할말이 있으니 늦더라도 꼭 전화해달래요. 뭐 선생님 발표하신 논문 가지고 기사라도 쓰려는 것 아니겠어요?"

기사를 쓴다면 내가 당한 수모를 널리 알리겠다는 말인가? 질의·응답 시간에 최수창 교수의 질문에도 나는 버벅거리기만 했다. 아무래도 너무 충동적으로 전공을 선택했다는 생각이 내내 들었다. 나는 'LA FEMME DE MONSIEUR LICHAN'과 '안해'와 'MADEMOISELLE NASHI'와 '나의 AMOUREUSE'가 도대체 어떤 관계인지 모르겠다고 실토하는 것으로 답변을 대신했다. 강변하려 들면 어떤 식으로든 가능했겠지만, 도무지 의욕이 나지 않았다. 앉아서 더듬더듬 말하고 있는데, 발끝에서 신발이 소리내어 툭 떨어졌다. 순간 사람들이 모두 내 신발만을 바라봤다.

"그리고 최수창 교수님이 선생님 오면 꼭 연구실로 찾아오라고 전해달라고 하셨어요. 아마 지금 가시면 만나실 수 있을 거예요."

"알겠습니다."

나는 조교가 건네는 메모지를 받아들고 밖으로 나가려다가 다시 돌아서 걸어가 책상 너머로 조교를 향해 몸을 바싹 기울여 나지막이 얘기했다.

"그리고 경고하겠는데, 앞으로 내 전화번호 아무에게나 가르쳐주지 마. You got it?"

　조교는 눈을 동그랗게 뜨고 서서히 입을 벌리면서 나를 쳐다봤다. 나는 조교의 면전에다 메모지를 집어던지고 학과 사무실을 나섰다.

　한 층을 더 올라가면 최수창 교수의 연구실이 있었다. 평소보다 조금 빨리 걸었더니 바닥에 구두 미끄러지는 소리가 복도 안에 크게 울렸다. 이틀 동안 곰곰이 생각해본 끝에 나는 한국을 떠나기로 했다. 아무래도 나는 전공을 잘못 택했다. 지도교수의 말처럼 나는 중국 현대문학을 전공했었어야 했다. 어차피 최교수가 나를 찾지 않아도 그렇게 통고하려고 만나려던 참이었다.

　막 수업이 끝난 듯 계단에서 쏟아져내려오는 학생들 사이를 비집고 올라가 조금 걷다가 화장실로 들어갔다. 소변을 보는데 핸드폰이 울렸다. 혹시 그 기자라는 사람일지 몰라 핸드폰을 받지 않으려고 했지만, 음악이 계속 흘러나오는 바람에 얼른 바지춤을 올리고 전화를 받았다.

　"피터 주 선생님이신가요?"

　"누구신가요?"

　"저는 김연화라는 사람입니다. 전에 주간출판이라는 잡지사에 다녔던 사람입니다."

　"무슨 일 때문이신지는 모르겠지만, 저는 지금 전화를 받을 만한 처지가 아닙니다. 이만 끊겠습니다."

최교수에게 통고하고 난 뒤, 짐을 챙겨 한국을 떠나면 모든 일이 끝난다. 이젠 더이상 친척들도 만날 필요가 없으니 그냥 누구에게도 알리지 않고 한국을 떠나면 그만이다. 그렇다면 이제 어디로 가는가? 부모님이 계신 시애틀로는 가지 않을 것이다. 그렇다면 어디로 가는가? 중국으로 가야만 하는가?

전화를 끊으려는데, 핸드폰 저편에서 소리가 들려왔다.

"「오감도 시 제16호」에 대한 얘기예요. 권진희가 발표한 「오감도 시 제16호」 말고 또다른 「오감도 시 제16호」가 있다구요. 도저히 믿지 못하시겠지만, 사실 저도 믿지 못하겠지만, 분명히 이상이 쓴, 또다른 「오감도 시 제16호」가 있다는 얘기를 주선생님에게 해야만 하겠습니다."

전화를 끊으려다가 나는 그 얘기를 들었다. 어쩌면 아직 모든 게 끝난 게 아닐지도 모른다는 생각이 들었다. 나는 다시 전화를 귀에다 대고 말했다.

"그럼 어디서 뵐까요?"

4

비가 한바탕 쏟아지고 드물게 그대로 찢겨져버린 듯 뭉게구름 한쪽으로 들창 같은 틈이 생기더니 그 틈으로 9월의 맑은 햇살이

무리져 쏟아지고 있었다. 잔뜩 내려앉아 밀도가 한껏 높아진 공기를 가르며 비둘기 한 마리가 하늘로 던져졌다. 날아오르지도 못할 날갯짓으로 몇 번 버둥거리더니 이내 뜰 한쪽 어두운 구석으로 가 내려앉았다.

지하철 3호선 경복궁역에서 내린 나는 자하문터널 쪽을 힐끔 쳐다보고는 경복궁 쪽으로 방향을 틀었다. 처음 한국에 왔을 때 나는 이상의 자취를 부지런히 찾아다녔다. 올림픽공원 앞에 있는 보성고등학교 교내의 이상 시비를 보러 갔고 청진동 입구 제비다방 자리를 거쳐 이상이 살았을 확률이 높은 관철동 33번지 근처를 기웃거렸다. 자하문터널 쪽으로 조금 올라가면 이상의 본적지인 통인동 154번지, 지금은 여러 번지수로 나눠진 그곳이 나온다. 나는 그곳에서 걸어내려와 옛 총독부 건물이 있던 곳을 한참이나 바라봤었다. 이상이 살던 당시에 그곳에 서 있던 총독부 건물은 어마어마한 크기였을 것이다. 흔히들 1933년 이상이 총독부 기수직을 그만둔 까닭을 각혈에서 찾는다. 또 아주 드물게 민족감정을 들기도 한다. 하지만 나는 그렇게 생각하지 않는다. 그 어마어마한 총독부 건물보다도 더 큰 무엇인가를 발견했기 때문에 이상은 총독부 기수직을 그만둔 것이다. 건설 당시 동양 최대의 건축물이라던 조선총독부 건물을 능가하는 그것이란 과연 무엇일까? 그게 무엇인지 알 수 있는 게 바로 '삼십일년 삼십이년 일'이 아닐까?

나는 학교를 걸어내려오는 통에 반쯤 젖은 구두로 물을 튀기며 경복궁으로 들어갔다. 경복궁의 나뭇잎들은 신장개업한 음식점의 실내장식처럼 그 빛깔이 새뜻했다. 전화를 받을 때까지만 해도 몰랐지만, 김연화란 사람을 나는 알고 있었다. 최수창 교수가 손수 전화를 걸어 쌍욕을 해댄 바로 그 당사자이기 때문이다. 지난 8월 몇몇 일간지에 이상의 데드마스크가 발견됐다는 기사가 실린 적이 있었다. 하지만 곧 그 데드마스크가 가짜라는 게 밝혀졌다. 사실 그 데드마스크의 진위를 밝힐 만한 사람은 아무도 없다. 데드마스크를 편전아트센터에 판매하는 과정에 최수창 교수가 연루됐는데, 알고 봤더니 그게 가짜 최수창 교수였다는 사실 때문에 데드마스크 역시 가짜로 판명난 것이다. 여러 가지 의혹이 있었지만, 이미지 훼손을 우려한 편전아트센터측에서 그 일을 유야무야시켜버리면서 사건은 일단락됐다.

나는 기사를 볼 때부터 그 데드마스크가 가짜라는 사실을 알고 있었다. 왜냐하면 북한에 갔을 때, 나는 길진섭의 월북과정에서 그가 만든 데드마스크가 유실됐다는 증언을 들었기 때문이다. 물론 길진섭은 1975년에 죽었기 때문에 직접 들은 것은 아니지만. 김연화란 전직 기자는 바로 그 가짜 데드마스크를 처음으로 보도한 사람이었다. 도대체 이 사람이 무엇을 믿고 진짜라고 보도하는가고 잠시 생각했을 뿐, 최수창 교수가 그렇게 길길이 날뛰지만 않았어도 벌써 머릿속에서 지워졌을 이름이었다.

일러준 대로 경복궁을 가로질러 동십자각 쪽으로 걸어가니 맞은

편에 커피숍이 나왔다. 온통 하얗게 발라놓은 벽을 따라 아래쪽으로 내려갔다. 문을 열고 들어가 두리번거리니 한쪽에서 누군가 손을 치켜들었다.

"피터 주 선생님이시죠? 안녕하십니까, 저는 김연화라고 합니다."

나를 살피는 그의 눈초리를 되받아 그를 이리저리 훑어보면서 나도 인사했다. 나이가 많은 사람인 줄 알았는데, 생각보다 젊었다. 이제 겨우 서른을 넘겼을까? 커피를 주문하고 마주앉았는데 한동안 아무런 말이 없었다. 그렇게 이 분 정도 시간이 흘렀을까? 힘없는 목소리로 그가 입을 열었다.

"뵙자고 하고서는 이렇게 아무 말도 없이 앉아 있어서 죄송합니다. 너무 오래간만에 시내에 나왔더니 잘 적응이 되지 않는군요. 웬만하면 밖에 나오지 않으려고 했는데, 우연히 신문을 보다가 사흘 전에 열린 이상 탄생 90주년 기념 학술 심포지엄에서 이상의 유고작인 「오감도 시 제16호 실화」가 공개됐다는 기사를 보게 됐습니다. 계속 읽다보니 주선생님도 그날 주제발표를 하셨더군요. 저는 미국에 계신 줄 알았습니다. 다른 사람이었다면 그냥 아무런 말 없이 넘어갔겠지만, 주선생님이 같은 기사에 보였기에 이렇게 연락드리게 된 것입니다."

"왜 다른 사람이라면 그냥 넘어갔을 얘기를 저한테 하시려는 겁니까?"

그는 담배를 꺼내 탁자에 톡톡 두들기며 잠시 주위를 두리번거리더니 입에 물고 불을 붙였다.

"실은 주선생님의 책을 읽고 제가 틀렸다는 사실을 알았기 때문입니다."

짙은 연기에 감싸인 단어들이 그의 입에서 뿜어져나왔다.

"이상의 데드마스크 사건 아시죠? 그 기사 때문에 저는 이 계통에서는 더이상 발붙이지 못할 형편이 됐습니다. 제가 다니던 잡지사가 바로 이 근처죠. 앞으로 영영 기자생활은 못하게 될지도 모릅니다. 당시 모든 정황이 그 데드마스크는 가짜라고 말하고 있는데도 저는 진짜라고 생각했습니다. 아니, 진짜라고 믿고 싶었습니다. 진짜라고 생각하니, 그 데드마스크는 더없이 진짜처럼 보였습니다. 그러다가 선생님이 쓰신『참조로서의 이상 텍스트』를 읽게 됐습니다. 거기에 이상의 데드마스크에 대한 각주를 다셨죠?"

말을 끊고 그가 나를 뚫어져라 쳐다봤다. 푸른 담배연기가 그의 시선을 반으로 가르고 있었다. 나는 고개를 끄덕였다.

"그 각주를 읽고 제 생각이 틀렸다는 것을 알았습니다."

"당신이 본 그 데드마스크가 가짜라는 것을 알았단 말씀인가요?"

"아니요. 중요한 것은 가짜냐 진짜냐의 문제가 아니라는 사실을 알게 됐다는 말입니다. 진위와는 무관하게 모든 정황이 진짜라면 진짜인 것이고 모든 정황이 가짜라면 가짜라는 사실을 알게 된 것입니다. 이건 지극히 개인적인 일이지만, 그 당시 저는 사랑해서는 안 되는 사람을 사랑하고 있었습니다. 우스운 얘기지만, 저는 이상의 데드마스크에 빗대어 그 사랑만이 진짜라고 강변하고 싶었던 것입니다. 하지만 결국 그 사랑이 가짜라는 사실을 알게 됐습니다. 왜냐하면 그 여자는 다른 남자의 아내였으니까요. 그냥 우스운 얘기입니다."

그는 몇 모금 삼키지도 않고 손에만 들고 있던 담배를 재떨이에 비벼 껐다. 나는 잠자코 앉아 있었다.

"만약 주선생님이 그 기사에 등장하지 않았더라면 그날 공개된 「오감도 시 제16호」가 영원토록 이상의 진짜 「오감도 시 제16호」로 남았을 것입니다. 왜냐하면 모든 정황이 그 시가 진짜임을 가리키고 있을 테니까요. 하지만 또다른 「오감도 시 제16호」가 있다면 얘기가 달라집니다. 주선생님이 제게 가르쳐준 그 뼈아픈 교훈에 답하고자 이렇게 뵙자고 한 것입니다. 그날 공개된 「오감도 시 제16호」와 같은 제목의 다른 시가 있으니 검토해주시기를 바랍니다."

그리고 그는 가방에서 너덜너덜해진 종이 한 묶음을 꺼냈다. 그러는 사이 그는 나를 힐끗 쳐다보더니 쓴웃음을 지었다.

"이건 평생 이상을 추종하며 살았던 한 노인의 수기를 복사한 것입니다. 그 가짜 데드마스크를 가지고 있었던 사람이라고 하죠. 하지만 지금은 그 사람이 실존인물인지 가상인물인지도 모르겠습니다. 어쨌든 이 수기 안에는 어떻게 씌어진 것인지 알 수 없는 「오감도 시 제16호 실화」가 들어 있습니다. 그날 공개된 시와는 같은 제목이지만, 다른 내용을 담고 있습니다. 진위에 대해서는 저도 아는 바가 하나도 없습니다. 가짜 데드마스크에 연루된 원고니 저는 공개해봤자 이제 믿어주는 사람이 아무도 없습니다. 이 수기를 선생님에게 드리겠습니다. 공개 여부는 선생님이 결정해주시기를 바랍니다."

그가 말을 마치면서 종이뭉치를 내게 내밀었다. 나는 잠시 동안 그 원고를 받을 것인지, 받지 않을 것인지 생각했다. 가짜 데드마스크와 연루된, 진위를 알 수 없는 원고인데다가 이미 공개된 같은 제목의 원고도 있다. 이 원고 역시 조작된 가짜라면 학자로서의 내 생명은 끝장나게 된다. 하지만 만에 하나 이 원고가 진짜라면 나는 한국을 떠나지 않아도 될 것이다. 내 피의 계보를 증명할 수 있을 것이다.

나는 손을 내밀어 그 원고를 집었다. 그리고 우리는 자리에서 일어섰다. 그는 홀가분하다는 표정으로 내게 악수를 청했다. 나를 미지의 어떤 곳으로 함께 끌고 들어가는 공모의 손아귀였다. 그가 힘주는 만큼 나도 손아귀를 꽉 움켜쥐었다.

밖으로 나왔더니 두텁던 먹구름이 어느새 멀리 물러서 있었다. 동십자각 앞 횡단보도까지 같이 걸어내려가면서 내가 물었다.

"그래서 그 사랑과는 어떻게 됐습니까?"

"예? 아, 그거 말씀입니까? 이혼을 시키기로 했습니다."

"이혼을 시키다니요? 여자를 강제로 이혼시키겠다는 말입니까?"

"그렇습니다. 내 사랑을 진짜로 만드는 방법은 그것뿐이니까요. 모든 정황이 진짜임을 가리켜야 하니까요."

"도무지 이해될 듯 안 될 듯 어려운 얘기군요."

그가 걸음을 멈추고 나를 응시했다.

"만약에 말입니다. 만약에 주선생님께서 그 원고를 공개할 생각이라면 그게 무슨 말인지 이해하실 겁니다. 그 원고가 진짜라는 것을 증명할 수 있는 방법은 그 원고를 진짜로 만드는 일뿐입니다. 지금 그 원고는 가짜입니다. 왜냐하면 그 원고와 연루된 데드마스크가 가짜이기 때문입니다. 가짜 최수창 교수니 뭐니 하는 것과는 상관없습니다. 진짜 데드마스크는 유실됐다고 주선생님이 확인해주셨기 때문입니다. 아시겠습니까?"

그러고는 다시 빠른 걸음으로 걸어가는 그를 잠시 멍하니 보고서 있다가 나는 허겁지겁 달려가 그의 어깨를 붙잡았다.

"도대체 이 원고를 내게 떠넘기는 이유가 뭡니까?"

"말했듯이 선생님이 제게 큰 교훈을 주셨기 때문입니다. 그리고 그 교훈이 진짜 옳은 것인지 아닌지 선생님에게 다시 확인받고 싶어서입니다. 만약 이 원고가 진짜처럼 보이지 않는다면, 그냥 불태워버리고 머릿속에서 깨끗이 지워버리십시오. 아시겠습니까?"

늦잠 자는 아이를 다그치는 아버지처럼 그가 말했다. 그 소리가 내 마음의 방안에서 메아리쳤다.

5

어차피 하숙집으로 들어가더라도 아무때나 문을 젖히는 학생들 탓에 집중하기가 힘들었기 때문에 나는 근처의 카페로 들어갔다. 가끔 들른 적이 있는 곳으로 낮 동안에는 손님이 거의 없어 주인의 동생이 멤버로 있는 재즈밴드의 연습장으로 사용되는 곳이었다. 역시 들어갈 때부터 재즈 소리가 요란하게 울려나왔다. 나는 아직 잠이 덜 깬 표정으로 서 있는 주인에게 버드와이저를 한 병 달라고 해서는 구석에 앉았다.

아마추어 재즈밴드는 쉬지 않고 즉흥연주를 해대고 있었다. 기타 애드립을 듣는데 나도 모르게 에프샤프F# 도리안 스케일이라는 생각이 들었다. 아직까지 내 몸은 옛일을 기억하고 있는 것이다. 어디선가 많이 들어본 프레이즈였지만, 누구의 프레이즈인지는 생각나지 않았다. 한때는 프랑스어 단어를 외우듯 기타 프레이즈를 암기하던 시절이 있었다. 시애틀 킹스 카운티 23번가에 자리잡은 한 공립고등학교에 다닐 때, 나 역시 교내 재즈밴드에서 기타를 연주했었기 때문이다. 아주 오래전의 일이다.

가필드. 이탈리아 레스토랑에서 태어난 만화 속의 노란 얼룩무

늬 고양이를 떠올릴 수도 있고 전화를 발명한 알렉산더 그레이엄 벨의 어처구니없는 발명품에 얽힌 뒷얘기로만 남은 제20대 미국 대통령 제임스 가필드를 생각할 수도 있겠다. 내가 다닌 가필드 고등학교는 학생들의 밴드활동을 널리 지원해주는 것으로 유명한 학교였다. 자신이 미국인이라고 확신하던, 좋은 시절이었다. 그 시절에 나는 한국 현대문학 따위를 전공하려는 생각은 조금도 없었다. 그러니까 대학교 1학년 때, 「오감도 시 제2호」를 읽기 전까지는 말이다.

나는 김연화가 준 수기를 탁자에 꺼내놓았다. 무괘지 대학노트에 만년필로 새겨넣듯이 꾹꾹 눌러쓴 글이 모두 사십여 장 정도였다. 가끔 맥주를 들이켜며 천천히 읽어나갔다. 모르는 한자가 조금씩 나와 답답했지만, 그냥 읽어가기로 했다. 어차피 이 수기의 내용은 내게 그다지 중요하지 않았기 때문이다.

내가 한국인이라는 사실을 인식하게 된 것도 그 재즈밴드에서 기타를 연주하면서부터였다. 내게 재즈기타의 선구자인 찰리 크리스천의 파워코드를 처음 가르쳐준 사람은 학교 재즈밴드의 지도선생이었다. 그 선생은 내게 'AC', 즉 'After Christian'이라는 말을 아느냐고 물었다. 서양 연대를 말하는 'AD'처럼 재즈기타의 연대기는 찰리 크리스천이 전기기타 깁슨 ES-150을 손에 넣은 1939년부터 시작되는 셈이다. 불쌍한 찰리는 AC 4년, 그러니까 스물여섯 살의 나이에 결핵으로 숨졌고 그 무덤조차 어딘지 알 수 없게 됐다. 불쌍한 이상처럼.

내게 AC를 가르쳐준 그 선생이 어느 날 찰리 크리스천의 솔로 〈I Got Rhythm〉을 연습하는데 물었다. '한국 민요 중에 아는 것은 없어?' '제가 한국 민요를 어떻게 압니까?' '왜 몰라? 너는 한국계 미국인이잖아.' 문득 피킹을 멈추자, 앰프에서 흘러나온 잡음이 다시 마이크로 들어가 앰프로 흘러나오는 과정을 반복하면서 점차 소리가 커지는 하울링이 고조되기 시작했고, 그 소리를 들으며 비로소 나는 이들에게 영원히 한국계 미국인으로 각인될 것이라는 사실을 납득했다.

가끔 박자가 맞지 않아 몇 번 멈췄을 뿐, 한없이 계속 이어지는 즉흥연주를 들으며 처음 이상을 만나 그에게 한없는 매력을 느낀 일, 그뒤 이상의 삶을 복사하듯이 살아간 일, 데드마스크를 입수하게 된 경위, 도쿄대학교 부속병원을 찾아가 그 내력과 자취를 살펴본 일 등에 대한 장황한 이야기를 읽어가다가 문득 그 시와 마주치게 됐다. 원본은 일본어로 씌어져 있었고 그 아래에 서혁민이란 자가 그 내용을 한국어로 옮겼다. 나는 먼저 눈으로 시를 읽은 다음, 다시 입으로 소리내어 천천히 읊어봤다.

내가 읽은 그 시는 다음과 같았다.

나는내兒孩다. 아버지가나의거울이무섭다고그런다. 사람의팔 그속의水銀. 싸움하지아니하는二匹의平面鏡은없다. 네가보아

도좋다. 싸움하는上脂에사기컵이손바닥만한하늘을구경한다. 銃
은鸚鵡의꿈이있다. 그러나그것으로부터그중의나비떼가죽었다.
무서워하는혹은自殺하는비둘기의손. 들窓이하얀帽子를쓴나를
날아가게하려한다. 드디어나는城으로들어간다. 또무서운무엇이
白紙처럼거대한가슴의결인이있다. 13을아는게적당하다. 試驗
에서나는쏘지아니할것이로다.

나는 원고를 덮고 맥주를 한 번에 들이켰다. 목을 따라 쓰라린
서늘함이 지나가고 그후로 오랫동안 단맛이 입안에 감돌았다. 손
을 들어 맥주 한 병을 더 달라고 부탁했다. 그리고 다시 시를 들여
다봤다. '오감도 시 제16호'라는 제목이 붙은 이 시는 도대체 누가
썼으며 어떤 경위로 이 수기에 포함됐을까? 이 시는 과연 진짜 이
상이 쓴 것일까, 아니면 누군가—아마도 이 수기를 쓴 서혁민이라
는 사람이 되겠지만—가 위조한 것일까?

나는 일단 판단을 유보하고 이 시에 나오는 단어들에 주목해 다
시 읽었다. '아해'라든가, '거울' '앵무' '총' '모자' 등은 이상의 시
에는 자주 등장하는 단어들이었다. 그러므로 이 시를 이상이 썼다
고 하더라도 전혀 이상할 게 없는 것이다. 그러다가 나는 중간 부
분에 있는 '총은앵무의꿈이있다'라는 구절을 주목하게 됐다. '총은
앵무의꿈이있다'.

이 시에 나오는 '앵무'는 어떤 새일까? '앵무'라면 「오감도 시

제6호」를 들 수 있다. 그 시는 이렇게 돼 있다.

　앵무 ※ 이필

　　　　이필

　　※ 앵무는포유류에속하느니라.

　내가이필을아이는것은내가이필을아알지못하는것이니라. 물
론나는희망할것이니라.

　앵무　　이필

　『이소저小姐는신사이상의부인이냐』『그렇다』

　나는거기서앵무가노한것을보았느니라. 나는부끄러워서얼굴
이붉어졌었겠느니라.

　앵무　　이필

　　　　이필

　물론나는추방당하였느니라. 추방당할것까지도없이자퇴하였
느니라. 나의체구는중축中軸을상실하고또상당히창량蹌踉하여그
랬던지나는미미하게체읍涕泣하였느니라

　『저기가저기지』『나』『나의—아—너와나』

　『나』

　sCANDAL이라는것은무엇이냐.『너』『너구나』

　『너지』『너다』『아니다 너로구나』 나는함

뿍젖어서그래서수류獸類처럼도망逃亡하였느니라. 물론그것을아

아는사람혹은보는사람은없었지만그러나과연그럴는지그것조차그
럴는지.

이 시는 심포지엄에서 내가 발표한 바 있는 것과 같이 소설「지
도의 암실」에 나오는 'CETTE DAME EST-ELLE LA FEMME DE
MONSIEUR LICHAN?/앵무새당신은 이렇게지껄이면 좋을것을
그때에 나는/OUI!/라고 그러면 좋지않겠습니까'라는 부분과 연
결된다.

「지도의 암실」의 이 문장은 다음과 같은 것을 암시한다. 어
느 날 이상은 동물원에 가서 앵무새를 봤다. 앵무새는 이상이 무
슨 말을 하면 그대로 따라 한다. 심지어는 'CETTE DAME EST-
ELLE LA FEMME DE MONSIEUR LICHAN?'이라는 이상의 물
음에도 'CETTE DAME EST-ELLE LA FEMME DE MONSIEUR
LICHAN?'이라고 따라 한다. 그 모습을 보고 이상은 '그냥 OUI라
고 말하면 좋지 않겠느냐'고 생각한다. 이상이 하는 말을 그대로
따라 하는 이 바보 같은 앵무새란 과연 무엇일까?

그전에 이상에게 새는 어떤 존재였는지를 살펴보는 게 올바른 순
서겠다. 이상의 작품에는 앵무새 외에도 수많은 새들이 등장한다.
앵무새가 아닌 그냥 새라면 1936년 『중앙』에 발표한 시「지비」가 있
다. 이상은 이 시에 다음과 같이 썼다. '안해는 정말 조류鳥類였던가
보다 안해가 그렇게 수척하고 거벼워졌는데도 날으지못한것은 그

손까락에 끼기웠던 반지때문이다 (……) 안해는 날을줄과 죽을줄이나 알았지 지상에 발자국을 남기지않았다 비밀한발은 늘버선신고 남에게 안보이다가 어느날 정말 안해는 없어졌다 그제야 처음방안에 조분鳥糞내음새가 풍기고 날개퍼덕이던 상처가 도배위에 은근하다 헤뜨러진 깃부시러기를 쓸어모으면서 나는 세상에도 이상스러운것을얻었다 산탄散彈 아아안해는 조류鳥類이면서 염체 닭과같은쇠를삼켰더라 (……) 조소와같이 안해의벗어놓은 버선이 나같은 공복空腹을표정表情하면서 곧걸어갈것같다.'

이 시가 가리키는 실제 사건을 추측하기 위해서는 이상이 도쿄에서 죽은 직후인 1937년 4월 25일부터 매일신보에 발표된 「공포의 기록」에 나오는 다음과 같은 구절을 읽어봐야 한다. '한 번도 아내가 나를 사랑 않는 줄 생각해본 일조차 없다. 나는 어느 틈에 고상한 국화 모양으로 금시에 수세미가 되고 말았다. 아내는 나를 버렸다. 아내를 찾을 길이 없다. 나는 아내의 구두 속을 들여다본다. 공복空腹—절망적 공허가 나를 조롱하는 것 같다. 숨이 가빴다.' 이는 또 소설 「환시기」에 나오는 다음 구절과 연결된다. '내 승낙 없이 한 아내의 외출이다. 고물장사를 불러다가 아내가 벗어놓고 간 버선짝까지 모조리 팔아먹으려다가—.'

다시 말해서 어느 날 이상의 안해는 버선짝과 구두를 벗어놓고 가버렸다. 신발도 신지 않고 어떻게 간단 말인가? 이상은 남겨진 버선짝과 구두를 보고 안해가 '날지 못하는 새'인 줄로만 생각했다가 안해가 집을 나간 뒤 기실은 손가락에 끼워줬던 반지 때문에 그간 날아가지 않았던 것뿐이라는 사실을 깨닫게 된다. 이 '정말로 나는 새'는 일차적으로 안해를 가리킨다. 「휴업과 사정」의 '또왜까치는늘보산이일어나는시간인 오후세시가량해서는어데를가고없느냐하면 그것은까치는 벌이를하러나간것으로아직돌아오지아니한 탓이라고 그렇게까닭을 붙여놓고나면보산에게는그럴듯하게생각하게되니'라는 구절에서도 알 수 있다시피.

더 나아가 이들 구절이 가리키는 것처럼 실제인물인 '금홍'만 아니라, 이상이 인식하는 모든 여자를 가리킨다고 볼 수 있다. 예컨대 「단발」에 나오는 '더 그에게 발악을 하려 들지 않을 만하거든 그는 소녀를 한 마리 카나리아를 놓아주듯이 그의 윗티즘의 지옥에서 석방—아니 제풀에 나가나?'이나 「최저낙원」에 나오는 '방문을 닫고 죽은 꿩털이 아깝듯이 네 허전한 쪽을 후후 불어본다'라는 구절을 그런 관점에서 해석할 수 있다.

안해(혹은 여자)가 손가락에 끼워줬던 반지 때문에 날아가지 않았을 뿐, 언제라도 날아갈 수 있는 새라면 이상은 '날지 못하는 새', 칠면조이거나 수탉이다. 「공포의 기록」을 보면 '아무도 오지 말아 안 들일 터이다. 내 이름을 부르지 말라. 칠면조처럼 심술을 내이기 쉽다. 나는 이 속에서 전부를 살라버릴 작정이다'라는 구절과 '가엾은 수탉에 내 자신을 비겨 보고 비겨 보고 나는 다시 헌 구두짝을 질질 끈다'는 구절이 나온다.

날지 못하는 또 한 마리의 새는 바로 까마귀다. 「지도의 암실」에 나오기를 '까마귀처럼트릭크를 웃을것을생각하는그'나 「무제(나)」에 나오는 '새벽녘 까마귀가 운다―저 녀석도 가래를 토하나보다―'에서 피를 토하는 이상과 따라 각혈하는 새가 바로 까마귀이며 「오감도」 열다섯 편을 쓴 사람이 바로 까마귀인 것이다. 이 까마귀는 왜 날지 못하는 것일까? 스스로 날개를 부러뜨렸기 때문이다. 「공포의 기록」에 보면 집에 들어가다가 빈 구두를 보고 아내가 떠나버렸다는 사실을 알게 된 이상은 '바른팔이 왼팔을, 왼팔이 바른팔을 가혹하게 매질했다. 날개가 부러지고 파랗게 멍들은 흔적이 남았다'. 자기도 날아가면 될 것이지, 왜 공연히 날개는 부러뜨린단 말인가? 여기서 「동해」에 인용한 장 콕토의 말을 인용할 수 있다.

몽고르퓌에 형제가 발명한 경기구輕氣球가 결과로 보아 공기보다 무거운 비행기의 발달을 훼방놀 것이다. 그와 같이 또 공기보다 무거운 비행기 발명의 힌트의 출발점인 날개가 도리어 현재의 형태를 갖춘 비행기의 발달을 훼방놀았다고 할 수도 있다. 즉 날개를 펄럭거려서 비행기를 날게 하려는 노력이야말로 차륜을 발명하는 대신에 말의 보행을 본떠서 자동차를 만들 궁리로 바퀴 대신 기계장치의 네 발이 달린 자동차를 발명했다는 것이나 다름없다.

이렇게 인용하고 이상은 '억양抑揚도 아무것도 없는 사어死語
다. (……) 나는 그러나 내 말로는 그래도 내가 죽을 때까지의
단 하나의 절망 아니 희망을 아마 텐스를 고쳐서 지껄여버린 기
색이 있다'고 말했다. '죽을 때까지의 단 하나의 절망 아니 희망'
은 무엇인가? 날개는 공기보다 무거운 비행기의 발달을 훼방놓
기만 했다. 진짜 날아오르기 위해서는 날개처럼 생기지 말아야
한다. 그때 날개가 없이도 날 수 있다. 다시 말해 그것은 바로 현
란을 극한 정오를 지난 시간에 불현듯이 겨드랑이에서 돋아오르
는 인공의 날개로 날아오른다는 말이다. 곧 13의 세계, 자살의
세계다.

나는 기타 5플랫 주변에서 블루코드를 더듬으며 느긋하게 주제
프레이즈를 연주하는 기타리스트의 손끝을 바라보면서 숨을 크게
내쉬었다. AC 46년부터 나는 한국어를 열심히 공부하기 시작했다.
부모님끼리는 자주 한국어로 얘기했기 때문에 어느 정도의 회화는
가능했지만, 프랑스어나 독일어 같은 외국어 수준에서 크게 벗어
나지는 않았다. 부모님은 내게 한국어를 강요하거나 한국에 대해
가르치려 들지 않았다. 오히려 내가 한국 현대문학을 전공하겠다
고 말하자, 만류하기까지 했다.

나를 완전한 미국인으로 키우기 위해서였을까? 그건 아니다.
AC 49년에 남한에서는 민주화운동이 일어났다. 조국의 남쪽에서

일어난 그 일에 자극받은 나는 대학 1학년생으로 한국 민주화운동을 지원하는 단체에 들어갔다. 완전히 남쪽 계열이라고도 할 수 없고, 또 완전히 북쪽 계열이라고도 할 수 없는 해외동포 단체였다. 그곳에서 만난 한 사람이 한국어 공부를 더 열심히 해보라며 책 두 종을 줬다. 한 종은 1910년생인 이상 김해경의 『이상 전집』이었고 다른 한 종은 1912년생인 김일성의 『김일성 저작 선집』이었다.

그들이 이십대가 되던 1937년 한 사람은 '13인의아해가도로로 질주하오'로 시작하는 난해시와 일본어로 쓴 글을 들고 제국의 수도 도쿄에 가서 죽었고 다른 사람은 제국을 저주해 150여 명 규모의 유격대를 이끌고 백두산 근처에서 일본군 13명을 사살했다. 수염과 모과처럼 그 기이한 만남. 명명백백한 벌판의 세계와 어두운 새장 속의 세계. 그 두 세계가 동시에 보이지 않으면 조국이 보이지 않는다고 생각했다. 내가 이상의 시에 빠져들게 된 것은 그 때문이었다.

다시 「오감도 시 제16호 실화」로 돌아가보자. 그렇다면 앵무새는 안해를 지칭하는 것일까, 이상 본인을 지칭하는 것일까? 그 사실을 알아내려면 「지도의 암실」을 들춰 봐야 한다. 「지도의 암실」의 앵무새 부분에 이어지는 것은 원숭이 얘기다. 조롱 속에 갇힌 앵무새와 사람을 흉내내는 원숭이. 이것은 바로 거울 이미지의 변형이다. 조롱 속에 갇힌 앵무새는 이상의 말을 그대로 따라 하는 새이며 사람을 흉내내는 원숭이는 이상의 행동을 그대로 흉내내는 포유류다.

따라서 「오감도 시 제6호」에 나오는 앵무새 두 마리는 이상 본인과 자신의 말을 그대로 흉내내는 또다른 이상을 뜻한다. 앵무새는 곧 날개가 부러진, 더이상 날지 못하는 까마귀 이상, 죽고 싶어서 왼쪽 가슴을 엄폐하고 방아쇠를 당겨도 그의 심장은 오른편에 있어 죽지 않는 까마귀를 뜻하기도 한다. '이 소녀는 신사 이상의 부인이냐'고 물어도 '그렇다'고 말하지 못하고 '이 소녀는 신사 이상의 부인이냐'고 되묻는 새장 속에 갇힌 앵무새, '저기가'라고 말하면 '저기지'라고 말하고 '너지'라고 말하면 '너다'라고 말하는 새장 속에 갇힌 앵무새 이상.

그 '앵무의 꿈'이란? 날아가버린 '안해', 혹은 '여자'를 뒤쫓아 날아가지 않고 심술이 난 칠면조처럼 자기 날개를 부러뜨려 더이상 날개를 흉내내지 않으면서도 역설적으로 날아오르려는 꿈이다. 바로 13의 꿈이다. 그러기에 1949년 백양당에서 출간된 『이상 선집』의 표지에는 날지 못하는 까마귀가 그려져 있는 것이다. 하지만 조롱에 갇혀 있기 때문에, 혹은 날개가 부러졌기 때문에 역설적으로 이상은 날아오를 수 있었던 것이다.

나는 맥주를 더 시켰다. 기타리스트의 연주는 점점 절정을 향해 치달리기 시작했다. 몇 번의 변주를 거치는 동안, 애초의 주제 프레이즈는 그 흔적도 찾아볼 수 없을 만큼 변형됐다. 바벨탑을 쌓아

올리는 바빌로니아 사람들처럼 애당초 무엇 때문에 벽돌을 쌓는지는 잊어버리고 단순히 거기 벽돌이 있기 때문에 벽돌을 쌓는 것처럼 8마디를, 16마디를, 32마디를 이어갔다. 그를 바라보면서 나는 맥주를 쭉 들이켰다. 그렇다고 하더라도 문제는 남는다. 이 시가 더없이 진짜 이상의 시처럼 보이고 또 이상 시 연구에 새로운 빛을 던져줄 수 있다고 하더라도 이 시는 위조된 시인 것이다. 왜냐하면 이 시는 가짜 데드마스크 사건에 연루됐기 때문이다. 그러므로 아무리 이 시가 진짜처럼 보이더라도 나는 이 시를 「오감도 시 제16호」라고 발표하면 안 된다. 그럼 여기서 끝내야 하나? 손 털고 일어나 이 원고뭉치는 그냥 불구덩이 속에 집어던지고 나는 깨끗하게 한국을 떠나 중국이나 대만이나 어디 홍콩이나 가는 것으로 끝내야만 하는가? 어떤 경우라도 이제 나와는 상관없는 일이 아닌가?

김연화의 말처럼 그 시가 가짜인 이유는 내가 평양에 갔을 때 들은 얘기 때문이다. 나는 AC 51년 평양축전 때 재미동포 청년대표단의 일원으로 평양을 방문했었다. 그때 나는 전대협 대표로 온 임수경과 함께 평양역 인근의 고려호텔에서 머물렀다. 그곳에서 임수경을 보러 나온 북한 학생들을 만났을 때, 내가 제일 먼저 물어본 것이 바로 이상을 어떻게 생각하느냐는 점이었다. 통일이 곧 성사될 듯 들떠 있던 북한 학생들은 의아한 표정으로 나를 쳐다봤다. 내가 만난 대학생들 중 이상을 아는 사람은 아무도 없었다. 내게는 한쪽에 『김일성 저작 선집』이 있었다면, 그 반대쪽에 『이상 전집』이 있었지만, 그들에게는 한쪽만 존재했던 것이다. 이는 남한에 와서도 마찬가지였다.

이상을 아는 사람을 만난 것은 축전이 끝나고 단체로 용남산 기슭에 있는 김일성 종합대학을 방문했을 때였다. 거기 과학도서관을 방문했을 때, 나는 이상의 작품집이 있는지 물었다. 종합대학 도서관에서만 삼십 년째 근무한다는 사서 할머니는 의아한 표정으로 나를 빤히 쳐다보더니 그런 책은 없다고 퉁명스럽게 대꾸했다. 그 할머니는 우리에게 북한 당국이 공들여 번역한 『리조실록』이나 『팔만대장경』을 보여주고 싶어 했다.

같이 온 기자들이 도서관에서 공부하는 학생들을 취재하느라 시간을 뭉개는 동안, 그 책들을 한가한 표정으로 대충 들춰 보다가 한쪽에 가서 앉았는데, 사서 할머니가 '혹시 카프 시절의 청년 시인 박경진을 아느냐'고 말을 걸었다. 물론 그 당시에 나는 카프도, 북한의 군가를 작사했다는 박경진이란 시인도 모르고 있었다. 할머니는 실망한 표정을 지었다.

"아버지 살아 계실 때만 하더라도 설 명절마다 우리집에 송영, 엄홍섭, 박태원, 리용악 등 유명짜한 작가들이 모여들었더랬어요. 밤새 시도 읊고 노래도 부르고."

"그렇습니까? 그럼 아버님께서 꽤 유명한 작가분이셨나보군요."

"두말하면 잔소리죠. 국기2급 훈장까지 받으신 분이랍니다."

"대단하십니다. 아버님이 무척 자랑스러우시겠습니다."

"그렇죠. 그리고 언제인가, 아마 작가동맹 상임위원 시절이지
요. 그때 앞 못 보시던 박태원 선생님께서 술이 많이 취하셔서는
리상이 어쩌구저쩌구하시는 말씀을 들은 적이 있지요. 저야 철들
어 아버지를 따라 공화국으로 왔으니까 리상이 어떤 사람인지는
대충 알고 있었죠. 여기가 공화국에서 제일 큰 도서관인데, 리상
책이라고 또 왜 없겠습니까? 쉽게 열람할 수는 없지만 남조선에
서 나온 『리상 선집』이라는 책이 한두 권 있죠. 어쨌든 그날은 박
선생님이 대취한 날이었고 동료 작가분들이 만류하는 분위기였습
니다. 리상이 생각난다고, 부서진 데드마스크라도 만져볼 수 있다
면 얼마나 좋을까고 말씀하시던 게 아직도 귀에 생생하게 울립니
다."

"그렇군요. 공화국에서는 이제 더이상 이상은 읽지 않는 모양입
니다."

"위대하신 수령님께서 청년학생들을 위해 이렇게 좋은 시설과
많은 교양서들을 갖춰주셨는데 자본주의 퇴폐문화를 다룬 리상의
책까지 읽을 필요가 어디 있습니까? 다만 청년대표 동무가 갑자기
리상 책이 어쩌구 하니까 생각이 난 것뿐이죠. 아버지는 평생 서울
만 그리워하다가 돌아가셨더랬습니다. 틈만 나면 송악산에 올라가
서 남녘 쪽을 바라보셨더랬죠. 청년대표 동무는 혹시 서울에 갈 기

회가 닿을지 모르겠습니다. 혹시 가시거들랑 꼭 배재고보에 들러 청년 시인 박경진에 대해서 물어보십시오. 오늘 내게 리상에 대해 물은 것처럼 말입니다."

전해 들은 경위에 대해서는 자세하게 설명하기 곤란했지만, 내가 『참조로서의 이상 텍스트』에 단 각주는 바로 이 얘기를 옮긴 것이었다. 내가 그 각주를 덧붙인 데는 별다른 의미가 없었다. 다만 이상의 죽음에 대한 문학적 의미를 논하다가 여담처럼 무의식중에 끼워넣은 각주였다. 그렇다면 박태원이 말했다던 그 데드마스크가 진짜고 김연화가 본 데드마스크가 가짜라고 단정짓는다는 것은 논리의 비약이랄 수 있었다. 어쨌거나 그 사서 할머니도, 나도 전해 들은 얘기에 불과하기 때문이다. 어쩌면 박태원도 전해 들은 것에 불과할지도 모른다.

자, 여기서부터 논리가 비약되지만, 그렇다면 김연화가 본 데드마스크가 진짜일 수도 있는 것이다. 내가 무심결에 끼워넣은 각주만 부정하면 그 데드마스크는 진짜가 될 수도 있다. 내가 들은 그 얘기를 부정하면 된다. 나만이 할 수 있는 일이다. 그렇게 되면 지금 내 손에 있는 이 시 「오감도 시 제16호」역시 진짜가 될 수 있다.

나는 시계를 봤다. 아직 21일이었다. 잘하면 일이 내 뜻대로 될 수 있을 것 같았다. 그렇다면 한국을 떠나지 않고도 살 수 있을 것 같았다. 그 모든 일이 나에게 달려 있었다. 바로 그때쯤 한창 고조되던 기타줄이 툭 끊어졌다. 베이스와 드럼 소리가 차례로 멈추고 사위가 쥐죽은듯이 조용했다.

6

   맥도널드에서 누군가와 만나기로 약속한 것은 정말 오래간만
의 일인 것 같았다. 비 오는 토요일 오후였다. 맥도널드만의 컵과
햄버거와 샌드위치가 있는 것처럼 맥도널드 매장 안에는 맥도널
드만의 묘한 분위기가 있다. 그 분위기는 두 개의 노란 곡선처럼
부드러우면서 선명하다. 뭔가를 거슬러올라가는 분위기라기보
다는 뒤를 돌아보지 않고 끊임없이 앞으로 나아가는 분위기랄까.
어쨌든 그날 내가 느꼈던 나른함과는 좀 거리가 느껴진다. 비밀
과는 거리가 먼 그 노랗고 붉은 세계는 엘리엇 만 옆에 위치해 있
었다.
   거기로 가기 전에 나는 알라스칸 웨이 옆에 있는 시애틀 수족관
에 들러 표를 사서는 언더워터 돔에 들어가 네모난 창 사이로 한
창 뭔가 작업중인 잠수부들과 바닷고기들을 한참 바라봤었다. 어
두운 통로를 걸어와 푸르스름한 햇살이 비치는 돔 모양의 전망대
에 이르자, 비로소 내 주변의 텅 빈 공간이 물로 채워진 듯한 느낌
이 들었다. 그런 느낌이 왠지 나를 편안하게 만들었다. 혼자가 아
니라는 생각이 들었던 것일까? 격자창으로 다가왔다가 멀어지는

물고기들의 숫자를 헤아리며 나는 마음의 준비를 하고 있었던 것이다.

언더워터 돔에서 한참을 보냈으나 그래도 시간이 남아 나는 우산을 쓰고 선창가로 나가 멀리 희미하게 보이는 시애틀 앞바다인 퓨젓 사운드를 바라봤다. 비는 어디서나 내리고 있었다. 빗물이 흘러내리는 붉은 철제기둥에 기대어 나는 내 앞에 펼쳐진 운명이 어떤 모습으로 나타날지 생각해봤다. 만약 그때 사회보장국 직원이 무심결에 '입양기록증'이라는 말만 하지 않았어도 그 풍경들은 내 살처럼 정겹게 느껴졌으리라. 하지만 그 말 한마디에 그 풍경 모두가 빛을 잃고 그때 내 눈앞에 펼쳐진 비 내리는 퓨젓 사운드처럼 회색빛으로 변해버렸다. 내 앞에 펼쳐진 무無의 세계. 신원을 파악할 수 없는, 어떤 기억. 꿈. 겹쳐진 삶.

내게 또다른 삶이 있는 것은 아닌가고 생각하던 때가 있었다. 캐피틀 힐에 있는 레이크뷰 묘지에 갔을 때의 일이다. 침엽수 향내가 짙게 드리운 음울한 들판이다. 그게 도대체 어떤 냄새인지는 도무지 설명하기 곤란하지만, 어쨌든 침엽수 향내라고 말할 수밖에 없다. 그 침엽수 향내 어디쯤 브루스 리와 아들 브랜든 리의 무덤이 있었다. 한참 동안이나 묘비에 있는 사진을 바라봤다. 그 얼굴이 나와 너무나 흡사했기 때문이었다. 나의 형제가 아닌가? 혹은 내가 살던 다른 삶이 여기에 누워 있는 것은 아닌가? 그가 1940년 샌프란시스코에서 태어난 동양인이듯이 나도 1967년 샌프란시스코에서 태어났다. 그가 워싱턴 대학교를 다녔듯이 나 역시 워싱턴 대학교를 졸업했다. 그리고 그가 서른세 살의 나이로 홍콩에서 갑자기 죽었듯이 나도 서른세 살의 나이로 서울에서…… 하지만 내 삶의 어느 한 순간이 바뀌면서 브루스 리와는 다른 삶이 전개된 듯한 느낌이 들었다. 어느 한 순간이 바뀌었다면 과연 어디가 바뀌었을까?

또 이런 일이 떠올랐다. 그린레이크 공원 옆 린덴 가에 위치한 친구네 집에 놀러갔을 때의 일이다. 아마도 고등학교 1학년 때가 아닌가 싶다. 친구 아버지가 숨겨놓은 포르노 비디오테이프를 찾느라 둘이서 한참 거실을 뒤질 때의 일이다. 스팀박스의 문을 여니 조그만 나무상자가 있었다. 뚜껑을 여니 친구 아버지가 숨겨놓은 듯 콜트 사의 권총 파이슨이 나왔다. 무엇 때문에 권총을 스팀박스 안에다 넣어뒀는지 어이가 없었다.

다시 뚜껑을 덮으려는데, 호기심이 일었다. 왜 그런 생각이 들었는지 모르지만, 미끈하게 생긴 게 정말 탐스럽다고 느껴졌다. 총이라는 것도 그렇게 섹시할 수 있다는 사실을 그때 처음 알았다. 고개를 돌려 친구를 보니, 여전히 비디오테이프를 찾느라 정신이 없었다. 나는 총을 꺼내 손에 쥐어보았다. 묵직한 쾌감이 손아귀를 감쌌다. 나는 그대로 권총을 든 손을 들어 내 머리를 겨냥했다. 그리고 방아쇠를 당겼다.

총알의 불길이 뿜어나오는 대신에 금속성의 탁한 소리가 내 머리를 울렸다. 그때 내 안을 가득 메우고 있던 뭔가가 일시에 빠져나가는 듯한 아쉬움이 들었다. 아쉬워지지 않으려면 총알을 넣고 방아쇠를 낭겨야만 할 것이다. 바로 그때만이 손아귀에 와 감기는 묵직한 쾌감이 그대로 내 욕망 속으로 채워질 것이다. 물론 그 이후에 발생할 일에 대해서는 누구도 알 수 없겠지만.

그다음 수순은 한 발짝 더 나아가는 일이다. 사람들에겐 때로 배가 부른데도 캠벨 통조림을 따는 경우가 있다고 나는 믿는다. 배가 부르다는 물리적인 실체와 보이지 않는 공허감은 전혀 다르다. 볼런티어 공원 옆에 살던 무렵이다. 패티 아줌마는 고풍스러운 거리인 14번가의, 남부러울 것 없는 근사한 집에서 살던 사람이었다. 나무와 벽돌을 뒤섞어 만든 갈색의 삼각형 집 북쪽 벽으로는 담쟁이넝쿨이 근사하게 기어오르고 있었다.

패티 아줌마를 처음 보았을 때, 나는 잘 익은 포도송이를 연상했다. 여기저기 틈만 있으면 살이 삐져나와 늘어졌던 것이다. 어느 날 밤, 패티 아줌마가 그 멋진 집의 지붕에 올라가 짐승처럼 울부짖는 통에 온 동네 사람들이 잠에서 깨어난 적이 있었다. 간단한 얘기였다. 패티 아줌마가 너무 살이 찌는 것을 걱정한 나머지 남편이 캠벨 통조림을 모두 치워버린 것이다. 패티 아줌마, 라기보다는 패티 아줌마의 공허감은 자기 주위 손닿는 곳에 캠벨 통조림이 없다는 사실을 알고 이게 비상 상황이라는 것을 눈치챘던 것이다. 집안 어디에도 먹을 만한 게 없으며 그 밤중에 자신의 육중한 몸을 움직여 다운타운의 마켓까지 간다는 것은 거의 불가능하다는 것을 깨달은 공허감이 그 육중한 몸을 이끌어 지붕까지 올라가게 만든 것이다. 배가 고파서가 아니라 공허감을 이기지 못해 자살한다는 얘기는 어쩐지 옳은 듯하다. 배고픈 사람은 절대로 자살하지 않는다. 하지만 끝없이 자기 증식하는 공허감은 결국 자살로 끝장을 봐야 할 운명인 것이다.

사태가 심각해진 것을 안 남편이 어디선가 캠벨 통조림을 가져왔다. 옆집에서 구해왔는지, 모두 치워버리지 않고 숨겨뒀었는지 모르지만. 인근 주민들이 모두 지켜보고 있는 가운데, 패티 아줌마는 그 통조림을 보더니 자살하겠다는 소리를 그치고 지붕을 붙잡고 미동조차 하지 않았다. 아주 잠깐 동안이지만, 나는 패티 아줌마가 캠벨 통조림을 보고 감격에 겨워 그렇게 멈춰 서 있는 것이라는 멍청한 생각을 했다. 문제는 그렇게 간단하지 않았다. 공허감에 지붕까지 올라가긴 했지만, 내려오는 방법을 찾을 수가 없었던 것이다. '내가 밑에 있으니까 걱정하지 말고 사다리까지 천천히 내려와요.' 패티 아줌마에 비하자면 반토막밖에 안 되는 남편이 희극적으로 소리쳤다. 그 남편이 떨어지는 패티 아줌마를 받는다면 모든 뼈가 골절될 것이다. 참다못한 주민들이 911에 전화하려고 들 때쯤 패티 아줌마가 용기를 냈다. 그리고 용기를 내는 순간, 지붕 한쪽이 푹 꺼졌다. 지붕이 그렇게 약하다는 사실을 처음으로 확인하던 순간이었다.

패티 아줌마는 왜 배가 부르다는 사실을 알면서도 캠벨 통조림을 따고 있었을까? 그에 대해서는 누구도 알지 못한다. 다만 패티 아줌마란 존재는 포도송이 같은 몸을 하고 희극적으로 캠벨 통조림을 따는, 앤디 워홀의 설치작품 같은 사람일 뿐이었다. 끝 간 데 없는 욕망의 공허감은 그런 표정을 하고 있다. 내가 푸조 탐정소를 찾아가는 것을 본 사람이라면 내게서도 그런 어처구니없는 공허감의 어리석은 얼굴을 봤을 것이다. 도대체 무슨 이유 때문에 타 죽을 것을 뻔히 알면서 불 속으로 뛰어든다는 말인가? 정상적인 인간이라면 영원히 나방을 이해할 수 없다. 정상적인 인간들은 결코 서로를 이해할 수 없다. 이해가 가능한 것은 궤도를 이탈한, 비정상적인 인간들끼리다. 내가 패티 아줌마의 그 공허감을 지금 기억하듯이 말이다.

푸조 탐정소는 출생증명서, FBI 정보철, 입양기록증을 전문으로 탐문하는 곳이었다. 푸조 탐정소의 육중한 갈색 문을 두드리는 순간, 나는 또다른 캠벨 통조림을 따는 패티 아줌마였다. 문을 두드리지 않으면, 나 역시 자살하겠다고 지붕 위를 기어올라가는 우스꽝스러운 꼴을 사람들에게 보여줄 것만 같았기 때문이다.

나를 보자, '어서 오시오, 동양의 신비씨'라고 말하면서 한 뚱뚱한 사내가 악수를 청했다. 푸조 탐정소라는 것은 결국 그 이탈리아계의 뚱보가 사장이고 경리고 급사고 직원인 회사였다. 케네디가 암살되고 난 이후로는 실의에 빠져 한 번도 청소기를 잡아본 적이 없는 베이비붐 세대의 얼굴을 한 그 뚱보는 단숨에 내가 무슨 일로 찾아왔는지 알아맞혔다. 커피를 따르며 '내가 이렇게 쉽게 알아맞히니 속으로 꽤나 놀랐죠'라고 말했지만, 사실 하나도 놀랍지 않았다. 푸조 탐정소에 들어가는 동양인의 거의 대부분은 입양기록증을 보고 싶어서 가는 것일 테니까.

그 뚱보가 너무나 전문적으로 보이지 않았고 또 사무실 안은 더럽기 짝이 없었기 때문에 마음이 놓였다. 아무래도 그가 제대로 일할 수 있을 것 같지 않았기 때문이다. 그가 내 입양기록증을 찾지 못한다면 나는 새똥을 맞은 사람처럼 하늘을 한 번 쳐다보고 그냥 가던 길을 계속 가면 된다. 새떼 가운데 내게 똥을 싼 새를 어떻게 찾을 수 있단 말인가? 물론 그 뚱보는 자신했다. 사백 달러면 우리 아버지가 삼십 년 전에 동침했던 창녀가 지금 뭘 하고 있는지까지 가르쳐주겠다고 말했다. 나는 이백 달러 이상은 절대로 안 된다고 말했다. 어이가 없다는 듯이 뚱보가 뭔가를 주절댔다. 다시 육중한 문을 열고 나가려고 하자, 뚱보가 '좋아, 한 인간의 고독한 영혼을 구제한다는 뜻에서 내가 봉사하지'라고 비장하게 말했다. 나는 내가 입양이 된 것인지, 진짜 우리 부모의 자식인지조차도 모르고 있었다. 다만 사회보장국 직원이 무심결에 내뱉은 단어 때문에 그 더러운 사무실에 우스꽝스럽게 앉아 있었던 것이다.

뚱보는 동양인이 동양 아이를 입양한 것은 아주 특이한 경우라 입양법에 대한 자신의 서류철에 새로운 케이스를 추가할 수 있겠다고 말하면서 내가 입양됐다는 것을 확신했다. 그럴 수밖에 없었다. 그렇지 않으면 나는 돌아갈 터이고 그렇게 되면 앞뒤로 적어도 1주 동안은 이백 달러라는 돈은 만져볼 것 같지 않은 그 사무실로서는 큰 손실이었기 때문이다. 별다른 기대 없이 나는 사회보장번호와 주소를 가르쳐주고 이백 달러를 지불했다. 영수증을 써주면서 그는 동양 어딘가에 있을 내 부모를 만나보고 싶다면, 따로 오백 달러만 지불하면 된다고 덧붙였다. 국제 에이전시를 통하기 때문에 자신에게 남는 것은 하나도 없다고 너스레를 떨면서. 내가 그 이태리 뚱보에게 지불한 이백 달러는 그저 패티 아줌마가 따버린 또다른 캠벨 통조림에 불과했다. 배가 고파서가 아니었다. 다만 총알을 넣고 방아쇠를 당기고 싶은 파괴적인 공허감을 그렇게 달랬던 것뿐이다.

나는 검은 우산을 든 사람들이 서 있는 부둣가 길을 따라 다운타운 쪽으로 천천히 걸어갔다. 뚱보에게서 전화가 온 것은 그로부터 일주일이 지난 뒤였다. 물론 하루에도 몇 번씩 전화해서 그 조사가 얼마나 힘든 것인지 너스레를 떠는 일을 멈추지 않았다. 조만간 '당신은 입양된 게 아니에요. 하지만 그 사실을 알아내려고 경찰서 하수도까지 뒤져야 했으니 이백 달러로는 세탁비도 안 나올 판국이오'라고 투덜대길 기다렸다.

하지만 내 기대가 무색하게도 뚱보는 자신감이 넘치는 목소리로 'I got it'이라고 말했다. 우리는 워싱턴 주립 여객선 터미널 뒤쪽 빌딩가에 있는 맥도널드에서 만나기로 했다. 나는 뚱보가 발견한 나의 또다른 삶이 이제 더이상 궁금하지 않았다. 나를 푸조 탐정소까지 이끈 그 강렬한 호기심은 이제 거의 그 힘이 고갈됐던 것이다. 그러면서 뚱보를 만난다는 게 점점 더 두려움으로 바뀌어갔다. 그 붉고 노란 원더랜드에 앉아 나는 이제 거울에 비친 또다른 나를 찾아 새로운 세계 속으로 빠져들기 직전이었다. 거울에 비친 또다른 나. 오른쪽 가슴에 심장이 있는 나. 내가 결코 죽일 수 없는, 죽이려고 들면 내가 먼저 죽게 되는.

오 분 정도 늦게 비 맞은 중절모를 쓴 뚱보가 들어와 내 맞은편에 앉았다.

"빌어먹을 놈의 비. 진절머리가 나. 이봐, 이백 달러 가지고는 턱도 없는 일이었다구. 당신 기록을 찾으려고 캘리포니아까지 가야만 했으니까. 난 말이야, 이 세상에서 내가 제일 하기 싫은 일이 5번 주간도로를 타고 끝도 없이 달리는 일이야. 바로 파산한 내가 무일푼으로 시애틀까지 온 길이거든. 5번 주간도로를 타면 그 일이 끊임없이 머리를 짓누르거든. 캘리포니아 녀석들은 만사태평이지만, 자기 손해나는 짓은 절대로 하려고 하지 않아. 일이 힘든 것보다는 그딴 인간들을 하루에 한 명도 아니고 계속 만나야만 한다는 점이 고역이야. 차라리 당신이 찾아오지 않았으면 그런 고생 따위는 하지 않았을 텐데 말이야. 이백 달러는 기름값도 안 나오는 돈이야. 내가 미쳤나봐."

그러더니 뚱보는 두 손으로 얼굴을 감쌌다. 손가락 사이로 내 눈치를 살피며. 나는 아무런 표정 변화 없이 잠자코 앉아 있었다. 가능하면 그 서류를 보고 싶지 않았다. 뚱보가 적은 요금에 화를 내고 그냥 가버린다면 좋겠다는 생각이 호기심의 한쪽을 찢으며 일었다.

"좋아, 좋아. 그렇게 똥 씹은 얼굴을 짓지 말라구. 자기가 온 곳도 모르고 자랐던 불쌍한 영혼에게 더 달라는 소리를 할 만큼 야박한 사람은 아니니까. 이걸 가지라구. 읽고 나서 그냥 찢어버려. 대단한 게 아니란 말이지. 그저 당신이 맨 처음 바라본 하늘이 어디인가를 가르쳐주는 것뿐이니까 말이야. 알겠어? 사람이란 지금 올려다보는 그 하늘이 자기 품이란 말이야. 내가 당신 같은 인간을 붙잡고 무슨 설교를 하는지 모르겠다. 이제 다시는 서로 만나지 말자. 우리는 만나는 게 서로에게 죄짓는 일인 것 같아. 아휴."

한숨을 내쉬더니 다시 모자를 쓰고 뚱보는 일어섰다. 그가 떠나간 자리에 '국gook'이라든가 '긱geek' 같은 단어들이 떨어진 먼지처럼 남았다. 나는 내 앞에 놓인 누런 봉투를 한참 동안이나 쳐다봤다. 한없이 허방으로 빠져드는 듯한 나른함이 내 몸을 감쌌다. 그 붉고 노란 원더랜드에서. 거대한 M의 세계에서.

내가 기대했던 대로 몇몇 23일자 신문에 이상의 또다른 유고에
대한 기사가 실렸다. 어차피 이상 탄생 90주년이었기 때문에 실린
기사였다. 기자들도 내가 제공한 그 기사가 어디서 나왔는지 알고
있었기 때문이었다. 기자들은 가짜 유고라고 할지라도 논란을 제
공한다는 점에서 기사를 쓴 것이다. 한 신문은 '탄생 90주년 맞는
이상, 진짜냐 가짜냐 논란 일어'라는 제목의 기획기사에서 권진희
가 공개한 유고와 내가 공개한 유고를 함께 실었다. 기사는 권진희
가 공개한 유고에 무게중심을 뒀지만, 마지막에 '편전아트센터가
보유한 이상의 데드마스크가 진짜일 확률이 높다'며 평양에서의
일을 회고한 내 증언과 함께 또다른 유고의 등장으로 학계에 논란
이 예고된다는 결론으로 끝을 맺었다.

기사가 실린 뒤, 가장 먼저 전화를 걸어온 사람은 김연화였다.

"결국 공개하셨더군요."

"그건 진짜 이상이 쓴 유고예요. 내용으로 보자면, 권진희가 발
표한 유고보다 훨씬 더 이상 작품과 가깝죠."

"그래도 개인적으로 확신이 있었을 것이 아닌가요?"

"내용이죠. 그 내용은 이상만이 쓸 수 있는 내용이에요. 이상은
죽을 때까지 한 번도 날아오르지 못합니다. 왜냐하면 날아오르지
못했기 때문에 자살에 가까운 죽음을 맞이한 것이거든요. 그런 점

에서 자신을 '날아오르는 새'에 비유했다는 권진희의 유고는 이상의 원고라고 말할 수 없습니다."

"아무튼 잘된 일입니다. 역시 주선생님에게 그 원고를 넘겨주길 잘했습니다. 꼭 그 원고가 진짜라고 확신해서 주선생님에게 드린 것은 아니었습니다. 무슨 말인지 아시죠?"

"예, 잘 알고 있습니다."

"그렇다고 권진희 선생이 공개한 원고도 진짜라고 확신할 수는 없어요. 저는 알거든요."

그 말에 나는 깜짝 놀랐다.

"어떻게 아십니까?"

"그 서혁민이 쓴 수기를 찬찬히 읽어보세요. 권진희 선생이 공개한 원고에 모순점이 드러납니다."

"수기의 어느 부분에 나온다는 말입니까?"

"그건 찬찬히 읽어보시면 아실 겁니다. 어차피 둘 다 진짜라고 확신할 수 없는 원고라면 좀더 그 정황이 진짜에 가까운 원고만이 살아남을 겁니다. 그게 바로 세상의 진실이라는 것이 제가 배운 교훈이었습니다. 이상 문학은 미친놈의 개소리이거나 불멸의 작품입니다. 일백 퍼센트의 '미친놈의 개소리'나 일백 퍼센트의 '불멸의 작품'은 없다는 말이죠. 51퍼센트의 '미친놈의 개소리'와 49퍼센트의 '불멸의 작품'이었다고 한다면, 이상은 한국문학사에 남지도 않았을 겁니다. 말해놓고 보니 이건 참 무서운 얘기인 것 같습니다. 그걸 알았기 때문에 이상은 폐병이네 도쿄에 가네 너스레를 떤 게 아니겠습니까? 이상이 스스로를 천재의 삶으로 창작했는데, 그 작품이 아무리 미친놈의 개수작이라고 하더라도 어떻게 천재의 작품이 되지 않겠습니까? 그렇지 않습니까?"

김연화의 마지막 말이 오랫동안 내 귓바퀴를 울렸다. 그렇다면 김연화가 건네준 원고를 신문기자에게 공개한 나 역시 이상처럼 삶을 만들어가고 있는 것일까? 진짜 삶은 그렇지 않은데 말이다. 삶을 판돈으로 내걸고 나는 도박판에 뛰어든 셈이었다.

두번째로 전화를 걸어온 사람은 김태익이었다. 느릿느릿 거만한 목소리가 핸드폰을 통해 흘러들었다.

"엄청난 일을 저지르셨더군요."

김태익은 다짜고짜 그런 식으로 말했다. 시애틀 푸조 탐정소의 그 이태리 놈과 마찬가지로 다시는 내 인생에서 만나고 싶지 않은 인간이었다. 그 두 녀석은 자꾸만 나를 이 삶의 궤도에서 벗어나게 만들고 있었다. 물론 두 경우 모두 내가 자초한 일이긴 했지만.

"뭐가 엄청난 일이란 말씀입니까?"

"주선생이 기자들한테 떠들어댄 것을 두고 하는 말이지, 뭐긴 뭡니까? 어떻게 독단적으로 그런 판단을 내릴 수 있단 말이오? 최소한 동료 학자들에게 의견은 물어보고 기자들에게 말하든지 말든지 해야 할 게 아니오?"

"닥치시지. 나는 학부 졸업하고 이상 연구에 뛰어든 사람이지만 당신만큼이나, 내 손바닥에 새겨진 손금만큼이나, 아니 내 머리털의 개수만큼이나 이상의 작품에 대해 잘 알고 있는 사람이야. 그까짓 일량한 자존심 따위는 이제 버리는 게 어때? 이봐, 말을 함부로 하지 말라구. 알았어?"

충격을 받았는지 김태익은 한동안 말이 없었다. 전화를 끊으려는데, 거의 속삭이는 듯한 목소리로 김태익이 말했다.

"머리털 개수만큼이나 이상의 작품에 대해 잘 알고 있다는 사람이 그따위 위조품을 유고라고 발표한단 말이야? 당신 지금 정신이 있는 거야, 없는 거야? 그건 사기단의 위조품이란 말이야."

"무슨 소리 하시는지. 그게 위조품이라는 증거는 가짜 데드마스크에 연루됐다는 것밖에는 없어. 그게 가짜 데드마스크라는 것은 내가 평양에서 들은 얘기에 근거하고. 그런데 말씀이야, 나는 그 얘기를 전해 들은 것뿐이야. 내가 전해 들은 얘기가 사실이라고 해도 그 데드마스크가 가짜라고 말할 수는 없어. 먼저 내가 들은 얘기의 신빙성 여부를 검증해야겠지. 그 신빙성 여부는 내가 가장 잘 알겠지. 직접 전해 들었으니까. 하지만 내가 볼 때, 그 얘기는 믿을 수 없는 부분이 있단 말이야. 그렇다면 아직까지 진위가 가려지지 않은 데드마스크에 연루됐다고 해서 이 유고를 가리켜 가짜라고 말할 수는 없단 말이야. 더구나 이 시는 이상 자신이 창작했다는 사실을 여실히 보여주는 단어들을 가지고 있어."

"거, 지독한 강변이구먼. 그게 학자로서 할 얘기야? 이봐, 내가 말하는 것은 그 깨어진 사발 조각보다 못한 데드마스크 얘기가 아니라구. 그 시가 완벽한 위조품이라구. 당신이 자꾸만 그렇게 나오면 아주 매장시켜버릴 수도 있어. 알아듣겠어? 시 자체가 위조됐다는 증거가 있다구. 이제 나도 모르겠으니, 이 사실을 어떻게 할 것인지는 당신이 알아서 해. 이제는 사정해도 당신을 만나주지 않을 테니까 그 시 들고 미국에 가서 이상 연구합네 하면서 떵떵거리고 살든지 말든지."

신경질적으로 전화는 끊어져버렸다. 나는 핸드폰을 집어던지고 이불에 드러누웠다. 그러다가 다시 김연화가 준 원고를 들여다봤다.

나는내兒孩다. 아버지가나의거울이무섭다고그런다. 사람의팔 그속의水銀. 싸움하지아니하는二匹의平面鏡은없다. 네가보아도좋다. 싸움하는上脂에사기컵이손바닥만한하늘을구경한다. 銃은鸚鵡의꿈이있다. 그러나그것으로부터그중의나비떼가죽었다. 무서워하는혹은自殺하는비둘기의손. 들窓이하얀帽子를쓴나를날아가게하려한다. 드디어나는城으로들어간다. 또무서운무엇이白紙처럼거대한가슴의결인이있다. 13을아는게적당하다. 試驗에서나는쏘지아니할것이로다.

몇 번이고 들여다보다가 나는 김태익에게 전화를 걸어 만나자고 말했다.

8

1965년 민주당이 이끄는 미 의회는 1952년 매캐런-월터 법안을 수정한 새로운 이민법을 통과시켰다. 이는 명백히 냉전체제의 부산물이랄 수 있었다. 왜냐하면 미국이 자유세계의 리더 격임을 만천하에 공개하기 위해 인종차별적인 독소조항을 스스로 없앴기 때문이었다. 이 개정된 이민법안의 핵심은 미국 법률에서 '원 국적' 란을 완전히 없애버린 점이었다.

1952년 매캐런-월터 법안은 서구 이민자의 경우 제한을 두지 않았던 반면, 아시아 이민자의 수를 2,990명, 아프리카 이민자의 수를 1,400명으로 제한하고 있었다. 하지만 '원 국적' 란을 없애버림으로써 사실상 이런 이민 쿼터를 폐지해버린 결과가 됐다. 이 법안에 따르면 미국 시민권자의 21세 미만 미혼 자녀, 영주권자의 배우자와 미혼 자녀, 교수·과학자·예술가 등 '예외적 직업종사자', 미국 시민권자의 21세 이상 결혼한 자녀, 미국 시민권자의 친형제, 미국 내 인력부족 현상을 보상할 수 있는 숙련·미숙련 노동자, 난민 등은 미국으로 이민이 가능했다.

자유세계의 우월성을 만천하에 공개하려는 의도를 가진 이 법안의 효력은, 그러나 미 정부의 생각과는 전혀 다른 방향으로 나타났다. 미국 내 소수인종이었던 아시아인들의 이민이 급증했기 때문이다. 미 정부로서는 난감한 일이 아닐 수 없었다. 이 법안이 발효되면서 아시아인들은 1국가당 상한선 2만 명으로 제한을 뒀음에도 한 해 17만 명이나 이민비자를 받았다. 같은 기간 나라 제한이 없는 서구 이민자의 경우는 12만 명에 불과했다. 게다가 미국 시민권자의 배우자, 미혼 자녀, 부모는 나라 제한에 포함되지도 않았기 때문에 이민의 수는 엄청나게 불어났다. 그리하여 지금은 미국 내 이민자들의 국적을 따지면, 멕시코가 가장 많고 그 뒤를 필리핀·한국·중국·베트남이 차지하게 됐다. 이는 법안을 통과시키던 민주당 하원의원들도 전혀 예상하지 못했던 결과였다.

수전 챈이 타이완에서 미국으로 건너온 것도 그즈음의 일이다. 아마도 수전은 이민 브로커를 통해 영주권자나 시민권자의 배우자 자격으로 샌프란시스코에 들어왔을 것이다. 쏟아져들어오는 미국 이민자의 한 사람으로 샌프란시스코 국제공항에 도착했겠지. 어리둥절한 표정으로, 또 두려움에 가득한 표정으로 타이완에서부터 싸온 누더기에 가까운 짐을 끌며 도착장으로 나섰을 것이다. 누가 마중나왔을까? 친척이었을까? 아니지, 그렇지는 않았을 것이다. 아마도 중국 이민 브로커 중의 한 명이 퉁명스러운 표정으로 그 처녀를 기다리고 있었을 것이다. 101번 도로를 따라 샌프란시스코 만의 연선을 지나면서 그녀는 무슨 생각을 했을까? 관광 온 게 아니니까 금문교도, 알카트라즈 섬도, 바트BART, 케이블카도 보지 못하고 곧바로 차이나타운의 뒷골목 어딘가로 안내받아 갔을 것이다. 거기에서 수전은 무엇을 보고 무엇을 들었을까? 중국이나 다름없는 거리, 멀리 보이는 샌프란시스코 만, 어디선가 흘러나오는 재즈 소리. 이민국 직원이 나왔을 때의 행동요령이나 샌프란시스코 생활에 대해 주의사항을 들었겠지. 두려운 표정으로 일할 곳에 대한 얘기를 들었겠지.

그리고 무더운 여름 땀띠와 싸워가며 밤낮없이 일했을 것이다. 오 년을 부지런히 일하면 부모에게 송금하고도 미국에서의 새로운 삶을 꾸려갈 밑천이 생긴다는 기대를 가지고. 통통 부어오른 손으로 가장자리에 빨간 줄과 파란 줄이 그어진 하늘색 항공 봉함엽서에다 자신은 너무나 행복하게 살고 있다는 사실을, 아직은 적응하느라 조금 힘들긴 해도 몇 년만 고생하면 돈을 많이 벌 수 있으리라는 사실을, 그리고 또 몇 년이 지나면 고국에 있는 부모 형제들을 미국으로 불러들일 수 있을지도 모른다는, 스스로도 잘 믿기지 않는 사실을 빼곡하게 적어내려갔을 것이다. 편지지 바깥으로 가끔 눈물도 떨어졌으리라. 값싼 봉함엽서에 그 눈물의 사연은 들어 있지 않았으리라.

그리고 1966년의 어느 여름, 차이나타운의 한 세탁소나 혹은 카페나 식당에서 밤늦은 시간 일을 마치고 돌아와 반짝이는 거리의 네온사인이 밤새 창가로 비쳐드는 한 어두운 골방에서 옷을 벗었을 것이다. 외로움에 못 이겨, 향수병에 못 이겨, 하루종일 설거지를 하느라 통통 부어오른 손이 너무나 아려, 혹은 거리의 네온사인 불빛이 너무 따가워 누군가와 동침했을 것이다. 혹은 차이나타운에 새로 들어온 중국 처녀를 눈여겨본 폭력배가 수전의 뒤를 뒤쫓아 따라와 입을 틀어막고 성폭행했을 것이다. 아직 영어도 제대로 못하는 수전은 광둥어로 비명을 질렀으나 쏟아져내리는 빗소리에 수전의 목소리가 파묻혔을 것이다. 벌거벗은 수전의 알몸 위로 문신처럼 차이나타운의 붉은 네온사인이 새겨졌을 것이다. 그랬을지도 모른다. 그 언젠가, 1966년의 어느 여름. 그리고 히피들이 머리에 꽃을 꽂고 샌프란시스코로 몰려들던 다음해 봄 한 아이가 태어났다.

갓 이민 온 수전에게 아이는 감당하기 어려운 존재였을 것이다. 서류상의 아버지에게는 말도 하지 못했을 것이다. 어떻게 해야 하겠는가? 브로커에게 얘기하면 출생증명서를 발급받는 대신 돈을 요구할 것이 분명했다. 돈을 떠나서 수전에게는 아이를 기를 수 있는 능력이 없었다. 그런 수전에게 어쩌면 같이 일하는 중국인 웨이트리스가 말했을 것이다. '입양을 시키지그래? 미국에서는 입양 가족을 선택할 수도 있다고 하더라고. 여기 사람들은 입양시켜도 아이를 잘 키워. 독실한 크리스천이거든. 지금 상황에서는 일단 아이가 잘 크면 되는 것 아니야?'

수전은 그 말을 들었을까? 무슨 소리 하느냐고 울부짖지 않았을까? 얼마 만에 입양 에이전트를 찾아갈 결심을 했을까? 거기 갈 때까지 얼마나 울었을까? 동료 웨이트리스가 설명하는, 아이를 구하는 부모들의 사진과 조건을 듣고서야 그 아이를 떠나보내는 일이 더 옳다는 사실을 납득하게 됐을까? 그 잔인한 봄에도 꽃이 피었을까? 기왕 입양시킨다면 중국인 가정에 입양시키고 싶다고 말했을까? 입양아를 구하는 중국인 가정이 없다면, 같은 동양인인 한국인 가정에라도 입양시켜달라고 사정했을까? 아이와 함께 타이완에 돌아가고 싶지 않았을까? 아이의 양육권을 포기한다는 서류에 서툰 영어로 자신의 이름을 쓸 때 무슨 생각을 했을까? 도대체 무슨 일이 일어나는지도 모르면서 계속 울어대는 아이를 어떻게 떼어놓았을까? 아이를 보내고 차이나타운의 어두운 뒷골목으로 돌아간 수전은 창으로 비치는 거리의 네온사인을 보고 무슨 생각을 했을까? 그 밤에도 손과 종아리는 부어 있었을까? 끙끙대며 잠 못 들었을까? 수전에게 미국이란 무엇이었을까? 수전에게 그 아이란 무엇이었을까? 내게 수전이란 무엇일까?

9

신촌 기찻길 옆의 한 커피숍에 김태익은 앉아 있었다. 모과처럼 뾰로통한 얼굴이었다. 예년 같았으면 통인동 한빛은행 옆 호프집에 앉아 있을 시간이었다. 한빛은행 뒤편으로 돌아 들어가 낙서하듯이 벽에 휘갈겨놓은 '154-2'. 바로 거기가 이상의 생가가 있던 자리다. 나는 한국에 온 이래 매년 9월 23일에는 그 집터 주변을 한 바퀴 돌고 근처 호프집에 들어가 싸구려 안주에 맥주를 마시는 것으로 이상의 생일을 축하했었다. 내 입양기록증을 열람하고 나서도 오랫동안 나는 그 일을 멈추지 않았다. 내 왼쪽에 입양기록증이 있었다면, 오른쪽에는 『이상 전집』이 있었다. 나는 그 둘 중 어느 쪽이 과연 진짜 나의 아이덴티티를 증명해주는 것인지 알 수 없었다. 내게 이상 문학의 세계란 바로 그랬다.

내가 들어가자, 김태익이 손을 들어 보였다. 커피숍은 토요일을 맞아 놀러 나온 젊은이들로 북적댔다. 토요일이라 수업이 없을 텐데, 오직 나를 만날 생각으로 김태익은 시내에 나온 셈이다. 나는 고개만 조금 끄덕거리고 자리에 앉았다. 김태익은 내가 공개한 이상의 「오감도 시 제16호 실화」에 대한 기사가 담긴 신문을 들고 있다가 보란듯이 내 쪽으로 툭 던졌다. 그런 김태익의 행동에 신경쓰지 않고 나는 커피를 주문했다. 막상 만나려고 마음먹고 나자, 김태익에 대한 감정이 조금 누그러졌다.

"어쨌든 이미 발표는 된 것이고 이제 어쩔 작정입니까?"

왼쪽으로 다리를 꼬고 앉아 어디 다른 사람을 향해 말하듯 김태익이 나지막이 말했다.

"도대체 무엇을 어떻게 한단 말입니까? 기사에 실린 그대로입니다. 우연한 기회에 저는 이상의 유고인 「오감도 시 제16호」를 손에 넣게 됐고 마침 오늘이 이상 탄생 90주년이기 때문에 공개한 것뿐입니다. 그게 답니다."

"주선생은 정말 이 원고가, '나는내兒孩다. 아버지가나의거울이

무섭다고그런다'로 시작하는 이 시가 이상의 유고라고 생각하십니까? 정말 그렇게 생각하십니까?"

여전히 내 쪽은 바라보지도 않고 김태익이 말했다. 나는 바라보지도 않는 김태익의 시선을 한 번도 놓치지 않고 바라봤다.

"여기 기사에도 조금 나오지만, 그 가운데 나오는 '총은앵무의꿈이있다'는 구절은 이상이 아니면 쓸 수 없는 구절입니다. '앵무'라는 것, 조롱에 갇혀 날지 못하는 새라는 것, 내 말을 그대로 흉내내는 새라는 것은 바로 이상이 늘 써오던 이미지입니다. '총'이라는 것도 마찬가지고요. 이보다 더 어떻게 이상의 시처럼 보일 수가 있겠습니까?"

김태익은 다리를 풀고 두 손을 깍지 낀 채, 손바닥을 몇 번 자기 쪽으로 들썩이더니 바르게 앉아 나를 뚫어지게 쳐다봤다.

"그러기에 제가 위조된 것이라고 말하지 않습니까? 위조하는 사람들이 이상 시처럼 보이지 않게 위조하겠습니까?"

"도대체 「오감도」를 위조할 까닭이 어디 있습니까? 그리고 그런 식으로 이상 작품처럼 보인다는 게 위조의 근거라면 이제까지 발견된 모든 유고가 위조된 게 아닙니까?"

"제가 두 가지 점을 말씀드리지요. 첫째, 도대체 왜 「오감도」를 위조해야만 하는가? 그건 바로 가짜 데드마스크를 팔아먹기 위해서죠. 「오감도」 유고라는 게 가짜 데드마스크를 진짜처럼 보이게 하는 소도구니까요. 아, 잠깐만 제 말을 들어보세요. 물론 주선생

말처럼 그 데드마스크가 진짜인지 가짜인지는 아직까지 제대로 밝혀지지 않았습니다. 하지만 저는 가짜라고 확신합니다."

김태익이 정색을 하고 내 쪽으로 몸을 기대며 말했다.

"왜냐하면 주선생이 공개한 이 「오감도 시 제16호」가 가짜이기 때문이죠."

나는 큰 소리를 내면서 웃었다.

"아니, 그런 논리가 어디 있습니까? 이 「오감도 시 제16호」가 가짜인 이유는 같이 넘긴 데드마스크가 가짜이기 때문이고 그 데드마스크가 가짜인 이유는 이 「오감도 시 제16호」가 가짜이기 때문이라는 것이잖습니까? 그렇게 치자면 이상의 모든 작품은 가짜입니다. 왜냐하면 이상은 존재한 사람이 아니기 때문입니다. 이상이 왜 존재한 사람이 아니냐구요? 이상의 모든 작품이 가짜이기 때문입니다. 그렇지 않습니까?"

내 말에 김태익이 고개를 숙이고 한참 뭔가를 생각하는 듯하다가 다시 고개를 들더니 가방에서 『이상 전집』 중 『시 전집』을 꺼냈다. 그리고 나지막한 목소리로 말했다.

"이건 그런 문제가 아닙니다. 여기 맨 앞에 「오감도」 열다섯 편이 나오지 않습니까? 자, 보십시오. 주선생, 말입니다, 여기서 '나는'이라는 구절이 몇 번 나오는지 헤아려본 적이 있습니까?"

"그건 당신 전공이잖소."

"맞아요. 저는 『이상 전집』에 나오는 단어를 모두 정리했어요.

하지만 주선생도 자기 머리털 개수만큼이나 『이상 전집』을 샅샅이 파악하고 있다니 묻는 겁니다. 다시 한번 묻겠습니다. 「오감도」 열다섯 편에 '나는'이라는 구절이 몇 개 나오는지 아세요? 궁금하시면 시간을 드릴 테니 지금 헤아려보세요."

나는 잠자코 있었다.

"아니, 뭐 그럴 것 없습니다. 제가 다 헤아려놓았거든요. 「오감도」 열다섯 편에 1인칭 주격 '나'는 모두 마흔네 번 나옵니다. 「오감도」 열다섯 편에서 가장 많이 등장하는 단어랄까요. 그러기에 「오감도」라는 게 '나', 즉 이상 본인에 관한 얘기라고 하지 않습니까? 그럼 두번째로 많이 나오는 단어는 무엇이라고 생각하십니까? '너'일까요? '그대'일까요? '거울'일까요? 주선생은 별로 알고 싶지 않겠지만, '내'라는 소유격이에요. 모두 서른세 번이 나오죠. 이상이 지독한 에고이스트였다는 사실이 분명해지죠. 이어 세번째로 많이 나오는 단어는 '아해'로 모두 스물여덟 번이 나오고 네번째로는 열여덟 번이 나오는 '아버지', 다섯번째는 열일곱 번이 나오는 또다른 소유격 '나의', 여섯번째는 열세 번씩 나오는 '거울' '무섭다' '그리오'입니다."

김태익은 망연자실한 나를 바라보면서 득의만만한 표정으로 말했다.

"그렇게 많이 나오는 단어를 쭉 정리해서 순서대로 늘어놓으면 어떻게 되는지 아시오? 나, 내, 아해, 아버지, 나의, 거울, 무섭다,

그리오. 이게 뭡니까? 당신이 오늘 신문에다 발표한 「오감도 시 제16호 실화」라는 것 아닙니까?"

일순 잿빛으로 바뀌는 토요일 오후의 신촌 거리. 먼 북소리. 잘못된 길을 가고 있다는 사실을 내게 알리는 먼 북소리. 잿빛 북소리. 실신이라도 하면 좋으련만 내 정신은 은화처럼 맑았다.

10

어디로 갈까. 나는 만나는 사람마다 도쿄로 가겠다고 호언했다. 그뿐 아니라 어느 친구에게는 전기 기술에 관한 전문공부를 하러 간다는 둥 학교 선생님을 만나서는 고급 단식인쇄술을 연구하겠다는 둥 친한 친구에게는 내 5개 국어를 능통할 작정일세 어쩌구 심하면 법률을 배우겠소까지 허담虛談을 탕탕 하는 것이다. 웬만한 친구는 보통들 속나보다. 그러나 이 헛선전을 안 믿는 사람도 더러는 있다. 하여간 이것은 영영 빈빈 털털이가 되어버린 이상의 마지막 공포에 지나지 않는 것만은 사실이겠다.

1991년 문학사상사에서 출간된 이상 전집 제2권 중 「봉별기」의 이 부분에는 오식처럼 보이는 곳이 하나 있다. 마지막 문장이 '하여간 이것은 영영 빈빈 털털이가 되어버린 이상이 마지막 공포에 지나지 않는 것만은 사실이겠다'라고 돼 있는 것이다. 1949년 백양당에서 펴낸 『이상 선집』에는 문학사상사본과 달리 이 부분이 위와 같이 돼 있다. 이 소설이 실린 『여성』1936년 12월호를 확인하지 못했으므로 원래 잡지에 실릴 때는 어떻게 표기됐는지 모르겠다. 어쨌든 원문도 '이상의'가 아니라 '이상이'라고 돼 있다면 문맥상 오식임에 틀림없다. 그럼에도 나는 늘 이 문장을 '이상이'라고 오식대로 읽었다. 이상'의' 공포가 아니라 이상'이' 공포라는 사실이 더 내 마음에 드는 것이다. 물론 오독하는 내 눈은 원문의 '공포空砲'를 '공포恐怖'로 바꿔 읽는다. 언제부터 그렇게 읽었을까? 아마도 내 입양기록증을 열람하면서부터가 아닐까?

목적을 잃은 내 발길은 어두운 신촌 거리를 헤매고 있었다. 나는 어디로 돌아가야 할지 이것만은 분간하기가 어려웠다. 가야 하나? 그럼 어디로 가야 하나? 붉은, 혹은 노란 불빛이 바람을 타고 어지럽게 떠다녔다. 이제 더이상 갈 곳이 없다는 사실보다 더 공포스러운 일은 없었다. 중국인으로 태어난 뒤 미국인으로 자라 한국 현대문학을 전공한다는 게 도대체 무슨 의미인가? 이 무슨 난수표 같은 삶이란 말인가?

나는 백화점에 들어가 어린아이들의 장난감을 유심히 바라보고 여자들의 화장품을 하나하나 만져보고 또 작은 어항에 들어 있는 금붕어들을 들여다봤다. 금붕어는 참 잘들 생겼다. 작은 놈은 작은 놈대로 큰 놈은 큰 놈대로, 다 싱싱하니 보기 좋았다. 마네킹처럼 서 있는 여자 직원에게 오늘이 며칠이냐고 묻자, 9월 23일이라는 대답이 돌아왔으나 내겐 그 대답이 똑 부러 그러는 것 같아 좀 안됐다. 오늘은 혹시 12월 12일이 아닌가? 뚜우 하고 정오 사이렌이 울리고 사람들은 모두 네 활개를 펴고 닭처럼 푸드덕거리는 것 같고 온갖 유리와 강철과 대리석과 지폐와 잉크가 부글부글 끓고 수선을 떨고 하는 것 같은 찰나, 그야말로 현란을 극한 정오가 아닌가? 그 날지 못하는 새, 닭들의 겨드랑이가 무척이나 가려운 시간이 아닌가? 아하, 그것도 내 인공의 날개가 돋았던 자국일까? 내 머릿속에서 희망과 야심의 말소된 페이지가 딕셔너리 넘어가듯 번뜩이는 순간일까? 나는 걷던 걸음을 멈추고 그리고 어디 한번 이렇게 외쳐보고 싶었다. 날개야 다시 돋아라. 날자. 날자. 날자. 한 번만 더 날자꾸나. 한 번만 더 날아보자꾸나.

내 회색빛 뺨을 어루만지는 바람. 그곳은 백화점의 옥상정원이었다. 가장자리로 둘러친 인공정원 위로 기어올라가 희락의 어두운 거리를 내려다봤다. 사람들이 이쪽에서 저쪽으로, 저쪽에서 이쪽으로 걸어가고 있었다. 그 잿빛의 거리가 막다르다고 해도, 뚫려 있다고 해도 이젠 내겐 아무런 상관이 없다. 나는 눈을 감고 그 거리 위에 서 있었다.

'영영 빈빈 털털이가 되어버린 이상의 마지막 공포'란 바로 영영 빈빈 털털이가 되어버린 이상이 마지막 공포라는 뜻일지도. '삼십일년 삼십이년 일'. 그 무렵 이상이 본, 조선총독부보다 더 큰 어떤 문제는 바로 그 공포를 뜻하는 것일는지도 모른다. 스스로 날개를 꺾어버린, 어떤 일. 그 부러진 날개를 하고 회색의 거리를 날아오르겠다고 마음먹는 일. 슬픈 이상. 자신의 운명을 대학병원 실험실에서 보게 된 이상. 그리고 공포. 자신을 죽이려는 운명과 맞서 스스로 자신의 목을 조였던 인물. 당대의 누구보다도 일찍 죽을 것이라는 신탁을 받았으나 스스로 일찍 죽음으로써 당대의 누구보다도 오랫동안 살아남게 된 인물.

눈을 감은 내 몸이 덜덜덜 떨려왔다. 이제 내가 돌아갈 곳은 없다. 샌프란시스코 차이나타운 뒷골목에서 태어난 내가 돌아갈 곳은 그 어디에도 없다. 태어나 젖 떼자마자 낳아준 어머니를 떠나 길러주신 부모님에게 맡겨진 이후로 나는 공포를 모르는 원색의 세계에 살고 있었다. 그렇다면 세상의 그 모든 원색이란 얼마나 허약한 것인가? 선 하나만 빼는 것만으로 '날아오르는 새鳥'의 세계가 '날지 못하는 까마귀烏'의 세계로 바뀌는 것처럼, 그렇게 허약한 세계가 아닌가? 개미처럼 분주히 오가는, 저 거리의 사람들의 세계란?

나는 천천히 뒤꿈치를 들고 회색의 어둠 속으로 날아올랐다. 내 몸이 가볍게 떠올랐다. 중력의 법칙을 거부하고 내 온 삶이 하늘로 솟구쳤다. 오로라처럼 층을 지어 짙은 회색에서 옅은 회색으로 그려진 밤하늘이 너무나 아름다웠다. 사람들은 누구나 평생에 단 한 번은 그렇게 날아오르지 않는가? 자신의 운명을 알아버린 얼굴 하얀 아이도, 자기가 온 곳을 알아버린 낯선 아이도. 누구나 한 번은 그렇게 날아오르지 않는가? 부러진 날개로, 우리는 모두 한 번은 날아오르지 않는가? 지금이 바로 그 순간이 아닌가?

천천히 비로드처럼 내 발밑에 깔린 부드러운 밤을 밟으며 나는 이상이 간 곳을 따라갔다. 나를 날아오르게 하는 그 힘은 바로 비밀의 힘이다. 내가 여기서 이렇게 죽으면 이제 그 누구도 내가 차이나타운 뒷골목에서 태어난 중국인이라는 사실은 알 수 없을 것이다. 금칠까지 하지 않더라도. 부러진 날개로 날아오른다는 뜻은 비밀의 힘으로 솟구쳐오른다는 뜻이다. '삼십일년 삼십이년 일'의 힘으로. 1966년 샌프란시스코 차이나타운 뒷골목의 힘으로. 급류를 거슬러올라가는 물고기의 매끈한 몸처럼 내 팔다리가 유선형의 길을 따라 허우적댔다. 나는 바람 속으로 날아갔다.

바로 그때, 그 미끈한 바람에 새겨진 문신처럼 이런 소리가 들렸다. '이봐, 피터 주. 아직 모든 게 끝난 게 아니잖아? 너는 아직 날아오를 때가 아니잖아?' 소리나는 쪽을 돌아보느라 고개를 돌리다가 갑자기 몸의 중심을 잃고 어둠 속으로 뚝 떨어지기 시작했다. "아아아악." 나는 비명을 지르며 어둠의 아가리 속으로 떨어졌다.

내가 떨어진 곳은 옥상정원에서 고작 삼 미터 남짓 아래쪽에 있는 백화점 사무실의 베란다였다. 타일 바닥에 엉덩방아를 찧었기 때문에 끙끙대고 있는데, 가슴에 국화를 꽂은 백화점 유니폼 차림의 여자 하나가 눈을 가늘게 뜨고 창문을 열더니 비명을 지르려고

했다. 나는 왼손으로 엉덩이를 만지면서 오른손을 내저으며 소리
치지 말라고 손짓했다.

"왜, 왜 그러세요? 거, 거기서 뭐하세요?"

"나도 모르겠어요. 잠깐만. 엉덩이에 불이 난 것 같으니. 오늘이
며칠입니까?"

"9월 23일이요. 아저씨 어디서 오셨어요?"

나는 손가락을 들어 위쪽을 가리켰다. 인형처럼 생긴 여자는 내
손가락이 가리키는 대로 하늘을 올려다봤다. 헤이, 푸조. 이게 바
로 내 하늘인가? 그런가?

나는 얼른 일어나 한쪽으로 비틀비틀 걸어갔다. 그러자 여자가
소리쳤다.

"아저씨, 어디 가세요?"

절뚝거리는 다리를 멈추고 내가 돌아서서 말했다.

"집에요."

"집에 가려면 이쪽으로 오세요. 그쪽으로 가면 천길 낭떠러지예
요. 날개가 달린 것도 아니잖아요."

흥행물 천사처럼 기성복 가게에서 맞춘 듯한 웃음을 지으며 여
자가 창문을 열었다. 나는 미안하다고 손을 올리며 창문을 넘어 들
어갔다. 내가 사무실을 나갈 때까지 여자는 멀찌감치 물러서 있었
다. 나는 여자뿐만 아니라 그 사무실에서 야근하는 사람들에게 연
신 고개를 숙여 미안하다고 말하면서 빠져나왔다.

11

다리를 절뚝거리며 서둘러 집으로 돌아온 나는 김연화에게 건네받은 수기를 뒤졌다. 여덟번째 장인가, 아홉번째 장인가에 그런 구절이 나온다. '회한에 그만 고개를 돌리고 나는 다시 온 길을 되짚어 부속병원 쪽으로 걸어갔다. 그 부속병원의 내력은 증축된 건물들의 숫자에 비례한다. 1876년 간다에 있던 도쿄의학교 교사를 지금의 자리로 옮기면서 도쿄대학 부속병원의 역사는 시작됐다. 1877년 도쿄 카이세이학교와 도쿄의학교가 병합되면서 도쿄대학교가 새로 생기고 도쿄의학교는 도쿄대학 의학부 부속병원이 됐다. 1886년 이 병원은 제국대학 의과대학 부속병원이 되었다가 패전 뒤인 1947년 도쿄대학 의학부 부속병원이 됐다. 1960~70년 흉부외과, 신경내과, 소아외과 등이 차례로 신설되고 1987년 설비 관리동이 준공됐으며 1987년 착공한 지 삼 년 만에 신중앙진료동이 웅장한 모습을 드러냈다.' 1987년이라면 쇼와 62년의 일이었다.

그러니까 다시 말해서 쇼와 54년, 그러니까 1979년에는 도쿄대학 부속병원에 신중앙진료동이란 존재하지 않았다. 신중앙진료동이란 1984년 착공해서 1987년 준공됐기 때문이다. 그렇다면 상단에 '昭和五十四年八月. 新中央診療棟で拾得. 物療內科 中村眞男'라고 적어놓은 그 원고는 뭔가? 권진희가 진짜라고 공개한 그 원

고는 도대체 무엇인가? 존재하지도 않은 신중앙진료동에서 습득
한 원고다? 그렇다면 그 원고도 조작된 원고였단 말인가?

12

하루가 늦은 2000년 9월 24일 일요일, 나는 통인동 154번지를
찾았다. 나는 154번지 담벼락을 바라보며 한참 서 있었다. 비가
내리면서 담벼락으로 짙은 회색의 빗줄기가 내리쳤다. 나는 감미
로운 음악소리를 듣듯이 빗물받이에서 쏟아져내리는 빗물 소리
를 들었다. 조만간 김태익은 내가 발표한 원고가 「오감도」 열다
섯 편에 등장하는 단어들을 빈도순으로 재배치해 엮어낸 조작이
라는 사실을 어떤 식으로든 발표할 것이다. 그러나 나는 권진희
가 공개한 또다른 원고가 지닌 모순점을 지적하지 않기로 했다.
그 비밀이 나를 한국인으로 만들어줄 것이라는 생각이 들었기 때
문이다. 내게 공개되지 않은 비밀이 있을 때만이 나는 날아오를
수 있다.
빗속에서 나는 담배에 불을 붙였다. 그리고 라이터의 불을 밝혀
이태리 뚱보에게서 받은 이래 늘 주머니에 넣어두고 다녔던 내 입
양기록증에 불을 붙였다. 잔뜩 깔린 먹구름 때문에 어두운 하늘 위
로 작은 불이 솟구쳤다. 백지에 물이 번지듯 불길이 종이를 집어삼

키자 검은색으로 가벼워진 종이가 어디선가 불어온 바람을 타고 하늘로 솟구쳐오르기 시작했다. 내가 삼킨 그 비밀이 하늘로 날아오르기 시작했다. 그 불길을 바라보며 나는 불멸의 천재 이상이 아니라 얼굴 하얀 아이 김해경의 탄생을 축하했다.

은식기가 덜커덕거리는 소리와 함께 태어난 그 아이는 박제가 되어버린 천재 이상의 가면을 쓰고 죽어버렸다. 그렇게 죽음으로써 영원한 비밀 하나가 그 아이와 함께 사라져버렸다. 이제 우리는 알지 못하는 '삼십일년 삼십이년 일'. 그 비밀이 있었기에 얼굴 하얀 아이 김해경은 부러진 날개를 가지고 영원한 작가 이상이라는 어둠을 향해 날아오를 수 있었다. 그 비밀이 뭔지 알 수 없는 한, 이상이란 미친놈의 개수작에서 위대한 명작 사이를 한없이 오르락내리락할 뿐이었다. 진짜라고 믿는 자에게 그 세계는 진짜처럼 보이고 가짜라고 믿는 자에게 그 세계는 가짜처럼 보인다. 김해경은 그 사실을 알았기 때문에 기꺼이 자신이 창조한 등장인물 이상에게 자리를 내주고 자신이 간직한 비밀과 함께 사라진 것이다.

문득 나는 고개를 돌리고 통인동 골목길을 바라봤다.

비를 피해 책보를 머리에 인 채, 경제화를 신고 골목길을 달려가는 한 아이가 보인다. 살랑살랑 물위에 파문이 어지럽다. 고무신 신은 사람처럼 소리가 없다. 눈물보다도 고요하다. 이렇게 궂은비가 오는 밤에는 우는 사람이 많을 것이다. 건너편 양옥집 들창이 유달리 환하더니 이제 누가 그 들창을 안으로 닫아버린다. 따뜻한 방이 눈을 감고 실없는 장난을 하려나보다. 비가 오네. 비가 오네.

그 아이의 어머니도 아버지도 다 얽었다. 그들은 다 마음이 착하다. 그의 아버지는 손톱이 일곱밖에 없다. 궁내부 활판소에 다닐 적에 손가락 셋을 두 번에 잘렸다. 그의 어머니는 생일도 이름도 모른다. 맨 처음부터 친정이 없었던 까닭이다. 아이의 부모가 아이에게 경제화를 사주면 아이는 그것을 신고 그들이 모르는 골목길로만 다녀서 다 헤뜨려버렸다. 부모가 월사금을 주면 아이는 그들이 못 알아보는 글자만을 골라서 배웠다. 그런 부모의 품을 아이는 젖 떨어지자마자 떠나 살았다.

한 아이가 수수깡처럼 마른 다리를 흔들며 골목 안쪽 어둠 속으로 사라진다. 그 아이가 멀리 한 점으로 사라지는 모습을 나는 바라봤다. 영영 우리가 알 수 없는 비밀 속으로 사라지는 광경을.

끈빠이.

그대는 이따금 그대가 제일 싫어하는 음식을 탐식하는 아이러니를 실천해보는 것도 좋을 것 같소. 위트와 파라독스와…… 그대 자신을 위조하는 것도 할 만한 일이오. 그대의 작품은 한 번도 본 일이 없는 기성품에 의하여 차라리 경편하고 고매하리다. 그러나 인생 혹은 그 모형에 있어서 디테일 때문에 속는다거나 해서야 되겠소? 화禍를 보지 마오. 부디 그대께 고하는 것이니……

테잎이 끊어지면 피가 나오. 상傷채기도 머지않아 완치될 줄 믿소.

상채기도 머지않아 완치될 줄 믿소.

꾼빠이.

또다른 원본을 찾아서

김성수(문학평론가)

1. 김연수 소설의 방법적 뿌리

소설쓰기의 뚜렷한 방법과 신념을 확보하고 있는 작가들은 행복
해 보인다. 물론 그 방법을 확보하고 신념을 유지해가는 일이 고통
을 수반하고 있다는 점에서 '행복하다'는 표현은 역설적일지도 모
른다. 그러나 행복한 고통으로서의 창작행위란 세계를 바라보는
작가의 웅숭깊은 심안心眼으로부터 생성되는 것이면서 동시에 그
곳에 각별한 애정을 쏟아붓는 구체적 실천을 통해서만 의미를 획
득할 수 있다. 사물과 대상에 각별한 애정을 품고서 세계라는 틀에
언어의 초점을 맞춰 삶을 재구성하는 소설쓰기란 이런 범주에서
크게 벗어날 수 없는 운명을 지니고 있는 것이 아닐까. 글쓰기의
운명이 이런 한에서 세대론의 차이를 따지는 일이란 그렇게 유용

해 보이지 않는다. 다만, 동시대를 사는 작가로서 동일성을 강요하는 세계의 보이지 않는 힘으로부터 벗어나 자유롭게 내면의 욕망과 개성적 사유를 펼쳐 보일 수 있는 대지를 확보하고, 그 대지 위에 글쓰기의 정신적 '황금소黃金素'를 추출하여 어떻게 흩뿌려나가느냐가 긴요한 과제일 것이다.

90년대 중반부터 본격적으로 소설을 쓰기 시작한 김연수는 비슷한 시기에 등단한 김영하·박성원·백민석·이응준 등 이른바 신세대로 불리는 작가들과 더불어 '생활의 잉여로서의 문화'(최인훈)가 그 어느 시기보다 강렬하게 분출된 90년대의 문화적 징후를 작품에 담아온 작가이다. 이런 현상은 일군의 신세대 작가들을 포함한 90년대 작가들이 생활의 잉여로서 '그림'에 대한 깊은 관심이나 지식을 창작의 주요 모티프로 활용하고 있다든지(김주연, 「성관습의 붕괴와 원근법주의」, 『가짜의 진실, 그 환상』, 문학과지성사, 1998), '영화'와 '만화'와 '대중음악'과 '사진'에 이르기까지 다양한 문화적 표현 욕망을 작품의 질료로 활용하고 있는 데서 두드러지게 나타난다. 일종의 '문화주의'로 부를 만한 90년대적 감수성은 김연수의 경우 장편소설 『7번국도』의 날개에 요약된 프로필과 약평略評에서도 어렵지 않게 확인할 수 있다. 대중음악 비평 등 다방면의 글쓰기활동을 펼쳐온 김연수의 소설은 『7번국도』에서 '팝송'과 '영화'와 '만화'와 '시'의 담론 경계를 가로지르는 다양한 제재와 형식 실험을 통해 '방심의 책읽기'라는 독특한 즐거움을 독자들에게 제공한다. 새로운 세대의 사랑과 희망을 김연수 특유의 문법으로 찾아가는 『7번국도』의 세계 인식과 언어적 감수성은 형식적 자유로움과 어울려 소설쓰기의 새로운 유형을 담보해냈다고 할 수 있다.

김연수 소설에서 세계라는 틀에 대응하는 인식의 초점은 등장인물들의 의식과 행위가 잘 보여주고 있듯이 "말하자면 가짜"이고, "희망의 눈으로 보자면 절망적이기 짝이 없는"(『7번국도』) '가짜 낙원'의 허상에 맞추어져 있는 듯하다. 그래서 그들은 '진짜 낙원'은 여기에 있지 않고 저 너머의 다른 곳에 있다고 느낀다. 젊은 세대의 주인공들이 자전거를 타고 지나가는 '7번국도'처럼 "세계는 끊임없이 변화하고 다른 세계 속으로 들어가"는 한에서 진짜는 보이지 않고 모든 것이 가짜로만 보일 뿐이다. 하지만 세계를 이렇게 보는 것은 비단 김연수 소설만의 특징은 아니다. 그것은 이른바 90년대적 정치 상황이나 가상적 현실로서의 시뮬라크르가 실재보다 더한 실재를 생산해낼 뿐만 아니라 실재를 증발시켜버리고, 그래서 "실재가 이미지들과 기호들의 안개 속으로 사라진다"는 보드리야르의 명제처럼 위본이 진본을 아무런 의심 없이 전복하는 상황(김상환, 「탈현대 사회와 공간의 형이상학」, 『해체론 시대의 철학』, 문학과지성사, 1996)에서 작가들이 진짜와 가짜의 경계를 허물고 있는 현실을 더 리얼하게 인식하고 있기 때문이다. 이를테면, "치밀하게 위장된 허구의 틀은 실제 삶보다 훨씬 안전하고 편안하게 한 인간을 휴식하게 하"(채영주, 「가면 지우기」, 『가면 지우기』, 문학과지성사, 1990)거나, "가끔 허구는 실제 사건보다 더 쉽게 이해되"(김영하, 『나는 나를 파괴할 권리가 있다』, 문학동네, 2010)며, "어쩌면 꿈과 현실과 상상은 진정 구별될 수 없는 것인지도 모르며, 더 나아가서 꿈도 현실도 상상도 없는 것인지 모르며, 한 걸음 더 전진하면 없는 것도 있는 것도 없는 것인지도 모른다"(이상운, 『탱고』, 하늘연못, 2000)고 말하는 작가들의 현실 인식을 소설적 허구로만 돌려버릴 수 없는 상황이 실제로 얼마나 많이 벌어지고 있는가. 그만큼 실제와 허구, 진실과 거짓, 진짜와 가짜의 경계가 점점 더 모호해지고 있는 현상들이 현실의 많은 국면에서 발생하고 있는 것이 사실이다. 김연수 소설에서 실제와 허구의 문제가 창작의 주요 모티프로 작동하고 있는 것도 이런 사정과 무관하지 않다. 이런 경향은 이미 그의 데뷔작 『가면을 가리키며 걷기』에 잘 나타나 있다.

『가면을 가리키며 걷기』(1994)에서 『7번국도』(1997)를 거쳐 『스무 살』(2000)에 이르는 김연수 소설의 방법이랄까 신념은 소설쓰기와 관련된 방법론의 탐색과 실험의식의 일관된 투시력이라고 해야 할 것이다. 이를테면, 좌담회 형식의 글을 덧붙이고 있는 『가면을 가리키며 걷기』에서, "타인의 가면"이 아니라, "자신의 가면"을 가리키며 나아가는 예술로서의 소설쓰기, 거기서 "작가로서 허구의 세계와 현실의 세계에 대한 관계"를 모색하는 것이야말로 김연수 소설이 뿌리내리고 있는 원점의 그루터기 같은 것이다. 다시 말해, 허구와 사실의 경계를 허물면서 형성되는 김연수 소설의 실험은 데뷔작『가면을 가리키며 걷기』로부터 이제 그 종합적 완결편이라고 할 수 있는 장편『굳빠이, 이상』에 이르기까지 일관되게 추구되고 있음을 먼저 거론해야 할 것이다. 이 점은 이미『7번국도』에서도 프래그먼트에 가까운 분절 형식의 이야기와 이미지들을 넘나들며 심화된 바 있다. 한 가지로의 중심적 해석을 거부하는 '7번국도'의 사건과 사물과 공간의 이미지들은 물처럼 자연스럽게 주인공들이 지나가는 도로를 타고 흘러간다. 우리는 이미 젊음의 반항적 에너지와 소비적 파편의 이미지들이 소설의 육체 속에 뒤엉켜 교합되는 농밀한 상상을 모자이크하듯 재조직하여 읽지 않고서는 거미줄에 걸린 잠자리처럼 '7번국도'의 그물에서 좀처럼 헤어나오기 어려운 경우를 경험한 바 있다.

　그러나 무엇보다도 김연수 소설의 관심인 현실과 허구, 진짜와 가짜, 진실과 거짓의 문제가 풍부한 이야기의 육체를 통해 본격적으로 형상화된 것은 소설집『스무 살』에 실려 있는 여러 단편들이다.『스무 살』에서 보여준 김연수 소설의 이지적 감성과 정교한 구성력을 기억하고 있는 이들이라면『가면을 가리키며 걷기』와『7번국도』에서와는 또다른 소설 읽기의 재미를 느꼈을 것이다. 김연수는『스무 살』에서 작가의 소설쓰기를 피할 수 없는 '운명'과 연관시켜, 작가는 "이미 죽어서 이제 나의 소설 속에서 절대로 죽지 않게 되어버린 그 불행한 존재란 바로 소설을 쓰고 그 소설 안에서 부활하고 영원히 죽지 않기를 마다하지 않았던 바로 '나'라는 것"(「기억의 어두운 방」)을 발견하고 고백한다. 이 점은 「마지막 롤러코스터」나 「뒈져버린 도플갱어」에서도 탐색되고 있지만, 특히 「공야장 도서관 음모사건」에서 '책'과 '도서관'과 '오감의 기억'이라는 문명의 오래된 장치를 바탕으로 "끝없이 순환할 따름"인 원본으로서의 책의 존재와 부재를 둘러싸고 벌어지는 지적 게임에서 절정을 이룬다.

「공야장 도서관 음모사건」은 보르헤스의 단편 「삐에르 메나르, 『돈키호테』의 저자」나 「바벨의 도서관」「기억의 천재 푸네스」 등을 연상시키는 모티프들을 효과적으로 활용하고 있는 작품이다. 이 작품에서 작가는 "결국 글쟁이들이란 없어진 원본에 가장 가까운 책을 쓰는 게 일"이라는 말을 작중인물에게 부여한다. '글쓰기'란 사라진 '원본'에 가까이 다가서기 위한 욕망의 상상적 질주 같은 것이라는 점에서 이상의 유실된 '데드마스크'와 아직은 존재하지 않는 「오감도 시 제16호 실화」를 모티프로 하는 『꾿빠이, 이상』은 이제 김연수의 소설적 방법과 인식을 총체적으로 보여준다. 그것은 특히 보르헤스 계열의 작가들이 즐겨 원용하는 가짜의 참고문헌이나 각주, 가짜의 기록, 실존인물에 대한 가상적 기술(반대로 허구의 인물을 실제인 것처럼 기술하는 방식)을 통해 원본을 해체하고 상상적으로 재구再構하는 방법을 김연수가 도입하고 있다는 점에서 흥미로운 생각거리를 제공한다. 다시 말해, 이상(김해경)이라는 한 작가의 전 존재는 물론 이상의 삶과 문학을 닮기 위해 평생을 바친 한 아마추어 이상 연구가(서혁민)의 의식을 김연수는 『꾿빠이, 이상』에서 자신의 방법론적 도가니에 용해시켜 재창조하고 있다. 끝없이 순환하는 '이상(문학)'이라는 원본에 대한 하이퍼텍스트적 글쓰기를 작가는 상상적으로 구상하고 있는 것이다. 이제 작가는 부분이 아니라 전체로서의 '원본'을 문제삼으면서 사라진 원본으로서의 유품과 원고를 복원해내려는 기획을 이 특이한 형식의 장편소설에서 펼쳐보이고자 한다.

『꾿빠이, 이상』에서 김연수는 이상(문학)에 관한 정확한 고증과 상상의 이중전략을 구사하면서 한국문학사라는 객관적 구조체에 조응시켜 이야기를 일종의 논리적 퍼즐처럼 전개해나간다. 그런 점에서 김연수가 자신의 소설적 구상의 욕망에 견딜 만한 문학사적 대상으로 '이상(문학)'을 선택한 것은 당연한 귀결로 받아들일 수 있다. 자기 소설의 방법을 외국 대가들로부터 빌려올 수도 있겠지만 그 대상과 방법을 한국문학사에서 찾아 소설의 육체로 만들어낼 수만 있다면 그에 상응하는 정신의 로열티를 굳이 지불하지 않아도 되는 이점을 가질 수 있지 않겠는가. 이런 맥락에서 김연수의 『꾿빠이, 이상』은, 비밀의 회랑回廊에 둘러싸인 가면의 환유와 위조의 포즈 혹은 '산호편'의 수사학이라는 우리 근대문학사의 낯설면서도 익숙한 장면을 복원하면서 시작된다. 이 소설에서 작가는 이상 탄생 90주년을 맞는 일정한 시공간의 지층 속으로 굴착해 들어가면서, 이상(문학)이라는 실제의 존재(작품)를 허구의 유품(데드마스크)과 가상의 문서(『이상을 찾아서』)와 위작(「오감도 시 제16호 실화」)이라는 모티프를 활용하여, 작가 자신의 글쓰기가 터 잡고 있는 '원본의 진실이란 무엇인가'에 대한 탐사를 감행한다.

2. 실증과 상상의 동심원적 조감도

「데드마스크」「잃어버린 꽃」「새」 등 세 개의 이야기로 구성된 『꾿빠이, 이상』은 이상(문학)에 관해 지금까지 알려진 자료를 모두 섭렵하지 않고서는 쓸 수 없을 만큼 정확한 실증적 지식을 바탕으로 하고 있다. 여러 판본의 '이상 전집'은 물론, 이상 주변의 '증언'과 '기록', 그리고 '평전'과 '연구서'에 이르기까지 이상(문학)에 관한 모든 문헌을 정독하지 않고서는 쉽게 구상하기 어려운 내용들이 『꾿빠이, 이상』의 살과 뼈를 이루고 있어, 작가가 이 소설을 쓰기 위해 짧지 않은 시간을 투자하고 공들여 구상한 흔적이 작품 구석구석에 짙게 배어 있다. 또 한 가지, 작가 김연수는 이 소설에서 이상의 삶과 문학에 관한 전모를 일단 해체한 후 다시 조립해내면서 그 빈 지점으로 남아 있는 공백의 부분들에 대해서도 전문 연구자를 능가하는 치밀한 복원을 시도해놓고 있다. 아마도 이런 능력은 일상인 김해경의 자취는 물론, 작가·시인·화가·북디자이너·타이포그래퍼·건축가라는 1930년대 전방위적 문화인 이상의 아이덴티티를 그 내면의 심리로부터 외면의 행동에 이르기까지 섬세하게 읽어낼 수 있는 작가 특유의 지적 관심과 풍부한 상상력으로부터 발원하는 것이라고 판단된다. 하지만 무엇보다도 이상을 향한 어떤 열정과 신념이 전제되지 않고서는 이런 형식의 글을 구상하기가 쉽지 않다는 점에서 김연수의 『꾿빠이, 이상』은 연구자들을 포함해 이상에 관심 있는 이들에게 향후 한 가지 전범 역할을 충실히 할 만한 소설이다. 특히 기존의 전집과 글들에는 구체적으로 기록되어 있지 않아 확인하기 어려운 이상의 동경 시절 체험, 이를테면 1937년 1월 21일부터 27일까지 5회에 걸쳐 도쿄 '히비야 공회당'에서 가졌던 러시아 출신의 바이올리니스트 '미샤 엘만Mischa Elman'의 방일연주회(170쪽)를 이상이 직접 관람했던 일(이 연주에 대해 이상은 '음력 제야', 즉 1937년 2월 10일자로 부기한 김기림에게 보내는 한 '사신'에서 엘만의 연주에 대해 짤막하게 감상평을 적어놓고 있다. 이에 관해서는 김윤식의 『이상 문학 텍스트 연구』 350~363쪽을 참조할 수 있다)에 대해 작가는 상세하게 기술하고 있다. 『꾿빠이, 이상』은 실증적 자료와 연구, 그리고 작가 특유의 상상력이 유기적으로 결합된 소설로 지금까지 이상을 패러디한 소설들과도 일정한 차별성을 갖고 있다.

첫번째 이야기 「데드마스크」는 이상의 유실된 '데드마스크'의 소재와 진위 여부를 둘러싼 사건을 다루고 있으며, 두번째 이야기 「잃어버린 꽃」은 이상의 삶과 문학을 닮기 위해 평생을 바친 아마추어 이상 연구가 서혁민의 내면과 행동을 담고 있다. 세번째 이야기 「새」는 서혁민의 수기 속에 나와 있는 「오감도 시 제16호 실화」의 진위 여부를 둘러싼 논쟁과 함께, 화자인 피터 주의 출생과 관련된 '아이덴티티' 문제를 이상의 유고와 연계시켜가면서 진본과 위본의 경계에서 발생하는 진실의 의미에 대해 다루고 있다. 『끝빠이, 이상』의 세 가지 이야기는 '데드마스크'와 「오감도 시 제16호 실화」를 사건 발생의 중심 모티프로 삼고, 거기에 기자(김연(화)), 시인('정희'의 남편인 박태원 연구가), 연구자(피터 주, 권진희, 최수창 교수, 김태익 등), 서혁수(서혁민의 동생), 그리고 수기 속의 서혁민과 아마추어 하루야마 유키오 연구가 와타나베 등 유고의 진위를 둘러싼 인물들의 논쟁을 주요 내용으로 하고 있다.

유고의 진위를 해석하는 문제는 이 작품에 등장하는 인물의 설정방식에서도 잘 드러난다. 「데드마스크」의 화자인 기자 김연화는 공개할 이상의 유품이 가짜일 것이라고 제보한 '정씨'의 전화를 받는 과정에서 우발적으로 '김연'이라는 가상의 존재가 되고, '정희'('정희'는 이상의 단편 「종생기」에 등장하는 여성과 이름이 같다)라는 여인과 불륜의 관계에 있는 인물이다(유부녀와의 사랑은 위조지폐와 마찬가지로 '허위'의 범주에 들어 법적으로 처벌의 대상이 될 수도 있지만, 반대로 거기에 진실이 개입되어 있는 경우를 배제할 수 없다). '데드마스크'를 공개하는 자리에 참석한 가짜 최수창 교수, 김연(화)에게 전화로 서혁수의 공개 유품이 가짜라고 알려준 '정씨'의 모호한 정체, 유품의 공개 당사자인 서혁수라는 인물도 허구적 인물일 개연성이 높다는 점, 「새」의 화자인 재미교포 이상 연구가 피터 주가 자신의 출생 비밀과 관련하여 심각한 '아이덴티티'의 혼란을 겪고 있는 인물이라는 점, 더 나아가 이상의 '데드마스크'를 둘러싼 진위 여부가 남한과 북한 양쪽에 모두 걸려 있다는 점에서 『꾿빠이, 이상』은 등장인물의 '아이덴티티'와 유품의 진위를 포함하여 남과 북의 문학사적·정치사적 함의(정통성의 진위 여부)까지 바탕에 깔고 있다.

『꾿빠이, 이상』의 구조를 동심원으로 그려보면, 사건을 발생시키는 중심 모티프는 당연히 '이상'이라는 존재와 그의 '문학에 관한 것'이다. 이것을 중심으로 그 바깥에 서혁수라는 인물이 공개한 이상의 유품과 관련된 '데드마스크'의 이야기가 있고, 그 바깥에 서혁민의 수기 『이상을 찾아서』가 있으며, 또 그 바깥에서 피터 주의 『참조로서의 이상 텍스트』라는 연구서가 안쪽을 감싸고 있다. 이 모든 부분을 전체로 휘감고 있는 최종 '원圓'은 당연히 작가인 김연수의 장편소설 『꾿빠이, 이상』이라는 텍스트로, 진본과 위본 사이를 움직이며 존재하는 또다른 이상(문학)의 '원본'을 지향하고 있다. 이상(문학)을 둘러싼 여러 원들이 동심원으로 펼쳐지는 구도 속에서 '데드마스크'와 「오감도 시 제16호 실화」의 진위 여부를 둘러싼 추정, 그리고 이상(문학)의 비밀을 찾고 확정하기 위해 논쟁을 벌이는 인물들(그 닮음의 정도에 따라 서혁민-피터 주-그 밖의 이상 연구가로 설정된 인물들로 나열할 수 있을 것이다)이 『꾿빠이, 이상』의 골격을 형성하고 있다.

3. 진짜와 가짜, 그 진위의 경계선

『꿈빠이, 이상』의 사건을 추동하는 중심 모티프는 이상의 유품인 '데드마스크'와 「오감도 시 제16호 실화」의 진위 여부이다. '데드마스크'는 1937년 4월 17일 도쿄제국대학 부속병원에서 이상이 숨을 거두었을 때 제작된 것으로 소문만 무성한 이상의 유품이다. 그 '데드마스크'가 과연 누구에 의해 제작되었으며, 어떻게 유실되었는가 하는 문제를 둘러싼 이야기가 「데드마스크」의 주요 내용을 이루면서 소설 전체의 사건을 이끌어간다. '데드마스크'와 함께 이소설을 추동하는 또하나의 모티프는 기존에 알려진 이상의 시 「오감도」 열다섯 편 이외에, "이천 점에서 삼십 점을 고르는 데 땀을 흘렸다"(「산문집─오감도 작자의 말」, 1934. 8)는 이상의 글에 근거한 나머지 열다섯 편 가운데 하나로 설정한 「오감도 시 제16호 실화」이다.

'데드마스크'와 「오감도 시 제16호 실화」는 현존하지 않는 이상의 유품으로 작가 김연수의 상상력에 의해 설정된 가상의 소재이다. 이 가운데 '데드마스크'는 이상의 임종 당시 실제로 제작되어 얼마 동안은 존재했던 것으로 추정되지만 현재는 유실되고 없는 물건이다. 여기서 작가의 상상력이 발휘되는 지점은 과연 그것이 누구의 손에 의해 제작되었는가 하는 데 있으며, 더 핵심적으로는 '데드마스크' 자체보다 그것을 제작한 인물이 논자들에 따라 서로 엇갈리고 있는 '기억'의 상위相違에 초점이 맞추어져 있다. 물론 실증적으로는 이상의 임종 때 있었던 여러 인물들, 이를테면 길진섭, 조우식, 김소운, 변동림(김향안), 또는 삼사문학의 젊은 동인들 가운데 누군가가 분명히 '데드마스크'를 떴다는 사실이다. 그러나 누가 이상의 '데드마스크'를 제작했냐 하는 대목에서 의견이 일치하지 않고 있고, 따라서 「데드마스크」의 이야기는 그 제작 주체의 진위 여부에 관심을 두고 있다. 김소운이 '길진섭 제작설'을 주장하고(『하늘 끝에 살아도』), 그것을 고은이 이어받는(『이상평전』) 하나의 축이 있다면, 김향안(변동림)은 '조우식 제작설'을 주장하고, 나중에 임종국(『이상 전집』)과 이봉구(단편 「이상」)가 그 주장을 이어받는 또다른 축이 있다. 여기에다 이상의 소설 「지주회시」의 '오吳'라고 주장한 문종혁이 길진섭의 '사화상死畵像 제작설'까지 제기한 것을 생각할 때 소설은, "같은 날 같은 장소에 있었으면서 김향안은 조우식이, 김소운은 길진섭이 데드마스크를 떴다고 주장하게 되는 문제"(42쪽)에 초점을 맞춰 전개된다. 소설 속에서는 길진섭이나 조우식이 아니라 거기에 함께 있었던 삼사문학의 젊은 동인들 가운데 한 사람이 이상의 '데드마스크'를 뜬 것으로 설정하고 있지만, 결국 기억의 불분명함이랄까 기록의 불명확함에서 발생하고 증폭된 풍문의 허상만 남아 있을 뿐이다. 비슷한 시간, 같은 장소에서 이상의 임종을 지켜본 사람들이 서로 다른 주장을 할 수 있는가라는 문제는 불확실한 기억과 기록에만 그치지 않고 그 대상이 현존하지 않음으로써 사후事後의 엇갈린 주장들이 창궐하고, 경우에 따라 사기단의 위조 같은 허위의 상황이 끊임없이 반복될 가능성을 재생산한다. 여기서 작가는 '데드마스크'가 공개된 이후 그 유품을 진짜로 믿느냐, 그렇지 않으면 가짜로 간주하느냐 하는 이상 연구가들과 세상의 반응에 주밀한 관심을 갖는다.

작품이든 인물이든 이상과 관련된 모든 정황은 진짜냐 가짜냐는 진위 문제로 수렴될 가능성이 매우 높다. "진위를 구별하는 것은 결국 논리나 열정이 아닙니까? 하지만 영원한 사랑이나 위대한 문학을 구분하는 것은 무엇입니까? 그건 논리나 열정의 문제를 떠나 있는 게 아닙니까?"(77쪽)라며 서혁수가 김연(화) 기자에게 던지는 질문은 우리에게 어떤 사물의 진위 여부는 논리나 열정이 아니라 '믿음'의 문제로 귀결될 수 있다는 사실을 상기시켜준다. 결국 '데드마스크'는 사기단의 위조품으로 판명되고 그것을 기사로 발표한 김연(화)은 검찰에 불려가 조사를 받는 일까지 벌어진다(그러나 조금 달리 생각하면, 검찰의 조사와 발표에는 진짜라고도 가짜라고도 할 수 없는 통념으로서의 일방적 주장만이 진실로 수용되고 있을 뿐이다. 서혁수의 '데드마스크'를 포함하여 이상의 '데드마스크'는 남한에서 발견될 수도 있고, 북한의 김일성 종합대학 도서관이나, 아니면 이상과 절친했던 문우의 후손에 의해 공개될 가능성을 아직 배제할 수 없다). 그 일로 책임을 지고 잡지사에 사표를 낸 김연(화)이 정희와의 관계로 남편인 박태원 연구가를 다시 만났을 때 김연(화)에게 자신의 아내인 정희를 진짜로 사랑하는지 묻는 박태원 연구가의 다음과 같은 말은 '데드마스크'의 진위와 관련하여 이 소설의 의도를 압축해 보여준다.

"문제는 진짜냐 가짜냐가 아니라는 것이죠. 보는 바에 따라서 그것은 진짜일 수도 있고 가짜일 수도 있습니다. 이상 문학을 두고 최재서와 김문집이 각각 다르게 말한 것처럼 말입니다. 이상과 관련해서는 열정이나 논리를 뛰어넘어 믿느냐 안 믿느냐의 문제란 말입니다. 진짜라서 믿는 게 아니라 믿기 때문에 진짜인 것이고 믿기 때문에 가짜인 것이죠. (……) 다만 무한한 어떤 것 앞에서는 존재 그 자체가 중요하지, 진짜와 가짜의 구분은 애매해진다는 말입니다."(97쪽)

'데드마스크'의 진위 여부가 열정이나 논리보다 믿느냐 안 믿느냐는 '신념'의 문제라는 것은 아마추어 이상 연구가 서혁민의 수기 『이상을 찾아서』의 내용으로 되어 있는 두번째 이야기 「잃어버린 꽃」(즉 '失花'이다)에서도 일관되게 드러난다. 그의 이상李箱을 향한 탐구는 "아직까지 발견되지 않은 원고라도 찾을 수 있을까 해서 주말이면 몽유병자처럼 헌책방과 고물상을 떠돌아다니는 늙은 이이자, 사람들의 성화 때문에 열다섯 편까지만 발표하고 중단한 「오감도」의 다른 시편들을 상상력으로 복원하려는"(132쪽), 거의 종교에 가까울 정도의 열정을 지니고 있다. 이상의 유고를 찾기 위해 평생을 바쳐온 서혁민은 일본의 대표적인 모더니스트 하루야마 유키오春山行夫가 주관한 모더니즘 잡지 『세르팡』을 입수하는 과정에서 아마추어 하루야마 유키오 연구가인 와타나베를 우연히 만나게 된다. 와타나베는 서혁민(수기에서는 일본식 호칭인 '김상'으로 되어 있다)이 들고 있는『이상 전집』표지에 씌어 있는 '李箱'이란 한자 이름을 보고 하루야마 유키오의 친필 원고 가운데 '스모모하코'(李箱이라는 이름의 일본식 발음으로, '자두 상자'라는 뜻)라는 괴상한 문자가 적혀 있는 원고가 있음을 기억해내고 서혁민에게 그 사실을 말한다. 이 부분은 이상이 일본에 체류한 기간인 1936년 말과 1937년 초의 기간을 복원하면서, 하루야마와 이상의 교류과정에서 생길 수 있는 텍스트 혼종 가능성을 상상해볼 수 있는 대목이다. 이상이 당시 도쿄에 체류하고 있을 때 자신의 원고를 '이상'이라는 이름으로 하루야마에게 보냈을 가능성을 유추할 수 있는 것이다. 원고의 내용 가운데 하나는 "죽고 싶은 마음이 시퍼런 칼날白兵을 찾는다는 게 제목의 뜻"(136쪽)인 「백병白兵」이란 영화소설로, "세계적인 작가로의 원대한 꿈과 의처증적인 강박관념, 그 사이에 끼인 젊은 지식인의 모순되고 병적인 상태를 심리적으로 묘사"

(135~136쪽)한 '의식의 흐름' 기법으로 씌어진 사소설이다. 또하나의 원고는 '오감도'라는 큰 제목이 붙어 있는 연작시로, "어두움의 한가운데 검은 꽃" 혹은 "비밀의 한가운데 검은 꽃"(暗暗 ノ中 ノ 黒イ花)이라는 내용의 '실화'를 부제로 한「오감도 시 제16호」이다.

그러나 서혁민은 도쿄에서 와타나베를 다시 만나『세르팡』을 양보한 대가로 이상의 원고를 받으려고 하지만 그 원고는 이미 와타나베가 불태우고 없다. 와타나베가 원고를 불태운 이유는 이상이 하루야마에게 보낸 원고에서 자신의 작품은 모두 거짓이며 가짜라고 말하고 있기 때문에 진정한 이상 추종자라면 이상과 그의 문학을 영원히 지키기 위해서라도 그런 내용의 원고는 공개하지 않는 게 바람직한 일이라고 판단했기 때문이라는 것이다. 결국 서혁민은 와타나베의 말이 옳았다고 생각하며, "이상을 완성시키기 위해서라면 김해경은 죽었어야 했"듯이, 자신도 "영원히 이상으로 다시 사는 길"(194쪽)을 선택한다. 이후 서혁민은 하루야마의 유고 속에 들어 있다는 이상의 시를 완벽하게 모방한「오감도 시 제16호 실화」를 창작하여 수기에 남긴 후 이상이 도쿄대학 부속병원에서 최후를 맞았듯이 그의 행적을 그대로 따라가기 위해 음독자살로 삶을 마감한다. 이 시가 세번째 이야기「새」에 다시 나타나 연구자들의 희비를 가르며 위본 시비를 불러일으키는 계기로 작용한다.

세번째 이야기「새」는「오감도 시 제16호 실화」의 진위 여부를 둘러싸고 벌어지는 논쟁이 사건의 중심축을 이루고, 거기에 화자인 피터 주의 출생에 관련된 개인의 '아이덴티티'와 '남/북'이라는 조국(미국의 시민권을 가지고 있기 때문에)의 정치적 '아이덴티티' 문제가 복합되어 전개된다. 여기서 피터 주의 출생 비밀을 담고 있는 '입양기록증'의 상징성은 「오감도 시 제16호 실화」의 진위 여부와도 긴밀하게 연결된다.

피터 주는 이상 탄생 90주년을 기념하는 학술 심포지엄에서 기존의 열다섯 편을 토대로 서른 편이라는 소문만 있고 실체가 알려지지 않은 「오감도」 나머지 열다섯 편의 창작방법을 '삼십일년 삼십이년 일'(이상이 본격적으로 창작활동을 하지 않고 평범한 일상인 '김해경'으로 존재하며 향후에 발표하게 될 「오감도」 연작의 기초를 설계하고 있었던 시기의 일을 말한다. 이때의 기록이 '이천 점' 분량의 시로 알려져 있지만 유실되어 지금은 그 본모습을 알 수 없다. 작품 속의 '삼십일년 삼십이년 일'은 바로 잃어버린 이상의 시 유고가 노트에 기록된 시기를 말한다)에 기대어 추정해낸다. 피터 주는 '삼십일년 삼십이년 일'이 이상의 시 작법과 관련되어 있다고 생각하며, 「지도의 암실」을 비롯한 이 시기의 작품을 참조하여 「오감도」 서른 편 중 나머지 열다섯 편을 복원하는 작업을 한 것이다. 그러나 피터 주의 논문은 뒤이어 「오감도 시 제16호 실화」의 원본을 공개한 권진희의 발표로 인해 별 가치가 없는 것으로 평가된다. 실제의 원본 앞에서 '삼십일년 삼십이년 일'을 토대로 추정한 논문은 소설이 아닌 다음에야 학문 연구에서 설득력을 얻을 수 없기 때문이다. 심포지엄 발표 이후 충격을 받고 실의에 빠져 한국을 떠나려던 피터 주에게 김연(화)은 「오감도 시 제16호 실화」를 제공하겠다는 제의를 해온다. 피터 주를 만난 자리에서 김연(화)은 피터 주에게 「오감도 시 제16호 실화」와 제목은 같고 내용은 다른 이상의 유고를 건네주며 그 진위와 관련하여, "중요한 것은 가짜냐 진짜냐의 문제가 아니라는 사실을 알게 됐"으며, "진위와는 무관하게 모든 정황이 진짜라면 진짜인 것이고 모든 정황이 가짜라면 가짜라는 사실을 알게 된 것"(233쪽)이라고 말한다.

김연(화)이 피터 주에게 건네준 유고는 물론 두번째 이야기 「잃어버린 꽃」에 나타나 있듯이 서혁민이 이상을 모방해 만든 위작이다. 여기서 피터 주는 심포지엄에서 권진희가 발표한 「오감도 시 제16호 실화」가 가짜일 수도 있고, 아니면 서혁수를 통해 김연(화)을 거쳐 자신에게 건네진 서혁민의 「오감도 시 제16호 실화」가 진짜가 될 수도 있겠다고 판단한다. "어차피 둘 다 진짜라고 확신할 수 없는 원고라면 좀더 그 정황이 진짜에 가까운 원고만이 살아남을 겁니다. 그게 바로 세상의 진실이라는 것이 제가 배운 교훈이었습니다"(264쪽)라는 김연(화)의 말을 듣고 피터 주는 그 유고가 자신의 명예를 회복시켜주면서 비로소 한국인으로 살 수 있도록 만들어줄 것이라고 판단한 후 서혁민이 쓴 작품을 「오감도 시 제16호 실화」의 진본으로 공개하기로 결심한다. 「오감도 시 제16호 실화」를 진짜로 만들 수 있는 근거는 시에 표현된 '아해' '거울' '앵무' '총'

'모자'라는 단어와 '총은앵무의꿈이있다'는 구절이 어느 누구도 쓸 수 없는 이상만의 시어詩語라고 판단했기 때문이다. 더구나 권진희가 진본으로 공개한 유고에는 당시에는 존재하지도 않았던 도쿄대학 부속병원의 신중앙진료동에서 습득했다는 날짜가 기록되어 있어 그 작품의 신빙성이 떨어진다는 점, 그리고 사망할 때까지 삶이나 문학에서 한 번도 날개를 달고 '날아본' 체험을 하지 못한 이상이 자신을 '날아오르는 새'에 비유한 것으로 되어 있어 이상의 창작방법과 스타일에 부합되지 않는다는 점을 들어 피터 주는 그것을 이상의 유작으로 볼 수 없다는 결론을 내린다. 실제로 이상의 문학에는 하강과 수평의 이미지는 있지만 상승의 이미지는 거의 나타나지 않는다. 다만 「날개」에 비슷한 이미지가 조금 나타나 있을 뿐이다.

'삼십일년 삼십이년 일'의 행적을 추정하여, 나머지 「오감도」 열다섯 편의 의미를 복원해내는 일은 피터 주에게 자신의 출생 비밀을 찾는 문제와 관련된다. 여기서 피터 주는 평양학생축전에 참가했을 때 김일성 종합대학 도서관을 방문하여 도서관 사서 할머니로부터 전해 들은 '데드마스크'의 진위에 관해 자신의 저서 『참조로서의 이상 텍스트』에서 밝힌 얘기를 다시 부정하기만 하면 김연(화)이 본 '데드마스크'가 세상의 평가대로 가짜가 아니라 새롭게 진짜로 인정될 수도 있고, 그렇게 되면 「오감도 시 제16호 실화」역시 진짜가 될 수 있겠다고 생각한다. 왜냐하면 북에서 들은 '데드마스크' 얘기도 어차피 전해 들은 것이어서 확실한 증거가 될 수 없기 때문이다. 여기서 소설의 이야기는 이상의 공개되지 않은 시 작품과 나머지 유고의 발견 및 공개과정을 자신을 낳아준 부모의 국적과 존재, 그리고 자신을 키워준 한국계 부모, 더 나아가 미국인으로 살아가며 이상 문학을 연구하는 피터 주의 '아이덴티티' 문제와 연결시켜 진짜와 가짜의 정체에 대한 질문을 확대해나간다.

『굿바이, 이상』은 「오감도 시 제16호 실화」의 진위 여부와 피터 주의 출생 비밀을 개인의 '아이덴티티' 문제와 연계시키고, 그리고 거기서 한 단계 더 나아가 한국(북한)이란 집단의 정치적 아이덴티티 문제로까지 확대시킨다.

그들이 이십대가 되던 1937년 한 사람은 '13인의아해가도로로질주하오'로 시작하는 난해시와 일본어로 쓴 글을 들고 제국의 수도 도쿄에 가서 죽었고 다른 사람은 제국을 저주해 150여 명 규모의 유격대를 이끌고 백두산 근처에서 일본군 13명을 사살했다. 수염과 모과처럼 그 기이한 만남. 명명백백한 벌판의 세계와 어두운 새장 속의 세계. 그 두 세계가 동시에 보이지 않으면 조국이 보이지 않는다고 생각했다. 내가 이상의 시에 빠져들게 된 것은 그 때문이었다.(247쪽)

이상과 김일성의 대비는 어떻게 생각하면 잘 어울리지 않는 발상으로 보일 수도 있다. 또, 피터 주가 이상의 시에 빠져들게 된 계기도 조국의 본모습을 찾고자 했던 정체성 찾기의 과정에서 비롯된 것이라는 진술은 다소 작품 서술의 논리적 비약으로 평가될 소지가 없지 않다. 그러나 이 대목은 이상의 연인과 아내였던 두 여인의 운명적 행로를 생각할 때 꽤 흥미로운 발상일 수 있다. 즉 연인이었던 권순옥이 북쪽으로 올라가 박태원과, 아내였던 변동림이 이상의 사후死後 김향안으로 이름을 바꿔 남쪽에서 화가 김환기와 결합한 사실을 생각할 때 정치적 인물로서의 김일성과 문화적 인물로서의 이상을 대비시키는 발상은 언뜻 낯설어 보이면서도 그리 낯설지 않은 개연성을 확보하고 있다. 잘 알려져 있다시피 이상과 깊이 교류했던 문우들과 연인들의 삶이 이상의 사후 각각의 정치적·실존적 선택에 따라 기이한 운명적 행로를 보여주고 있기 때문이다. "한쪽에『김일성 저작 선집』이 있었다면, 그 반대쪽에『이상 전집』이 있었"(249~250쪽)듯이, "내 왼쪽에 입양기록증이 있었다면, 오른쪽에는『이상 전집』이 있었다. 나는 그 둘 중 어느 쪽이 과연 진짜 나의 아이덴티티를 증명해주는 것인지 알 수 없었다. 내게 이상 문학의 세계란 바로 그랬다"(273쪽)고 생각한 피터 주가 중국인(타이완) 어머니에게서 태어나 한국인 가정에 입양되어 미국인으로 자라고 한국 현대문학을 전공하게 된 자신의 '난수표' 같은 삶을 뒤돌아보며, 거기서 '나는 누구인가'를 문제삼는 일은 그에게 이상(문학)과 그것을 둘러싼 '난수표' 같은 비밀, 그리고 뒤엉킨 존재 좌표의 실존을 해명하기 위해 탐구해야 할 또하나의 과제가 아닐 수 없었을 것이다. 개인의 '아이덴티티'로부터 조국의 '아이덴티티'로까지 범위를 넓혀 자신의 존재 문제를 탐색하고 풀어내는 일은 그러나 『꾿빠이, 이상』의 의도만큼 녹록한 과제가 아니어서 이후의 또다른 구상을 요구한다.

여기서 우리는 이상의 삶과 문학을 모방하며 자살로 최후를 마친 서혁민의 존재와 삶의 태도를 간과할 수 없다. 서혁민의 평생에 걸친 모방적 삶, 즉 자기를 산 것이 아니라 '이상'이라는 절대의 대상에 이르기 위한 종생의 삶이 가짜의 삶인가, 아니면 진짜를 향해 탐구해가는 구도의 삶인가 하는 문제도 이 작품을 해석하는 주요 과제 가운데 하나로 포석되어 있다. 더구나 '포스트 李箱'을 꿈꾸었던 서혁민이 이상의 삶과 문학을 복제하듯이 닮으려고 했던 모방적 삶은 텍스트로서만이 아니라 삶 그 자체였다는 점만으로도 이례적일 수밖에 없다. 소설의 앞부분과 맨 나중에 배치되어 있는 다음의 두 대목은 '데드마스크'와 「오감도 시 제16호 실화」를 포함하여 이상의 삶을 빈틈없이 모방한 자로서 서혁민의 삶의 진위성眞僞性 여부를 이해할 때 깊이 음미해볼 만하다.

한 작가의 존재감에 압도돼 평생 그 작가가 되는 것을 꿈꾸며 살아왔다. 그 작가의 작품을 그대로 베껴 쓰는 것뿐만 아니라 그의 삶까지 따라 한다. 단어 하나하나는 모조품에 불과해 아무런 생명이 없었으며 삶은 누군가 한번 살았던 삶이다. 푸른 나무 그림에 회색을 덧칠한 꼴이었다. 이상을 통해 한번 생명을 얻었던 언어와 삶이 그에게 와서 죽은 갑각류의 껍질처럼 한낱 껍데기에 불과했다. 타인의 목소리를 흉내낸 듯 자신감이 없었고 글에 가면이 씌워져 있었다. 나도 모르게 겁이 났다. 이를 위해 일생을 바친다는 것은 무모한 짓이라는 생각이 들었다. (……) 그는 글을 베껴 쓰는 데 그치지 않고 이상의 삶까지 흉내냈다. 그건 자기 삶을 판돈으로 거는 엄청난 도박이었다. 문학작품의 아류는 쉽지만, 삶의 아류는 간단한 문제가 아니었다. 그의 수기는 그걸 증명하고 있었다.(86~87쪽)

은식기가 덜커덕거리는 소리와 함께 태어난 그 아이는 박제가 되어버린 천재 이상의 가면을 쓰고 죽어버렸다. 그렇게 죽음으로써 영원한 비밀 하나가 그 아이와 함께 사라져버렸다. (……) 그 비밀이 있었기에 얼굴 하얀 아이 김해경은 부러진 날개를 가지고 영원한 작가 이상이라는 어둠을 향해 날아오를 수 있었다. 그 비밀이 뭔지 알 수 없는 한, 이상이란 미친놈의 개수작에서 위대한 명작 사이를 한없이 오르락내리락할 뿐이었다. 진짜라고 믿는 자에게 그 세계는 진짜처럼 보이고 가짜라고 믿는 자에게 그 세계는 가짜처럼 보인다. 김해경은 그 사실을 알았기 때문에 기꺼이 자신이 창조한 등장인물 이상에게 자리를 내주고 자신이 간직한 비밀과 함께 사라진 것이다.(285쪽)

'진위'와 '모방'의 문제를 제기할 때 서혁민이 이상의 작품과 똑같은 시를 쓰는 일과 이상의 미발표 유고를 찾아 헤매는 일이 언제나 같은 의미였다는 고백은 텍스트만이 아니라 개인의 삶 전체가 관여하는 모방의 문제로 확대되어나간다. 한 개인이 타인의 존재를 모방하여 자기 삶의 내용과 형식으로 삼는 일이란 단순히 흉내 바둑을 두는 수준의 치기와는 근본적으로 다르다. 하지만 생각하기에 따라 타인을 진정으로 숭배하며, 그의 일거수일투족을 평생 모방해가는 삶처럼 무모하면서도, 그러나 그토록 황홀한 일이 또 어디 있겠는가. 이 존재의 기이한 모순율을 『꼰빠이, 이상』은 서혁민의 수기를 통해 탐색하고 있다. 이렇게 볼 때 이상의 동경東京에서의 내면을 압축해 제시하며, "두말할 나위 없이 '이상'이란, 평생 공들인 인물을 지압봉대 삼아 임시 지혈하고 한 여자의 남편이자 한 가정의 장남인 김해경으로 다시 살아가는 일이다. 죽기 전까지 이상에게는 이 두 가지가 공존했었다. 과연 어느 쪽이 진짜 모습에 가까울까?"(143쪽)라는 질문은 결국 서혁민 자신의 아이덴티티뿐만 아니라 작중인물 모두의 관심과 『꼰빠이, 이상』 전체의 주제를 형성하는 문제일 것이다.

4. 순환하는 원본(위본)의 위본(원본)

이상(문학)에 관한 진위 여부를 작품 구성의 핵심 모티프로 삼고 있는 『꾿빠이, 이상』은 이상(문학)이라는 소재를 넘어서 우리 시대의 문화가 당면하고 있는 하이퍼텍스트와, 진리와 가상의 관계에 대한 본질론으로서 가상현실이나 자기동일성을 갖지 않는 시뮬라크르의 문제까지 연결되어 있다는 점에서 한층 복잡한 논의를 필요로 한다. 표면적으로 이 소설은 작품의 여러 모티프들이 보여주고 있듯이 이상의 원본에 얼마나 근접해 있는가 따지는 '유사성resemblance'의 논리에 맞추어져 있는 것처럼 보이지만 궁극적으로는 원본 없는 '상사성similitude'의 방향에서 '또다른 원본'을 지향해가는 수평적 동일성의 형식을 취하고 있다. 즉 김해경이 '이상'에게 자리를 내주고 비밀을 간직한 채 사라졌듯이 서혁민 또한 자살을 통해 이상의 삶과 문학에 육박해가면서 '또다른 이상'이라는 원본을 스스로 만들어낸 것이다. 물론 이러한 자살 심리의 밑바닥에는 벤야민이 지적했듯이, "비유기적 사물에의 궁극적 감정이입"(유진 런, 『마르크시즘과 모더니즘』, 문학과지성사, 1996)이라는 서혁민의 이상을 향한 대상숭배의 페티시즘적 복합 심리가 침전되어 있어, 삶을 가짜로 여기고 죽음을 궁극적 의미에서 진짜로 전복하여 생각하는 병리적 요소의 개입이 전제된 것으로 분석해낼 수도 있다. 사정이 이렇게 되면 원본으로서의 '이상'과 위본으로서의 '서혁민'의 구분은 무화되며 이 지점에서부터 모방 주체의 궁극적 대상을 향한 정신의 기묘한 교섭과 상호복제가 이루어지기 시작한다.

그렇다면 우리의 능력으로 진짜와 가짜의 경계를 확연하게 가름하고, 또 그 진위를 판별해낼 수 있는 것일까? 아마도 작가는 예술을 가상으로서의 현실 속에서 생산된 또하나의 가상으로 보았던 니체의 입장(『비극의 탄생』, 곽복록 옮김, 범우사, 1995)을 따르고 있는 것처럼 보이는데, '데드마스크'와 「오감도 시 제16호 실화」를 둘러싼 논의의 비밀은 바로 여기에서 한 가닥 실마리를 찾을 수 있다. 이렇게 생각하면 가짜로 판명된 '데드마스크'는 정말로 가짜이며, 그것을 기사로 발표한 김연(화)은 정말로 치명적인 오보를 한 것일까? 김연(화)과 박태원 연구가의 정희에 대한 사랑은 과연 어느 쪽이 더 진실한 것일까? 그것은 결국 작품을 보는 해석 주체의 판단에 달려 있는 일일 테지만 중요한 것은 "진짜냐 가짜냐"는 이 분법이 아니라 앞의 인용문에 나와 있듯이 "보는 바에 따라서 그것은 진짜일 수도 있고 가짜일 수도 있"고, "진위와는 무관하게 모든 정황이 진짜라면 진짜인 것이고 모든 정황이 가짜라면 가짜"일 수도 있다는 점이다. 따라서 진실은 "진짜라고 믿는 자에게 그 세계는 진짜처럼 보이고 가짜라고 믿는 자에게 그 세계는 가짜처럼 보인다"는 쪽으로 사물을 인식하는 차원이 변경된다. 절대적 존재자로서 신이 부재하는 시대에 진실이란 진실이라고 믿는 자에게 속할 수 있듯이 소설의 논리는 진짜냐 가짜냐 하는 것 또한 논리나 열정의 문제가 아니라 믿느냐 안 믿느냐는 '신념'의 영역으로 넘어간다. 여기에 『꾿빠이, 이상』의 함의가 있다.

여기서 우리는 진위 여부와 모방의 문제에 대해 몇 가지 경우를 생각해볼 수 있다. 이를테면 몬테시노스 동굴에서 보았던 것이 진짜냐 가짜냐고 묻는 돈키호테에게 '예언하는 원숭이'가 부분적으로는 진짜이고 부분적으로는 가짜라고 대답한 것처럼(『돈키호테』제2부 25장) 진짜와 가짜 사이의 확연한 경계를 가르는 일은 근본적으로 어려운 일이다. 또한 중세의 '기사도 소설'을 패러디한 것이 『돈키호테』이고, 그것을 다시 패러디한 것 중의 하나가 보르헤스의 단편 「삐에르 메나르, 『돈키호테』의 저자」이며, 또다시 그 형식을 패러디한 것이 복거일의 『비명을 찾아서』(최유찬, 「『비명을 찾아서』와 『돈키호테』」)와 같은 작품이라고 할 때, 원본의 고유한 실체성은 고정되어 있지 않고 끊임없이 유동하며 다시 씌어지는 운명을 지니고 있다. 모방으로서의 패러디는 마치 씌어 있던 글자를 지우고 그 위에 다시 쓰는 일종의 '양피지사본palimpsest'과 유사한 맥락을 형성하는 것이다. 보르헤스의 「바벨의 도서관」에서도, 어떤 원전에 대해 알고 있는 위대한 사서를 만나기 위해 평생 순례의 길에 나서지만, 그 모험의 도정에서 결국 원전은 찾을 수 없기 때문에 인생을 탕진하고 낭비해버렸다고 깨닫는 화자의 진술에서도 우리는 유사한 양상을 발견할 수 있다. 그러나 작가가 『꾿빠이, 이상』에서 작의作意로 누누이 강조하고 있듯이, 텍스트의 진실이란 논리나 열정이 아니라 믿음의 차원으로 변경될 때, 어떤 권위적 중심으로서의 단일한 텍스트가 아니라 그것을 거슬러올라가며 해체하는 형식으로서의 글쓰기라는 신념을 요청할 수 있다. 따라서 거기에는 열정의 과잉이나 맹신으로 수렴되는 단일한 목소리가 아니라 대상에 대한 다면적 해석의 목소리가 궁극적으로 중요하다는 메시지를 작가는 소설의 행간에 비밀로 간직해두고 있다.

이렇게 보면, 현실과 허구, 진실과 허위의 문제를 소설의 형식에서 꾸준히 탐색하고 천착해온 김연수의 창작적 발상이 우리 문학사의 인물 가운데 이상을 도입한 것은 앞서 강조했듯이 매우 자연스러운 선택으로 평가할 수 있다. 이를테면 "비밀이 없다는 것은 재산 없는 것처럼 가난할 뿐만 아니라 더 불쌍하다"(「19세기식」)는 이상의 에피그램은 우리 문학사에서 작품의 의미에 관한 비밀을 순도 높게 함축하고 있다는 점에서 『꾿빠이, 이상』의 발상과 작의, 더 나아가 주제를 지탱해주고 있기 때문이다. 그리하여 전성展性과 연성延性이 뛰어나 고온의 해석에서도 쉽게 산화하지 않는 '백금白金의 수사학'으로 이상 문학의 성질을 규정할 때 『꾿빠이, 이상』에 산포되어 있는 내용과 형식에 관한 작가의 소망적 사고는 단순한 소재적 관심을 넘어서는 어떤 친연성을 갖게 된다.

『꾿빠이, 이상』은 작가 김연수의 소설쓰기에 대한 방법적 사유인 동시에 존재론적 의미를 추적하고 있는 작품으로 확대하여 이해할 수 있다. 진본이냐 위본이냐, 진실이냐 허위냐 하는 이분법으

로서의 사유과정이 아니라 진짜와 가짜 사이에 스펙트럼처럼 퍼져 있는 사물의 인식에 관한 여러 겹의 매듭을 다층위의 서술전략으로 형상화하고 있다는 점에서 『꾿빠이, 이상』은 순도 높은 '하이 패러디' 소설의 한 가지 전범으로 삼을 수 있을 것이다. 이 점은 작가가 "おれ達の幸福を神樣にみせびらかしてやる"(우리들의 행복을 신에게 과시해줄 거야)라는 이상의 한 '사신' 가운데 나오는 '행복幸福'이라는 단어를 '유편遺鞭'으로 슬쩍 바꿔 작중인물들에게 부여하고(「데드마스크」의 에피그램, 7쪽), 더 나아가 『꾿빠이, 이상』이라는 "그런 해괴망측한 소설"을 완성한 후 은밀하게 '이상'(문학)을 패러디하고 있는 데서도 잘 드러난다.

5. 『꾿빠이, 이상』, 또다른 원본의 기원

도호쿠東北 제국대학에 유학중이던 김기림이 센다이仙臺의 어느 객사客舍에서 쓴 「산山」(1939)이란 수필에서, 자신의 의지가 아닌 것에 끌리지 않고 스스로의 생을 창조해가는 무모한 영웅들로 요절한 세 명의 예술가 랭보와 고갱과 이상을 거론하며, "모든 벗들이 인생의 나래 아래서 가정을 가지고 예금을 가지고 전지田地를 가지고 번영할 때 영웅은 사장沙場을 피로써 물들이고 자빠진다"고 쓴 적이 있다. 이상에 대한 김기림의 생각을 약간 패러디해 김수영의 시 「이 한국문학사」에 삽입하여 이렇게 다시 써보면 어떨까.

> 우리는 여지껏 희생하지 않는 오늘의 문학자들에 관해서
> 너무나 많이 고민해왔다
> 김동인 박승희 같은 이들처럼 사재를 털어넣고
> 문화에 헌신하지 않았다
> 김유정처럼 그 밖의 위대한 선배들처럼 거지짓을 하면서도
> 소설에 골몰한 사람도 없다……
> 이상처럼 사장沙場을 피로써 물들이고 자빠진
> 영웅도 없다……

　독실한 종교적 믿음을 가진 사람들이 그렇고, 돈키호테가 그렇고, 작중의 서혁민이 그랬듯이 모방할 만한 대상이 있어 거기에 기꺼이 자신의 삶을 기투하며 따라갈 수 있는 사람은 어찌 보면 더 행복한 삶을 살아가는 존재들일지도 모른다. 진실을 척량尺量하는 신성한 정전正典이 부재하고 하늘의 별이 더이상 지도의 몫을 해주지 못하는 타락한 시대에 "이상처럼 사장沙場을 피로써 물들이고 자빠진 영웅"의 삶과 문학을 따라 평생을 바친 서혁민의 존재적 투여란 아마도 관념이 도달할 수 있는 최후의 지경 가운데 하나일 수도 있기 때문이다. 패러디의 명수이자 비밀 만들기의 귀재인 이상이 「종생기」에서 "천하 눈 있는 선비들" 또는 "재사들"이라고 호

칭한 후세의 작가와 연구자들을 생각할 때 비록 작품 속이긴 하지만 아마추어 이상 연구가 서혁민은 이상의 사도使徒로 가장 오른편에 설 만한 인물이라 해도 좋을 것이다. 그렇다면 이상의 모든 것에 한 치의 간극도 없이 육박해들어가려 했던 서혁민이야말로 어쩌면 '이상이라는 원본'에 가장 가깝다고 해야 하지 않을까. 이런 맥락에서 서혁민이 피로써 기록한 수기『이상을 찾아서』와「오감도 시 제16호 실화」로 인하여「오감도」서른 편 가운데 아직 밝혀지지 않은 나머지 열다섯 편의 원본에 이르는 한 가지 가능성을 우리는『꾿빠이, 이상』을 통하여 상상적으로 복원하고 획득할 수 있게 된 것일지 모른다.

『꾿빠이, 이상』과 관련하여 한 가지 더 부연해두고 싶은 것은 이런 것이다. 작가·시인의 이름을 딴 문학상들이 넘쳐흐르고 있지만 진정으로 우리 문학의 영웅들이 거처할 만한 작은 집(문학관)과 방(전집) 하나 변변히 갖추지 못한 게 한국문학사의 현실이다. 오늘의 문화적 상황이 우리 문학사의 저 쟁쟁한 주역들(밤을 밝혀가며 폐를 녹이는 현재의 문학적 영웅들을 포함하여)에게 변변한 예의를 갖출 여건이 아직 못 되었음을 반증하고 있다면, 김동인, 주요한, 현진건 등 이 땅의 문학사를 일군 주역들이 어느덧 100년의 역사를 증거하게 된 오늘의 시점에서 김연수의『꾿빠이, 이상』은 이를 대신하여 2000년, "한국문학사를 대신해 죽었고 죽은 지 한 달 만에 부활"(11쪽)했던 이상 탄생 90주년에 바치는 문학사적 '헌정의 서書'라고 해야 할 것이다.

　이상(문학)은 박태원의「제비」와「애욕」, 김기림의 '이상의 영전
에 바침'이라는 부제가 붙은「쥬피터 추방」을 거쳐, 이봉구의「이
상」, 김석희의「이상의 날개」, 박성원의『이상, 이상, 이상』, 이치은
의『권태로운 자들 소파씨의 아파트에 모이다』중 6장「연심蓮心의
남편, 퇴장하다」등의 작품으로 계보화되면서 이제 김연수의『꾿빠
이, 이상』이라는 또다른 원본의 날개를 달고 비상하게 되었다. "나
는 믿는다. 箱은 갔지만 그가 남긴 예술은 오늘도 내일도 새 시대
와 함께 同行하리라고"(「故 李箱의 추억」, 1937) 쓴 김기림의 '조사
弔詞'를 떠올릴 때, 작가로서는 결코 쉽지 않은 실증적 영역의 학문
적 성과들을 섭렵한 위에 작가 특유의 상상력을 마음껏 발휘하여
완성한『꾿빠이, 이상』을 갖게 됨으로써 우리는 이제 이상(문학)에
관한 또하나의 새로운 원본을 갖는 행운을 누릴 수 있게 되었다.

언젠가 꿈속에서 대학로 근처에 있는 헌책방에 간 일이 있었다. 꿈속의 배경은 한국전쟁 직후였고 주인은 고약하게 생긴 영감이었다. 그 헌책방에는 생전 보지도 듣지도 못한 대문호들의 소설책이 가득했다. 그토록 한 번이라도 읽어봤으면, 하고 생각했던 소설들이었다. 그런데 주인 영감이 이렇게 말했다.

"여기 꽂힌 책들은 세상에 한 번도 나온 적이 없는 소설들이야!"

그래서 엉큼한 생각이 들었다. 이 소설들을 구입해 그대로 베껴 내 이름으로 발표하면 되지 않겠는가? 그래서 팔라고 했더니 주인 영감이 오만한 태도로 이렇게 말했다.

"서서 다 읽고 가면 모르되 팔 수는 없어."

하도 태도가 완강해 하는 수 없이 머릿속에 스토리를 암기하면서 책을 하나하나 읽다가 잠에서 깼다. 깨고 나서 얼른 스토리를 공책에 받아 적었으나 나중에 보니 참으로 요령부득의 글이었다. 맛난 음식을 놓친 것처럼 절로 입맛이 다셔졌다.

그 이후 소설을 쓸 때마다 그 헌책방에 꽂혀 있던 소설책들을 생각했다. 소설을 쓸 때면 어딘가에 이미 존재하는, 혹은 앞으로 존재할 소설을 염두에 두고 썼다.

이 소설 역시 마찬가지다. '오빠의 데드마스크는 동경대학 부속병원에서 유학생들이 떠놓은 것을 어떤 친구가 국내로 가져와 어머니께까지 보인 일이 있다는데 지금 어디로 갔는지 찾을 길이 없어 아쉽기 짝이 없습니다'라는 이상의 동생 김옥희의 회상을 읽는 순간, 나는 어딘가에 있을 『꾿빠이, 이상』이란 소설을 떠올렸다. 그 소설을 너무나 읽고 싶었지만, 그 소설은 꿈속에서나 읽을 수 있는 소설이었다. 그래서 하는 수 없이 내가 제일 먼저 읽을 생각으로 그 소설과 아주 비슷하게 쓴 소설이 바로 여러분께서 잡고 있는 이 책이다.

부족한 재능에 비슷하게 쓰느라 여러 자료를 참조할 수밖에 없었는데, 내가 도움받은 분들의 이름을 여기에 모두 적는다면 소설책만큼이나 길어질 것이다. 하는 수 없이 몇 분의 이름만 밝힌다. 먼저 김윤식 선생의 연구가 없었더라면 이 소설의 초를 잡기도 곤란했을 것이다. 일본에 가 이상의 행적을 따라다닐 때는 김정동 선생에게 많은 도움을 받았고 이상이 다녔던 보성고등학교의 오영식 선생에게는 구하기 힘든 자료를 얻은 바 있다. 우선 이분들께 감사

드린다.

어쨌든 그때 헌책방에서 본 소설 중 아직 누구도 발표하지 않은 소설 몇 권을 나는 더 알고 있다. 시간 나는 틈틈이 그 소설과 매우 비슷한 소설 몇 권을 더 써야겠다. 아무도 쓰지 않는 그 소설을 읽기 위해서는 내가 직접 쓰는 수밖에 없으니.

2001년 2월
김연수

문학동네 장편소설
곤빠이, 이상
ⓒ 김연수 2016

1판 1쇄 2001년 2월 6일
1판 14쇄 2010년 7월 6일
2판 1쇄 2016년 4월 17일
2판 4쇄 2024년 9월 23일

지은이 김연수
책임편집 김내리 | 편집 정은진 이성근 황예인
디자인 윤종윤 유현아 | 저작권 박지영 형소진 최은진 오서영
마케팅 정민호 서지화 한민아 이민경 왕지경 정경주 김수인 김혜원 김하연 김예진
브랜딩 함유지 함근아 박민재 김희숙 이송이 박다솔 조다현 정승민 배진성
제작 강신은 김동욱 이순호 | 제작처 영신사

펴낸곳 (주)문학동네 | 펴낸이 김소영
출판등록 1993년 10월 22일 제406-2003-000045호
주소 10881 경기도 파주시 회동길 210
전자우편 editor@munhak.com | 대표전화 031) 955-8888 | 팩스 031) 955-8855
문의전화 031) 955-2696(마케팅) 031) 955-8864(편집)
문학동네카페 http://cafe.naver.com/mhdn
인스타그램 @munhakdongne | 트위터 @munhakdongne
북클럽문학동네 http://bookclubmunhak.com

ISBN 978-89-546-4015-2 03810
* 이 책의 판권은 지은이와 문학동네에 있습니다.
   이 책 내용의 전부 또는 일부를 재사용하려면 반드시 양측의 서면 동의를 받아야 합니다.

잘못된 책은 구입하신 서점에서 교환해드립니다.
기타 교환 문의 031) 955-2661, 3580

www.munhak.com